KB123094

농부시인의 행복론

서정홍 산문집

녹색평론사

서로 나누고 섬기며

얼마 전, 아는 분이 제게 전해준 이야기입니다. 어느 선생님이 공부에 게으른 학생들에게 제 시집 《58년 개띠》를 들고 엄포를 놓았다고 합니다. "봐라, 너희들이 공부를 안 하면 어떤 모습으로 살게 될지가 이 안에 그려져 있다. 이 책을 사서 옆에 두고 공부가 하기 싫을 때마다 꼭 한번씩 더 읽어보아라." 대충 이런 내용이었던 것 같습니다.

그 시집은 제가 20년 남짓 일터에서 땀 흘려 일하며 쓴 시들이 들어 있고, '책으로 따뜻한 세상을 만드는 교사들'이 추천한 시집이기도 합니다. 아이들의 앞날을 걱정하는 그 선생님의 마음을 모르는 바는 아니지만, 좀 섭섭한 마음이 들었습니다. 그리고 문득 지금 내가 마주하고 있는 이 책도 같은 운명이겠구나 싶은 생각이 들었습니다. 하기야 어떻게 하면 남보다 공부를 잘해서 편하게 돈을 잘 벌 수 있는가에 대해서는 한마디도 없이, 스스로 불편하고 소박한 삶을 가꾸는 법이나 자연과 어울려 자연처럼 살아야 한다는 글들로 가득 차 있으니 무리도 아니겠지요.

세상은 날이 갈수록 돈이라는 괴물에 홀려 정처 없이 흘러가는데, 제가 자리 잡은 황매산 기슭 낮은 언덕엔 올해도 어김없이 찔레꽃이 소담하게 피었습니다. 제 마음밭에 자리 잡은 벗들과 함께 보았더라면 더 좋았을 텐데 싶지만, 그것 또한 제 욕심이라는 것을 금세 깨닫습니다.

산골 마을에서 농사를 짓고 살면서, 이제야 사람으로 사는 기쁨, 함께 어울려 일하면서 땀 흘리는 기쁨, 서로 나누고 섬기는 가운데 가슴에 차오르는 기쁨도 알게 되었습니다. 작고 소박하지만 놓치고 싶지 않은 그런 기쁨과 순간순간의 깨달음을 누군가와 나누고 싶어 글로 풀어내고 고치고 다듬어 이렇게 여러분들께 내놓습니다. 뒤돌아보니 그동안 내 삶의 길 위에 흘려놓았던 숱한 잘못들과 실수들이 더욱 뚜렷해지는 것 같아 얼굴이 달아오르기도 했습니다. 그 때문에 마음을 다쳤거나 아파하는 분들에게는 진심으로 용서를 구합니다.

이 책이 세상에 나올 수 있도록 기다려주고 격려해 준 녹색평론사 김정현 선생님과 원고를 꼼꼼하게 살펴준 박경선 님께 머리 숙여 감사드립니다. 특히 기꺼이 '농부의 아내'가 되어준 한경옥 님과 농부인 아버지 어머니를 자랑스러워해 주는 영교와 인교에게 온 마음을 다해 고마움을 전합니다.

서툴고 모자란 이 책이 세상에 나가 어떤 역할을 할지 저는 알지 못합니다. 다만 이 책을 읽고 단 몇 사람이라도 자연과 사람을 그 무엇보다 소중하게 여기고, 흙과 자연과 더불어 별을 노래하는 농부가 되기로 결심할 수 있다면 더 바랄 것이 없습니다. 그리고 이 보잘것없는 글들이 못난 사람과 잘난 사람을 이어주고, 가난한 사람과 부유한 사람을 이어주고, 농촌과 도시를 이어주고, 사람과 자연을 잇는 데 작으나마 밑거름이 된다면 그것은 모두 여러분과, 어리석고 못난 이 사람을 '농부의 길'로 이끌어준 벗들의 덕입니다. 고맙습니다.

2010년 6월 8일
나무실 마을에서
서정홍

목차

한 사람의 농부가 농사를 짓지 않으면
천하는 반드시 굶주리게 될 것이다.

후한의 유학자 왕부(王符)가 쓴 《잠부론(潛夫論)》 중에서

1부 농부와 밥상

별을 노래하는 농부

먼 옛날, 사람들이 짐승처럼 여기저기 떠돌아다니며 살 때에는 땅을 갈고 씨를 뿌리지 않고도 산이나 들에서, 강이나 바다에서 먹을거리를 스스로 구해서 살았겠지요. 그러나 집을 짓고 모여 살다 보니 가장 먼저 먹을거리부터 걱정이 되었겠지요. 그래서 사철 걱정 없이 먹고살 양식을 마련하기 위해 논밭을 갈고 씨를 뿌렸으리라 생각합니다.

이 세상에서 가장 듣기 좋은 소리가 "마른 논에 물 들어가는 소리와 배고픈 자식들 목구멍에 밥 넘어가는 소리"라 할 만큼, 먹고사는 일은 그 어떤 일보다 소중하지요. 옛날이나 지금이나 가을걷이를 마치고 창고에 쌓인 곡식을 바라보면, 먹지 않아도 마음 든든하고 배가 부릅니다.

이 땅의 농민들은 아무리 늙고 병들어도 움직일 힘만 있으면 들로 나갑니다. 돈벌이가 되고 안 되고는 그 다음 문제입니다. 그저 들로 나가는 것이 하늘에 덕을 쌓는 거라며 오늘도 들로 나갑니다. 땅 한 뼘이라도 놀리면 큰 죄를 짓는 것처럼 말입니다.

나라마다 역사와 문화가 다르고 땅과 기후에 따라 먹고사는 방법이 다릅니다. 그렇지만 어떤 나라 백성이든 먹지 않고 살아갈 수는 없습니다.

"금강산도 식후경"이라, 천하장사라도 먹어야 산다는 말이지요. 그래서 제 나라 백성들이 목숨을 이어가는 양식을 스스로 마련하지 못하는 나라는 위험하고 불안한 나라입니다. 어떤 나라가 아무리 석유나 황금덩이를 팔아서 먹고살 수 있다 해도, 남의 나라에서 양식을 구하지 못하면 모두 굶어 죽기 때문입니다. 그래서 핵전쟁보다 식량전쟁이 더 무섭다고 하는 것입니다.

어느 대통령 후보는 농민단체 지도부를 만나 농민은 지난 40년 동안의 숨은 공로자이면서 가장 큰 피해자라면서, 사회정책 차원에서 농민 지원을 아끼지 않겠다고 약속했습니다. 그런데 그는 대통령이 되고 나서 경남도청에서 열린 경남도민 간담회에 와서 이렇게 말했습니다. "시장을 거역하면 손해를 봅니다. 지도자가 시장을 거역하면 그 지도자를 따르는 사람들이 손해를 봅니다. 저도 시장이 좋아 따라가는 것이 아닙니다. 시장을 따라가지 않으면 많은 어려움을 겪기 때문입니다."

우리 농업과 농촌이 무너진 가장 큰 까닭은 많은 사람들이 농업 문제를 시장논리로만 생각하기 때문입니다. 농업은 공기, 물, 해와 같이 생명과 이어지는 산업이기 때문에 시장논리로만 봐서는 안 되는 것이지요. 그런데도 농산물을 개방한 대가로 공산품을 수출해서 나라 경제를 살리자고 생각하는 사람이 많습니다. 그것도 돈이 많거나 잘 배웠다고 하는 사람들이 이런 말을 하니, 어찌 우리 농업 정책이 바른 길로 나아갈 수 있겠습니까. 우선 눈앞에 보이는 이익을 위해서 우리 농업과 농촌을 구렁텅이로 몰아넣는 이런 사람들이 들끓고 있으니 농부들은 일할 힘을 잃는 것입니다.

한 가지 보기를 들어보자면, 몇 년 전 중국에 핸드폰을 파는 조건으로 중국 양파와 마늘을 사들이는 바람에, 양파와 마늘을 심은 우리나라 농민들이 하루아침에 큰 손해를 보게 되었습니다. 그렇다면 핸드폰을 팔아서 남는 이익금은 당연히 농민들에게 돌아가야 하는데도, 욕심 많은 자본가들이 다 챙겨 가고 있으니 누가 농사를 짓겠다고 나서겠습니까? 농부들이 애써 지은 귀한 밥을 먹고도 밥값을 하기는커녕 남의 밥그릇까지 강제로 빼앗아가는 못된 사람들이 이렇게 많으니, 어찌 농부들이 기쁜 마음으로 농사를 지을 수 있겠습니까?

이러한 형편은 예나 이제나 다르지 않습니다. 그래서 일찍이 다산 선생이 제안한 삼농(三農)정책은 오늘 우리에게도 꼭 필요한 정신이며, 정책인 것입니다.

농업이란 하늘과 땅과 사람이라는 삼재(三才)가 어울려 농업의 도(道)를 일궈감에 있어, 민관이 화목하고 서정(庶政)이 올발라야 함을 강조한다. 말하자면 자연과 인간이 화목하고 조화를 이뤄야 한다는 점을 명백히 한 것이다. 특히 농업은 처음부터 세 가지 불리점(不利点)이 있는 바, 이를 극복하기 위해서는 다음과 같은 농민 살리기 삼농(三農)정책을 펼쳐야 한다.

첫째는 농사란 장사보다 이익이 적으니 정부가 여러 정책을 통하여 '수지맞는 농사'가 되도록 해주어야 하며, 둘째는 농업이란 원래 공업에 견주어 농사짓기가 불편하고 고통스러우니 정부는 경지정리, 관개 수리, 기계화를 통하여 농사를 편히 지을 수 있도록 하여야 할 것이며, 셋째는 일반적으로 농민의 지위가 선비보다 낮고, 사회적으로 대접을 제대로 받고 있지 않음에 비추어 농민의 위상을 높이는 정책을 펼쳐야 할 것이다.

얼마 전, 전남대 독문과 조길예 선생이 〈한겨레〉(2009년 11월 23일자)에 '유기농부, 지구온난화 시대의 진정한 영웅'이란 제목으로 쓴 글을 조금 줄여서 옮겨 봅니다. 농촌에서 유기농법을 실천하는 농부와, 도시에서 농부를 소중하게 여기며 살아가는 많은 분들에게 큰 힘이 되리라 생각합니다.

1947년부터 유기농법에 대한 연구를 진행해 오고 있는 미국 로일 연구소는 유기농업이 인류의 건강뿐 아니라 파괴된 지구를 치유하고 살리는 데 효과적이라는 사실을 밝혀냈다. … 유기농업은 건강한 표토에 대기 중의 탄소를 흡수해서 가둠으로써 전혀 이런 기능을 못하는 관행 농법에 견주어 기후변화에 긍정적으로 기여한다. … 미국의 농토 전부가 유기농으로 전환한다면, 미국에서 사용되는 자동차의 절반 이상을 없애는 것과 그 효과가 맞먹는다고 한다. … 이 위기의 시기에 유기농법 같은 대안이 존재한다는 것은 축복이며, 유기 농부들은 세상을 구하는 영웅이 아닐 수 없다. … 유기 농부들뿐만 아니라 유기농 제품을 구입하는 소비자 역시 영웅이다. 그들은 일상 속에서 이런 깨어 있는 소비행위를 통해 지구를 구하는 일에 동참하기 때문이다.

농부를 인류의 건강뿐 아니라 파괴된 지구를 치유하고 살리는 영웅이라 합니다. 그런데 지구를 살리는 '영웅'인 농부들의 현실과 미래는 어떻습니까? 옛날에는 농부가 되면 삼대가 가난하게 살 각오를 해야 한다고 했습니다만, 지금은 삼대가 아니라 영원히 가난하게 살 각오를 해야 합니다. 더구나 유기농법을 하려는 농부들은 더욱더 큰 각오를 해야 합니다. 그런 줄 잘 알면서도 농부들은 땅을 버리지 못하고, 아니 버릴 수가 없어서, 오늘도 땅을 갈고 씨를 뿌리는 것입니다. 그게 농부의 마음입니다.

농부는 되고 싶다고 아무나 되는 게 아닙니다. 하늘이 불러주어야 농부가 되는 것입니다. 그러나 스스로 욕심을 버리고 농부가 되고 싶다는 마음이 간절하면 하늘이 불러준답니다. 이웃 마을에 사는 농부 정상평 씨는 '별을 노래하는 사람'이 농부(農夫)라 하더군요. 철없고 모자란 나를 하늘이 불러주어, 별을 노래할 수 있는 농부가 되었으니 이보다 더 기쁜 일이 어디 있겠습니까.

감자를 심기 위해 괭이로 이랑을 갈다가 흘러내리는 땀을 닦으며 저 건너 산밭을 보았습니다. 괭이질하는 농부들이 눈에 보입니다. 땀 흘린 대가를 정당하게 받을 수 있는 세상이 오면, 괭이질하는 농부의 모습이 이 세상 그 무엇보다 아름다워 보일 것이라 생각합니다. 그런 세상이 꼭 오리라 믿습니다.

농부의 아들

"아들아, 간디학교 졸업하면 대학 가지 말고 아버지랑 농사지으며 살면 좋겠구나."

"아버지, 걱정 마세요. 사람이 제 먹을 곡식을 제 손으로 짓는 일말고 할 게 뭐가 있겠어요. 친구들과 농부가 되자고 약속했어요. 젊었을 때 배우고 싶은 거 배우고 나서 말이에요. 그러니 학교 졸업하고 당장 농부가 되지 않더라도 느긋하게 기다려 주세요. 아셨죠?"

"여태껏 배웠으면 됐지, 무어 그리 배울 게 많나. 어쨌든 농부가 된다니 기다려야지. 그런데 농부가 된다는 말은 믿어도 되는 거지?"

"아 참, 아버지는 아들 말을 못 믿으면 누구 말을 믿으세요?"

"그렇지, 아들 말을 믿어야지. 믿고말고."

아버지인 제 눈에는 언제나 철없어 보이던 아들 녀석이 간디학교를 졸업하고 대학에 들어갔습니다. 그러나 1학기를 겨우 마치고 자퇴를 했습니다. 그리고 여행을 떠날 자금을 마련하기 위해 건설현장에서 막노동을 했습니다. 땀 흘려 번 돈으로 혼자 인도 여행을 몇 달 다녀와서, 여러 가지 아르바이트를 하다가, 길거리에서 우리밀 붕어빵 장사를 시작했습니다.

아버지인 제가 우리밀살리기운동을 하고 있던 때라, 아들 녀석이 우리

밀 붕어빵을 구워 팔면 어울릴 것 같아 제안을 한 거지요. 아들 녀석도 뜻 있는 일을 해보고 싶어 했고, 사람들에게 새로운 이야깃거리를 들려주고 싶어 했지요. 그래서 우리나라에서 처음으로 우리밀과 국산 팥으로 만든 붕어빵 장사를 시작한 것입니다.

'농촌과 환경을 살리는 우리밀 붕어빵! 1,000원에 네 개!'

작은 펼침막을 붕어빵 포장마차 위에 붙였습니다. 우리밀은 수입 밀보다 서너 배 비싸다는 걸 사람들이 잘 알고 있습니다. 그런데 우리밀 붕어빵 값이 수입 밀로 만든 붕어빵 값과 똑같으니 오가는 사람들 아무도 믿으려 하지 않았습니다. 아들 녀석은 하루 내내 추위에 떨며 붕어빵 굽는 것도 힘들지만, 사람들이 믿어주지 않아서 더 힘들다고 했습니다.

그러나 차츰 우리밀 붕어빵 맛을 본 사람들의 입소문을 통해 손님이 조금씩 늘어났습니다. 손님들은 이제 갓 스물을 넘긴 녀석이 길거리에서 붕어빵을 팔고 있으니 대견하게 여겼습니다. 길거리에서 붕어빵을 판다는 게 생각만큼 쉬운 일이 아닙니다. 새벽에 일어나 밀가루 반죽을 하고 팥을 삶아, 자전거 뒤에 실어서 포장마차까지 옮겨야 합니다. 그리고 집에서 준비한 도시락을 손님 없을 때 서서 먹어야 하고, 가스불을 켜 놓고 밤 늦도록 손님을 기다려야 합니다.

붕어빵 장사를 한 지 한 달쯤 지났을 무렵에 아들 녀석이 가족회의를 열자고 했습니다. 아이들이 초등학교 다닐 때부터, 우리 식구들은 가족회의를 자주 열었습니다. 필요한 물품(신발, 옷, 가방 따위)이 있거나 텔레비전과 영화를 보는 일도, 때론 용돈을 결정하는 일까지도 가족회의에서 결정했습니다.

"아버지, 붕어빵 장사 그만두어야 할 것 같아요."

"갑자기 왜 그런 생각을 하냐?"

"한 달 일해서 150만원어치 팔았는데 남는 게 한 푼도 없어요. 그리고 이것저것 너무 힘들어요."

"그거야 당연하지. 아버지가 처음부터 그랬잖아, 우리밀 값이 수입 밀보다 서너배 비싸다고. 천원에 붕어빵을 네 개 주면 분명히 적자가 날 거라고 말이야."

"우리밀로 붕어빵을 굽는다고 해도 아무도 믿어주지 않아요. 또 가난한 서민들이나 학생들이 사 먹는 붕어빵을 천 원에 두 개 팔면 손님도 없어요, 아버지."

"알고 시작한 거잖아. 그리고 어차피 돈 벌려고 시작한 것도 아닌데 몇 달 더 해봐야지."

"다른 거는 다 참을 수 있는데 똥 누고 싶을 때가 가장 힘들어요. 오줌이 마려울 때에야 가까운 상가로 얼른 뛰어갔다 돌아오면 되지만, 갑자기 똥이 마려울 때는 참 어려워요. 잔돈통과 가스불 따위를 누구한테 맡기고 갈 수가 없으니까요. 쉬운 일이 하나도 없어요."

"그렇지. 쉬운 일이었으면 처음부터 시작도 안 했을 거야. 아들아, 조금만 더 참아 보자. 돈 되는 일은 사람이 알고, 돈 안 되는 일은 하늘이 안다."

"알겠어요, 아버지. 시작한 거 몇 달만 더 해보죠."

하늘이 도왔는지 모르지만, 가족회의를 마친 다음날 〈경남도민일보〉 기자가 지나가다 취재를 하여 큼지막한 기사가 나왔으며, 며칠 뒤 MBC에서 '스물세 살 풀빵 장수 서영교 군'이란 제목으로 방송되었고, 또 며칠 뒤 MBC 〈포토 에세이 사람〉에서 '철학을 굽는 붕어빵 서영교 씨'라고 방송되었습니다.

방송 바람을 타고 우리밀 붕어빵 가게에는 손님이 줄을 이었습니다. 작은 기적이 일어난 것이지요. 눈이 펄펄 오는 날도 부산에서 진주에서 마산에서 때론 울산에서도 붕어빵을 사기 위해 손님들이 찾아왔습니다. 아침에 가게 문을 열기도 전에 미리 와 기다리는 손님도 있었고, 어떤 날은 한 사람당 천 원어치 이상을 팔지 않아야 할 만큼 손님이 많았습니다. 가끔 제가 일터에서 일찍 돌아오는 날은 아들 녀석을 도와 붕어빵을 구웠습니다. 어느 날 손님 가운데 어떤 분이 제게 말했습니다.

"저어 말씀드리기가 미안합니다만, 붕어빵에 들어가는 재료비를 제가 모두 드리고 싶습니다. 국산 재료로 붕어빵을 구워 팔면 남는 게 없을 텐데요. 학생이 학비라도 벌어야 하지 않겠어요?"

이런 고마운 손님을 몇 분 만났습니다. 몇백만 원이든 몇천만 원이든 재료비를 모두 주고 싶다니, 얼마나 고마운 일입니까. 뜻이야 고맙지만 저는 모두 거절했습니다. 아들 녀석에게도 단단히 일러주었지요. 누가 재료비를 대준다고 하면 딱 잘라서 거절해야 한다고 말입니다. 그러나 붕어빵 천 원어치를 사가면서, 만 원짜리를 주며 거스름돈을 안 받겠다고 하는 손님에게 억지로 돈을 돌려줄 수가 없어 고마운 마음으로 받기도 했습니다.

특별히 뜻을 두지 않고 "돈 되는 일은 사람이 알고, 돈 안 되는 일은 하늘이 안다"고 말했는데, 정말 돈 안 되는 일은 하늘이 알아주는구나 싶었습니다. 지금 생각해도 어찌 나같이 못난 사람 입에서 그런 훌륭한(?) 말이 나왔는지 알 수가 없습니다.

하루는 아들 녀석이 밤 열두 시쯤 장사를 마치고 가슴에 군고구마를 가득 안고 돌아왔습니다.

"아버지, 군고구마 사 왔어요."

"이 늦은 시각에 군고구마가 어디서 났냐?"

"추운 날씨에 손님도 없이 군고구마 아저씨 혼자 계시기에 팔아드렸어요."

"와, 우리 아들 이제 다 키웠네. 이웃도 생각할 줄 알고."

"여태까지는 길거리에서 장사하시는 분들을 보면서 아무 생각 없이 지나쳤어요. 그런데 제가 붕어빵 장사를 하고부터 그분들을 보면 제 모습 같아요. 잘 모르시겠지만 손님이 없는 날은 다른 날보다 더 춥고 심심해요. 서로 말은 안 해도 느낌으로 알 수 있어요, 손님이 없는 날은 얼마나 쓸쓸하고 외로운지."

"나도 여태 예사로 보았는데….".

"길거리에서 장사하시는 분들 보면 온갖 생각이 다 들어요. 저 아저씨
는 똥오줌을 어느 상가에서 눌까? 밥은 어디서, 어떻게 드실까? 오늘 가져
온 재료는 다 팔았을까? 손님이 없어 팔지도 못하고 집으로 다시 가져가
는 것은 아닐까? 모든 게 마치 제 일 같아요."

"그래서 군고구마를 이렇게 많이 사 왔냐?"

"오늘 붕어빵 많이 팔았는데 다른 사람 것도 조금 팔아드려야지요."

아들 녀석은 스스로 일을 하면서, 애비도 모르는 사이에 쑥쑥 자랐습니
다. 사람은 노동을 통해서 성숙해진다는 것을 새삼 깨달았습니다. 힘든
노동을 통해서 참을성을 기르고, 이웃을 알게 되고, 세상을 넓고 깊게 보
는 눈을 가지게 된다는 것을 말입니다.

붕어빵을 굽던 아들 녀석은 해군에 입대하여 제대하고, 지금은 필리핀
피스캠프에서 아이들과 함께 사는데, 이런저런 살아온 이야기를 적은 책
이 한 권 세상에 툭 나왔습니다. 《붕어빵과 개구멍》(텍스트)이란 책입니
다. 현실보다 이상이 높아 깊은 감동으로 와 닿지는 않지만, 그래도 가난
한 농부인 아버지를 부끄러워하지 않고 자랑스럽게 생각하는 글이 있어
옮겨 봅니다.

우리밀 붕어빵 장사를 하면서부터 꾸준히 농업과 생태 문제를 관심
있게 지켜보기 시작했다. 밥상을 지키는 일, 더 나은 밥상을 위해 실천
하는 일, 전세계가 다 함께 나누어 먹을 수 있는 밥상을 요구하는 일만
큼 중요한 일이 없다는 것을 알게 되었다. 다소 무관심했던 농업과 식
량 문제에 눈을 뜨기 시작하면서 나는 아버지를 이해하기 시작했다.
간디학교 시절, 미워하는 마음을 열 장 넘는 편지에 써내려 갈 만큼 싫
었던 아버지를 조금은 이해할 수 있었다. 농부로 살아가고자 하는 아

버지를 이해하게 된 것이다.

나는 초등학교 때만 해도 네 번이나 전학을 했다. 그때는 우리 식구들 모두 도시에서 살았다. 가난한 아버지와 어머니는 집이 없었다. 우리는 늘 집주인 눈치를 살피며 살았다. 더구나 손님이 찾아오는 날이면 더욱더 주인 눈치를 살펴야 했다. 그러나 아버지는 눈치가 없었다. 월세를 주고 사는 동안에는 어느 누구의 집도 아닌, 우리 집이라고 말하며 큰소리치고 살았다. 어머니는 이런 문제로 아버지와 가끔 다투곤 했다.

손님이 찾아온 이튿날은 거의 빠짐없이 집주인이 어머니한테 큰소리를 쳤다.

"셋방살이하는 것들이 우찌 그리 만날 손님이 찾아오노. 시끄러워서 우찌 살겠노."

그런 날이면 어머니는 머리를 숙이고 아무 말도 못하셨다. 그리고 며칠 지나면 우리는 이사를 갔다. 그래서 여기저기 옮겨 다니며 학교생활을 해야 했기에 정을 오랫동안 붙일 만한 곳이 내게는 단 한 곳도 없었다. 늘 어떤 흔적들 위에서만 살아가고 있다는 느낌이 들었다. 정이 들려고 하면 또 어디론가 훌쩍, 뿌리내릴 때쯤 되면 다시 훌쩍. 이래서 내게는 어릴 적부터 알고 지내는 친구가 없다. 그러다가 내가 열여덟 살이 되던 해 아버지는 귀농을 하셨다.

(중략)

사람들은 고향이 어디냐고 물으면 대개 자신이 태어난 곳을 이야기하는데, 나는 태어난 곳에 대한 기억이 전혀 없다. 기억도 없는 그곳을 고향이라 부르며 살았다. 고향이라면 돌아가야 할 어머니 품 같은 곳이어야 하는데 말이다. 따뜻한 기억도, 골목의 정취도, 어떤 사건도 생각나지 않는 그곳을 고향이라고 부르기에는 너무 민망했다. 내게 고향의 풍경은 황무지와 같았다.

그런 내게 고향이 생긴 건 이년 전이다. 이십오 년 만에 내게도 고향이 생긴 것이다. 내가 돌아가야 할 곳이 생긴 것이다. 이름도 고운 '나무실 마을', 경상남도 합천 황매산 자락에 자리 잡은 조그만 산골 마을이다. 아버지의 귀농은 마침내 내게 '고향'이라는 큰 선물을 안겨 주었다. 황토로 만든 집에 들어서면 기분 좋은 흙냄새가 나고, 어느 바람결에 들어왔는지 풀 냄새도 난다.

그리고 집 옆에는 창고와 생태뒷간이 있다. 뒷간에 앉으면 사는 게 무엇인지 생각하게 하는 글이 여기저기 붙어 있다. 웃음이 저절로 나오는 글도 있어 똥 누는 재미가 쏠쏠하다.

위장도 깨끗이 비우시고
자신도 모르게 쌓인
욕심도 깨끗이 비우시고….

똥 누는 일!
정말 신나는 일입니다.
고마운 마음으로
천천히, 맛있게 먹는 일이나
먹고 남은 똥을
다시 흙으로 돌려주는 일이나
다 소중한 일입니다.

뒷간에서 받은 똥과 오줌은 따로따로 발효시켜 훌륭한 거름으로 쓴다. 이 뒷간을 쓰고자 하는 사람은 패스트푸드 햄버거와 같은 불량식품을 먹어서는 안 된다. 왜냐하면 수입농산물이나 불량식품에는 농약과 방부제가 많이 들어 있어 발효가 잘 안 되고 냄새도 지독하기 때문이다. 오죽했으면 똥파리도 싫어한다고 할까.

마당 앞에 있는 작은 텃밭에는 내가 심어 놓은 포도나무와 상추, 고추, 쑥갓, 케일, 토마토 들이 자라고, 장독대 사이에는 분꽃과 봉숭아가 피어 바라만 봐도 흐뭇하다. 그리고 앞집 지붕을 타고 오르는 호박덩굴은 눈도 없는 것이 크든 작든 무엇이든 잡히는 대로 감고 제 길을 간다.

오른쪽에는 군불을 땔 수 있는 아궁이가 있어 석유나 가스가 없어도 사철 내내 따뜻한 방에서 잘 수 있다. 아궁이 바로 옆에는 한 해 내내 쓰고도 남을 장작이 가지런히 쌓여 있어 마음이 든든하다. 그리고 왼쪽 벽에는 괭이, 호미, 낫, 삽이 걸려 있어 '이 집이 내 집이구나!' 하는 생각이 저절로 든다.

집은 열일곱 평밖에 안 되는 작은 흙집이지만 아늑하고 따뜻함이 물씬 흘러나온다. 이제는 이곳이 내 고향이다. 아니, 우리 식구들의 고향이고 나를 아는 모든 이들의 고향이다. 도시 사람들의 위로용 멘트로 사람들은 아버지와 어머니가 있는 곳을 고향이라 말하지만, 내게는 정말 고향이라고 부를 수 있는 곳이 생겼다. 먼 곳에 있더라도 나의 그리움과 외로움은 이곳 황매산으로 달려갈 테니까 말이다.

우리 아버지는 농부이시다. 이 사실을 전혀 부끄럽게 생각하지 않는다. 너무나도 자랑스럽게 이야기할 수 있다. 이 세상에서 농부만큼 자연에 순응하고 죄를 적게 지으며 사는 사람이 어디 있을까.

(중략)

아버지의 귀농으로 얻은 것이 많다. 아버지를 좀더 이해하게 되었고, 용기 있게 실천한다는 것이란 무엇인지 배웠고, 손으로 고추를 심고, 무 심고, 감나무 다듬는 것도 배웠다. 무엇보다 자연의 이야기를, 그 품속으로 들어가 직접 들을 수 있어 좋았다. 이 세상 그 무엇과도 바꿀 수 없는 소중한 것을 얻었다.

(중략)

어머니, 아버지는 오늘도 산골 마을 들녘에서 땀 흘려 일하고 계실 것이다. 수십 년 동안 아기 울음소리 한번 들을 수 없는 작은 산골 마을에서 아름답고 귀한 자연과 그리고 늙으신 농부들과 마음을 나누고 계실 것이다. 내게 어머니와 아버지는 가장 넓은 하늘이시다. 나는 어머니와 아버지가 자랑스럽다. 고운 하늘을 품고 살아가는 우리 아버지는, 우리 어머니는 농부이시다. 그리고 나는 자랑스런 농부의 아들이다.

논 한마지기도 없이 남의 땅 부쳐 농사짓는 아버지를 자랑스럽게 여기는 아들 녀석의 글을 읽으며 많은 것을 깨달았습니다. 아버지를 미워하던 마음마저 사라지게 만든 것은 결국 흙냄새, 풀 냄새, 포도나무, 상추, 고추, 쑥갓, 케일, 토마토 들이었습니다. 고향도 없이 떠돌아다니던 아이들의 영혼을 되살려준 것도 결국은 분꽃, 봉숭아, 호박 덩굴, 무, 감나무 들이었습니다. 똥이 사람을 살리는 거름이 된다는 것을 깨닫게 해준 것도 결국은 생명이 살아 숨 쉬는 농촌이었습니다. 태어나서 처음으로 저는 아이들에게 그리고 아내에게 선물을 안겨 주었습니다. 이보다 더 소중한 선물이 어디 있겠습니까.

도시에 살 때는 몰랐지만 농부가 되고부터 아침에 일어나면 하루하루가 큰 선물이라는 생각이 듭니다. 새소리와 물소리를 들으며, 갖가지 나무 냄새와 꽃 냄새를 맡으며 하루를 열 수 있다는 게 얼마나 큰 축복인지 깨달았습니다. 그래서 팽이를 들고, 호미와 낫을 들고 논밭으로 가면 콧노래가 절로 나옵니다.

논밭에 갈 때에는 일하러 간다는 생각을 하지 않습니다. 제 손으로 심은 곡식들을 만나러 가는 길이라 생각합니다. 만난다는 것이 얼마나 기쁜 일입니까. 더구나 제 손으로 심은 곡식 하나하나가 벗이라 생각하면 마음이 설레고 몸도 가벼워집니다. 어떤 날은 어둠이 채 가시지 않은 새벽부터 일어나 달려갑니다. 벗(곡식)들이 밤새 별 탈 없이 잘 잤는지, 밤이슬이나 비바람에 떨지는 않았는지, 얼마나 쑥쑥 자랐는지, 필요한 것은 없는지, 하도 궁금하여 한걸음에 달려갑니다.

논밭에 가면 하느님이 만든 온갖 생명들이 나를 보고 "반갑다!"고 소리칩니다. 그 소리를 들으면 행복합니다. 이 행복을 이 땅에서 살아가는 젊은 아들딸들과 나누고 싶습니다. 잠시 머물다 떠날 인생인데 무어 욕심 부린다고 이루어질 것도 없으며, 뜻한 대로 이루어졌다 하더라도 그것 또한 한바탕 꿈인 것을 이제야 깨닫습니다. 늦은 깨달음까지도 나누며 살고 싶습니다.

소농 그리고 희망

고용인을 두지 않고 가족끼리 짓는 소규모의 농사, 또는 그러한 농민을 소농(小農)이라 합니다. 중농(中農)과 대농(大農)은 말씀드리지 않아도 알 수 있겠지요. 그렇다면 소농을 다른 말로 '가족농'이라고 해도 무리가 없을 듯합니다. 학교나 시민사회단체에서 강연을 할 때, 이런 질문을 자주 받습니다.

"정부에서는 대농을 키우는 정책을 우선하는 것 같은데 왜 소농이 소중하다고 하는지요? 왜 소농을 살려야 안전한 먹을거리를 공급받을 수 있나요? 왜 유기농업은 소농이 해야 하나요? 땅을 넓히고 기계를 이용하여 한 사람이 대단위 유기농업을 하면 많은 사람이 건강한 먹을거리를 조금 더 싼값으로 사 먹을 수 있지 않을까요?"

그럼 지금부터 궁금한 점을 하나씩 하나씩 풀어 보겠습니다.

첫째, 소농은 자기가 심은 농작물을 눈만 뜨면 만나는 한 식구처럼 정성껏 돌볼 수 있습니다. 사람도 자주 만나지 않으면 마음이 멀어지듯 농작물도 똑같다고 여기면 됩니다. 농작물은 저절로 자라는 들풀과 달라 잘 보살피지 않으면 시들어 버리거나 병이 드니까요.

둘째, 소농에서는 땅심(토지가 농작물을 자라게 할 수 있는 힘)이 살아나고, 천적이 생겨 병해충을 스스로 이겨낼 수 있습니다. 여러 가지 농작물을 돌려가며 짓고(윤작), 같은 땅에 두 가지 이상 농작물을 섞어 지으면(혼작) 저절로 땅심이 살아나고 천적이 생기니까요.

셋째, 소농은 생산한 농작물의 소비가 지역 안에서 이루어지므로, 지역 경제를 살리고 식량주권을 지킬 수 있습니다. 우리가 발 딛고 선 땅에서 손수 농작물을 생산하여 스스로 밥상을 차릴 수 있으니까요. 그렇게 되면 농작물을 운반하거나 저장하는 데 들어가는 여러 경비(석유, 인건비, 자동차 유지비, 보관비, 운송비 따위)를 줄일 수 있고, 몸에 해로운 방부제 따위를 쓰지 않아도 됩니다. 우리 목숨을 이어주는 먹을거리를 지역 안에서 스스로 해결할 수 있다면 어떤 어려움이 닥쳐와도 크게 걱정하지 않아도 되리라 생각합니다. 외국 농산물을 사 오느라 빠져나가는 돈이 지역 안에서 돌게 되면 실업자가 줄어들고, 그렇게 윤택하게 된 지역 경제는 돈이 없어 굶거나 병든 사람들을 위한 복지 기반이 될 수 있겠지요.

넷째, 소농은 믿을 수 있습니다. 생산자와 소비자가 한 식구처럼 지내기 때문에 이윤만을 추구할 수 없습니다. 믿음으로 맺어진 작은 공동체라 할 수 있지요. 생산자들과 소비자들이 들녘에서 자주 만나, 함께 땀 흘려 일하다 보면 농촌과 도시는 둘이 아니라 한 공동체라는 것을 저절로 깨닫게 되지 않겠습니까? 그렇게 되면 서로의 삶을 이해하고 기쁨과 슬픔을 함께 나누며 살 수 있겠지요.

소농은 품이 많이 들기 때문에 농산물 값이 싸지 않습니다. 그러나 조금 비싼 값을 주고 농산물을 샀다 하더라도, 속아서 샀다는 생각이 들지 않고 늘 고맙다는 생각이 들어 머리가 절로 숙여질 것입니다. 왜냐하면 농산물마다 정성과 혼이 깃들어 있기 때문입니다. 그래서 '비싼 값'이라기보다 '정당한 값'이라고 하는 게 맞겠지요.

어떤 물건이든 싸다고 좋은 것은 아닙니다. 더구나 사람의 몸과 마음을 살려주는 음식인데 싼 것만 찾아서야 되겠습니까? 멀쩡한 물건이 값이 쌀

22

때는 틀림없이 무슨 까닭이 있지 않겠습니까? 아니, 무슨 까닭이 있다고 생각해야 합니다.

농약 범벅인 농산물을 먹고살다가, 하루하루 농약이 몸에 차곡차곡 쌓여 깊은 병이 들면 아무도 치료비를 주지 않습니다. 누구나 잘 알고 있듯이 한번 병든 몸을 다시 회복하는 것은 결코 쉬운 일이 아닙니다. 어리석은 일 가운데 가장 어리석은 일이, 어떤 목적이나 이익을 이루느라 자기의 몸을 해치는 것입니다. 몸을 해치는 음식은 죽은 음식입니다. 죽은 음식은 아무리 맛있다 하더라도 몸을 병들게 하고, 나라를 병들게 하고, 세상을 병들게 할 것입니다.

그 밖에도 소농을 살려야만 하는 까닭은 헤아릴 수 없이 많습니다. 자급자족할 수 있는 삶을 통해 사회를 안정시키고, 식량자급률을 높여 식량 안보에 버팀목이 되고, 물질이 중심이 된 메마른 사회를 사람과 자연 중심으로 이끌어 가면서 고향처럼 푸근한 정을 느끼게 하고, 자라나는 아이들과 함께 일하면서 놀이와 문화를 만들어갈 수 있고, 그리하여 먹을거리와 노동의 소중함을 일깨워줄 수 있고, 지역마다 알맞은 토종종자를 보존하여 종자주권을 지켜나가고, 생물의 다양성을 연구하여 사람과 자연을 살리는 데 이바지할 수 있습니다.

소농을 살리는 길은 거창한 게 아닙니다. 도시에서 사는 가족과 소농이 '자매결연'을 맺어 한 형제처럼 자주 찾아가서 일손을 거들고, 밥을 나누어 먹고, 생산한 농산물을 나누는 것입니다. 다시 말하지만 소농이 늘어나야만 오염된 자연이 되살아나고, 자라나는 아이들과 모든 사람이 건강한 삶을 누릴 수 있습니다.

이렇게 소중한 소농을 늙고 병든 농민들에게 맡겨 놓고, 다리 뻗고 잠들 수 있겠습니까? 우리 목숨을 살려주고 아이들의 미래를 짊어지고 가는 농민이 젊고 건강해야 하지 않겠습니까? 그래야 우리 모두 다리 뻗고 잠들 수 있지 않겠습니까?

중국도 '폭설 쇼크'… 지구 반대편선 '폭우 비명'

베이징 59년 만의 폭설

브라질 폭우로 85명 사망

기상청 "이례적"… 지구촌 북반구 '이상 한파'

유럽 폭설 80명 숨져

서울 1만6,000명 동원 염화칼슘 3,105톤 뿌려

기록적인 '눈폭탄'… 지자체 '제설 전쟁' 속수무책

"총력 기울였지만 기습 폭설에 대응 역부족"

막히고 끊기고 … 수도권 '마비'

눈 치우던 50대 추락 숨져 … 교통사고 잇따라

기업 일정 꼬이고

정부 행사도 차질

북새통 전철 피해 버스 탔더니 '부천 – 공덕 3시간'

자포자기 심정 '지각 보고'… 공덕동까지 '잔혹한 출근'

폭설과 한파에 따른 물류 차질로 농산품 가격이 폭등했다. 농림수산
식품부는 5일 서울 가락동 농수산물시장에서 청과류(채소와 과일) 407
개 품목 가운데 107개 품목의 낙찰 가격이 하루 전보다 10% 이상 올
랐다고 밝혔다. … 품목별로는 상추가 4kg짜리 상등급 기준 5만 9,482
원으로 하루 만에 42%나 뛰었다. 시금치 값은 400g당 1,650원에서
2,075원으로 25% 올랐다.

또 호박(10kg들이 주키니종)이 1만 2,755원에서 1만 6,484원으로 29%
상승했다. 대형마트인 이마트는 경기도 지역 시금치 도매가격 평균이
지난주보다 114% 올랐고, 미나리(64.8%)와 깻잎(10%)도 큰 오름세인
것으로 집계됐다.

윗부분의 짧은 문구들은 2010년 1월 5일 〈한겨레〉의 크고 작은 제목들
이고, 아래 글은 그 다음날 1면 오른쪽에 실린 기사입니다. 이 기사를 같

이 보던 후배가 이렇게 물었습니다.

"선배님, 겨울이 이렇게 추운데 언론에서는 지구온난화니 뭐니 떠들어 대며 사람들한테 겁을 줍니다. 알다가도 모르겠습니다."

"이 사람아, 요즘 여기저기서 쓰는 말 가운데 지구온난화라는 말과 기후변화라는 말이 있다네. 이 두 가지는 모두 온실가스 때문에 생긴 것이지. 온실가스 때문에 교란된 지구생태계에서는 그 변화 과정에서 더워지는 현상만 생기는 것이 아니라 해일, 한파, 폭설, 폭우 같은 것도 일어나게 된다네. 기후가 시도 때도 없이 갑자기 변하면서 추워지기도 하고 더워지기도 하지. 우리나라에서 여태 이어온 '삼한사온'이라는 말도 벌써 사라진 지 오래되었다네. 이것도 모두 지구온난화 때문이라네."

앞날을 걱정하는 학자들은 몹쓸 인간들 때문에 날이 갈수록 지구가 몸살을 앓고, 앞으로 무서운 자연재해와 식량전쟁이 일어날 것이라 합니다. 그러나 하루하루 살아가기 바쁜 사람들은 한번 듣고 남의 일처럼 여깁니다. 그러니 아무리 소농이 소중하다고 떠들어도 소 닭 보듯, 닭 소 보듯 하는 것이지요.

지역마다 소농이 살아 있으면 폭설과 한파뿐만 아니라 홍수와 가뭄 때라도, 농산품 가격폭등을 상당히 줄일 수 있습니다. 폭설과 한파로 자동차와 비행기가 다니지 못하는데 어찌 경남 통영에서 생산한 시금치가 서울까지 갈 수 있겠습니까? 앞으로 다가올 무서운 기상이변을 생각해서라도 소농을 꼭 살려야 합니다.

유기농산물을 아십니까

갑자기 온 나라에 '웰빙' 바람이 일고 있습니다. 웰빙 상가, 웰빙 식당, 웰빙 음식, 웰빙 체험과 같은, 여태 살면서 듣지도 못한 이상한 말들이 생겨나서 사람 정신을 쏙 빼 놓고 있습니다. 그 웰빙 바람을 타고서인지 친환경농산물을 파는 가게인 '초록마을'은 2002년에 직영매장 1호점을 냈다는데, 2009년 12월 지금은 전국에 220여 개 매장에, 연매출 1,000억 원을 바라보고 있다고 합니다. 300여 가지밖에 안 되던 친환경농산물 제품도 2,500여 가지로 늘었답니다.

그뿐만이 아닙니다. 초록마을이 생기기 전인 1966년부터 지금까지, 농민 형제들의 살림살이를 지키기 위해 온몸으로 실천하고 있는 가톨릭농민회와 뜻을 모아 우리농 생협을 이끌어가고 있는 천주교 우리농촌살리기운동본부 친환경농산물 직매장도 300개가 넘습니다. 그리고 20년이 넘도록 밥상살림·농업살림·생명살림을 내세우며 뜻 깊은 활동을 부지런히 해 오고 있는 든든한 '한살림'도 직매장이 200개나 있습니다. 그 밖에 아이쿱 생협, 한마음공동체, 유기농 신시, 유기농 뜨락, 무슨 무슨 생협과 공동체까지 더하면 헤아릴 수 없이 많은 직매장이 우리 가까이 있습니다. 얼마 전만 해도 손님이 알아주지도 않고 관심도 없었는데 날이 갈수록 친

26

환경농산물 직매장이 늘어나고 있습니다.

친환경농산물을 구입하여 스스로 건강을 지키려는 사람들이 늘어나고 있다는 것은 참 바람직한 일입니다. 천하를 얻고도 건강을 잃으면 아무 소용이 없다고 하지 않습니까. 남새, 분유, 주스, 쌀, 과일 가릴 것 없이 유기농, 유기농 하면서 몰리는 것은 그만큼 우리나라 사람들의 몸과 마음이 병들었다는 증거입니다.

배제대 생물의약학과 이기성 교수는 "세계적으로, 조사된 140개 나라 가운데 우리나라가 화학비료를 가장 많이 쓰는 대표적인 나라"라고 합니다. 그 뜻은 결국 우리 땅이 가장 병들었다는 말과 같습니다. 땅이 병들면 식물이고 동물이고 살아 있는 모든 생명이 병든다는 것은 누구나 아는 사실입니다.

그렇다면 친환경농산물이란 무엇일까요? 정해진 법에 따라 농약과 화학비료를 전혀 쓰지 않거나 줄여서 생산한 농산물을 말합니다. '저농약 농산물'은 농약과 화학비료를 반으로 줄여 생산한 농산물이고, '무농약 농산물'은 농약은 쓰지 않고 화학비료만 반으로 줄여 생산한 농산물입니다. '전환기 유기농산물'은 유기농산물을 생산하기 위해 3년 동안 농약과 화학비료를 쓰지 않고 농사지은 농산물이고, 마지막으로 '유기농산물'은 농약과 화학비료를 3년 이상 쓰지 않은 땅에서 유기 비료로 생산한 농산물을 말합니다. 바보가 아니라면 어느 농산물이 사람 몸에 좋은지 알 수 있을 것입니다. 새와 벌레도 여러 가지 농산물이 있으면 유기농산물을 골라서 먹는다고 하니까 말입니다.

유기농산물이란 유기 비료를 써서 생산한 농산물이라 했는데, 가장 큰 문제는 바로 유기 비료입니다. 그럼 유기 비료란 무엇일까요? 성분이 유기물인 비료, 곧 동식물의 비료(녹비, 퇴비, 어비 따위)를 말합니다. 우리나라에서는 대부분 소, 돼지, 닭의 똥오줌으로 거름을 만들어 쓰는데 그 똥오줌이 예전과 같지 않습니다. 옛날처럼 집집마다 동물을 몇 마리 기를 때에는 풀과 먹다 남은 음식으로 길렀지만, 요즘은 동물을 길러 돈을 벌기 위한 대단위 농장을 하기 때문에 거의 수입 사료를 먹이로 쓰고 있기 때문이지요.

수입 사료에는 여러 가지 농약과 방부제 따위가 들어 있다는 것은 누구나 잘 압니다. 그러니 수입 사료를 먹고 자란 동물들이 눈 똥오줌 속에 무엇이 들었을지 눈을 감고도 알 수 있지 않겠습니까. 농약과 방부제 따위에 오염된 똥오줌으로 농사를 짓는데 어찌 병든 땅이 살아날 것이며, 병든 땅에서 어찌 유기농산물을 생산할 수 있단 말입니까.

세상에 똥만큼 정직한 게 없습니다. 먹은 대로 나오기 때문이지요. 도시 아이들 똥에는 파리도 앉지 않는다고 합니다. 몸에 해로운 농약과 방부제가 든 음식을 주로 먹기 때문입니다. 우리 집에 도시 손님이 자주 온다는 걸 동네 사람들이 다 압니다. 하루는 도시에서 손님들이 왔다갔는데, 지나가던 마을 할머니 한 분이 이렇게 말씀하셨습니다.

"아이구우, 이 집 마당에 무슨 냄새가 이리 지독하노. 뭐 묵고 똥을 쌌노. 이렇게 냄새 나는 똥은 거름도 안 된다카이."

도시 아이들 똥이나 도시 어른들 똥이나 마찬가지입니다. 벌레도 싫어하는 오염된 수입농산물을 먹고 똥을 누기 때문에 냄새도 독하고, 잘 썩지 않아 거름도 잘 안 됩니다.

사람들과 짐승들이 건강한 음식을 먹고 눈 똥오줌을 다시 땅으로 되돌려, 그게 거름이 되어 땅을 살리고, 그 땅에서 생산한 건강한 먹을거리를 진짜 유기농산물이라 해야 합니다. 쌀겨와 깻묵 따위로 거름을 만든다 해도 거름의 재료가 유기농법으로 생산된 것이라야 합니다. 그런데 이 땅에 유기농산물이 얼마나 많기에 가게마다 유기농이 어쩌고저쩌고 떠들어댄단 말입니까. 농사를 지어 본 사람이나 지금 짓고 있는 사람은 다 압니다, 유기농산물을 생산하려면 얼마나 어렵고 힘든지를요. 그래서 정부나 지정한 단체에서 인증하는 무농약 농산물, 저농약 농산물은 어느 정도 생산

되겠지만, 유기농산물 양은 얼마 되지 않을 것입니다. 거름의 재료까지 유기농법으로 생산된 것은 아니기 때문입니다.

식물도 마찬가지입니다. 이파리나 줄기에 농약을 치지 않았다 하더라도 이미 땅이 병들어 있으면, 그 땅에서 자라는 모든 과일이나 곡식은 결국 사람과 자연을 해롭게 할 것이 틀림없습니다. 병든 땅에서 어찌 건강한 곡식이 자랄 수 있으며, 병든 몸에서 어찌 건강한 아기가 태어나겠습니까.

아기 둘 가운데 한 명이 아토피와 천식 따위를 안고 태어난다는 말이 들리는 안타까운 세상입니다. 이런 세상에서 사람과 자연을 살릴 참된 대안은 내놓지 않고, '유기농'이란 말만 늘어놓으면서 돈놀이에 정신이 없으니, 어찌 우리 아이들이 건강하게 살 수 있겠습니까. 그래서 묻는 것입니다. 그대들이 유기농산물을 아십니까?

농업과 농민을 우대하지 않으면, 바다를 건너 막대기를 벗 삼아 이민하는 것보다 못하다.

다산 정약용

황금보다 귀한 똥

똥이 진짜 좋은 거름이었던 시절
잔칫집에 가면 꼭꼭 씹어서 천천히 먹고
똥이 마렵거든
꼭 집에 와서 눠야 한다던 할머니는

우리가 눈 똥이 논밭 거름이 되고
다시 밥이 되고 반찬이 된다고
자식만큼이나 똥을 귀하게 여겼다.

똥 굵기와 빛깔을 보면
병이 있는지 없는지
척척 알아맞히시던 할머니는

노란 은행 이파리 뚝뚝 떨어지던
늦가을 저녁에
죽기 전에 손이나 한번 잡아 보자
잡아 보자 하시더니
똥 한 덩이 남기고 돌아가셨다.

― 〈아름다운 시절 4〉

어린 시절, 똥을 유산으로 남기고 돌아가신 할머니를 그리며 내가 쓴 시입니다. "밥은 나가서 먹어도 똥은 집에서 눈다"는 옛말이 얼마나 귀한 말씀인지 농사꾼이 되어서야 조금 깨닫습니다.

똥은 밥을 먹고 나온 찌꺼기입니다. 하지만 이 찌꺼기가 다시 밥을 만드는 거름이 됩니다. 농부들은 농사지을 때 거름이 꼭 필요합니다. 사람이 땅이 주는 대로 먹으려면 거름이 필요 없지만, 사람은 땅이 그저 주는 것만으로는 살아갈 수 없습니다. 그래서 땅에 거름을 넣고 이랑을 갈아 씨를 뿌리고 가꾸는 것입니다.

우리 몸에 들어온 음식물은 30%만 소화되고 나머지는 양질의 영양분과 함께 그대로 밖으로 빠져나간답니다. 이 똥오줌을 음식찌꺼기나 짚, 나뭇잎 따위와 섞어 놓으면 산소를 좋아하는 미생물들이 부지런히 일을 해서 똥을 거름으로 만들지요.

수천 년 동안 우리는 사람 똥오줌이나 짐승 똥오줌을 버리지 않고 거름으로 썼습니다. 똥은 더러운 게 아니라 자연 순환의 일부이며 거름으로 쓸 수 있는 신성한 것이라 여겼지요. 그런데 도시가 생기고 사람들이 도시로 몰려들면서 사람 똥오줌은 거름이 되지 못하고 애물단지가 되어 버렸습니다. 수천 년 동안 우리 목숨을 살려준 똥오줌이 쓰레기보다 못한 취급을 받고 있으니 귀신이 통곡할 노릇이지요.

내가 도시에서 살 때에는 '뒷간'이 아니라 '화장실'이라는 곳에서 똥오줌을 누었습니다. 화장실이란 말은 서양에서 수세식 양변기가 들어오면서부터 썼습니다. 똥오줌을 누는 공간과 씻는 공간이 합해지면서 쓰게 된 말이지요.

그런데 똥오줌을 누면서 가끔 이런 생각이 들었습니다. '내가 눈 똥오줌이 어디에 모여, 어떤 처리시설을 거쳐 흘러가는 걸까? 똥오줌이 흙으로 돌아가면 사람과 자연을 살리는 거름이 된다던데, 물과 섞이면 지구에 어떤 영향을 끼치게 될까?' 그래서 하루는 아우한테 전화를 걸어 물어보왔습니다.

"아우, 어찌 지내는가? 궁금한 게 있어 전화했다네. 내가 눈 똥오줌이 어디에 모여서 어디로 흘러가는가?"

"아니, 그게 무어 궁금하다고 그러세요."

"날마다 귀한 음식을 먹고, 귀한 똥오줌을 누는데 궁금하지, 왜 궁금하지 않겠나."

"형님, 똥오줌은 정화조로 가서 소독 과정을 거치게 됩니다. 그 다음 하수처리장으로 가지요. 아파트의 경우는 맨홀에 모여서 관을 통해서 나가지요. 요즘 대단위 아파트는 단지 내 처리시설이 잘되어 있고요. 아파트 단지가 작으면 지방자치단체에서 운영하는 처리시설로 갈 거예요. 옛날에 지은 아파트나 일반 주택들은 아무래도 처리시설이 잘 안 된 곳이 많아 오염의 원인이 되기도 하지요."

"그럼, 처리시설을 거친 다음에는 어디로 가는가?"

"찌꺼기는 땅에 묻거나 태우거나 비료로 만들어요. 다 좋은 방법은 아닌 듯해요. 나머지 물은 다시 쓰기도 하고 바다나 강에 버려지겠지요. 깨끗하게 정화된 물이라 오염시키지는 않을 거예요. 그 물에 금붕어도 산다니까요."

"자네가 그 물을 먹어 보았는가? 사람이 먹을 수 있어야 금붕어든 뭐든 살 수 있지 않겠나?"

"그건 그렇지만…."

결국 내가 눈 똥오줌이 흙으로 돌아가서 사람과 자연을 살리는 거름이 되지 못하고, '똥물'이 되어 바다나 강으로 흘러가 오염을 시키거나, 아니면 아무짝에도 쓸모없는 것이 된다고 생각하니 부끄러웠습니다. 도시에 살 때 저를 가장 부끄럽게 만든 게 바로 수세식 화장실입니다. 밥은 어김없이 똥이 되는데, 똥은 밥이 되지 못했기 때문입니다.

수세식 화장실에서 똥을 처리하기 위해서는 많은 물이 필요하며, 배설물에 의한 부영양화로 수질오염이 발생합니다. 결국 친환경적이지 않다는 말이지요. 서울과 수도권의 화장실에서 쓰는 물의 양만 해도 1년에 6억 6,000만 톤이나 된다고 합니다. 수세식 화장실은 똥오줌을 처리하는데 똥 무게의 50배 이상의 물을 써야 하니까요.

수세식 화장실은 고기를 주식으로 하는 서양 사람들이 만든 변소입니다. 그들은 고기를 주식으로 하다 보니 섬유질이 모자라 가스가 많고, 배설을 도와주는 유산균이 적어 똥에서 악취가 납니다. 그래서 얼른 물로 씻어 버리려고 만든 게 수세식 화장실이지요. 그러나 우리나라에서는 여태 거의 채식을 했으므로 똥에 섬유질과 유산균이 많아 냄새도 적고 깨끗합니다. 그렇다고 그 똥을 바로 논밭에 쓸 수는 없습니다. 완전히 발효시켜 쓰지 않으면 땅을 오염시키기 때문입니다.

지금은 대부분 사람 똥오줌으로 농사를 짓는 게 아니라 화학비료와 짐승의 똥오줌으로 농사를 짓습니다. 소, 돼지, 닭, 염소, 사슴, 개 들이 눈 똥오줌을 띄워 만든 거름으로 농사를 짓지요. 그렇다면 결국 사람은 짐승이 눈 똥오줌을 먹고사는 것이나 다름없으니, 사람 몸은 짐승의 똥오줌으로 이루어져 있다고 해도 지나친 말이 아닙니다. 똥이 곧 내 밥이요 몸인 셈이기 때문입니다.

날이 갈수록 곳곳에서, 더구나 대안학교(실상사 작은학교, 풀무학교, 산마을 고등학교 등)에서도 '생태뒷간'을 지어 똥오줌을 다시 자연으로 돌려주어, 자연의 '순환 고리'를 끊지 않으려고 애를 씁니다. '순환'이란 한차례 돌아서 다시 먼저의 자리로 돌아오는 것을 말합니다. 곧 우리가 먹은 음식이 똥이 되고, 그 똥이 거름이 되어, 다시 새싹을 길러 우리 입으로 들어오는 것을 말합니다.

서양에서는 100년만 농사를 지어도 땅이 메말라 사막화 현상이 나타나는 데 견줘, 동양은 4,000년 넘게 농사를 지어도 왜 사막화가 되지 않을까라는 궁금증을 품은 미국 농무부의 한 공무원이 있었답니다. 그이는 한

국과 중국 그리고 일본의 농촌 지역을 1년 가까이 답사한 끝에 똥, 치수 정책, 혼작·간작·윤작으로 농사짓는 데서 그 답을 찾았다고 합니다. 얼마 전인 2008년 10월 29일 우리나라 농촌진흥청에서 '토양의 화학적 특성 실험'을 했는데, 똥을 거름으로 만들어 농사지은 땅에 유기물과 미네랄이 몇 배나 많았다고 합니다. 그뿐만이 아닙니다. 일본과학기술청에서 '일본 시금치 미네랄(철분) 감소 추이'를 연구하여 발표(SBS 특집다큐 〈똥, 땅을 살리다〉, 2009년 2월 18일)한 조사서를 보면 자연비료(똥오줌)로 농사지으면 화학비료로 농사지은 농산물보다 영양가가 10~20배 남짓이나 많다고 합니다. 1952년도 시금치 한 단과 1993년도 시금치 열아홉 단의 영양가가 같고, 1952년도 당근 한 개와 1993년도 당근 열 개의 영양가가 같으며, 1952년도 귤 한 개와 2001년도 귤 스무 개의 영양가가 같다고 합니다.

인분을 퇴비화하는 사람은 밤하늘의 별을 우러러 부끄럼이 없다.

인분이야말로 가장 훌륭한 비료라는 것을 과학은 알고 있다. 이 퇴비더미가 무엇인 줄 아는가? 바로 꽃들이 만발한 화단이며, 녹색 풀밭이며, 박하, 백리향, 세이지 같은 향신료이며, 밀이며, 식탁 위의 빵이며, 우리 몸속을 돌고 있는 따뜻한 혈액인 것이다.

— 빅토르 위고

기이하게도, 우리는 태어나는 순간부터 죽을 때까지 우리와 함께할 뿐 아니라 모든 사람이 하루도 빠짐없이 배설하고 있는 인분에 대해서는 끈덕지게 외면해 왔다. 우리가 이처럼 인분의 재순환 문제에 대해서 마치 모래 속에 얼굴을 파묻고 모른 체하려는 타조 같은 태도를 취하는 이유는, 똥이라는 말조차 입에 담기를 싫어하는 사회정서 때문이다. 그것은 사회적 금기로서 화제로 삼을 수 없는 것이다. 하지만 머지않아 우리는 그 문제를 골똘히 다루지 않을 수 없는 시점에 다다르게 될 것이다. 자연계에는 폐기물이란 없다. 그것은 다만 사람들의 이해

부족으로 만들어낸 잘못된 개념일 뿐이다. 잘못된 개념을 없애기 위한 비밀의 열쇠는 우리 인간이 찾아야 한다. 자연은 수천 년 전부터 그 열쇠를 인간에게 전달할 준비가 되어 있고, 그때를 기다리고 있다.

— 조셉 젠킨스

퇴비화 작업에서 느끼는 매력 가운데 하나는 예술적 요소를 지니고 있다는 점이다. 좋은 퇴비를 만드는 데에는 포도주 발효에 맞먹는 지식과 기술이 필요한 것이다.

— 로저 호그

위 글들은 녹색평론사에서 펴낸《똥 살리기 땅 살리기 — 인분 핸드북》 표지에 실린 글입니다. 조셉 젠킨스가 펴낸 이 책은 1998년 펜실베이니아 환경상과 뛰어난 '자가출판물'에 수여하는 '독립출판 — 올해의 우수도서상'(2000년)에 선정되었으며, 출판마케팅협회로부터 '벤자민 프랭클린상'을 받기도 했답니다. 똥을 주제로 글을 써서 이렇게 많은 상을 받을 수 있다니 놀라운 일입니다. 그만큼 똥이 소중하다는 것이지요.

사람들이 곡식을 기르고 정착 생활을 하면서 한 곳에서 농사를 자꾸 지으면 땅의 힘이 약해져서 농사가 잘되지 않는다는 것을 알고부터 똥오줌을 농사에 쓰기 시작했습니다. 1910년대엔 똥이 귀해서 '똥도둑'도 많았지요. 때론 똥오줌을 구하기 위해 남의 집에 땔감을 해주기도 하고 똥과 곡식을 바꾸기도 했습니다.

똥에는 수분이 70% 남짓 되고, 나머지에 소화되지 않은 음식찌꺼기와 장 벽에서 떨어진 세포, 소화액, 지방, 무기질, 세균 그리고 1,000억 개가 넘는 박테리아가 섞여 있다고 합니다.

똥, 알고 보면 황금보다 귀한 것입니다. 이 똥을 어찌 함부로 수세식 화장실에 마구 버릴 수 있단 말입니까. 그래서 저는 농부가 되어 흙집을 짓고 그 바로 옆에 '생태뒷간'을 지었습니다. 똥오줌을 발효시켜 쓸 수 있도록 말입니다. 그제야 덜 부끄럽게 살 수 있게 되었습니다. 똥이 밥이 되고 밥이 똥이 되니, 농사꾼뿐 아니라 모두가 똥을 밥으로 섬기며 살아야겠습니다.

농사는 천하의 대본이라는 말은 결단코 묵은 문자가 아닙니다. 이것은 억만년이 가고 또 가도 변할 수 없는 대 진리입니다. 사람이 먹고사는 식량품을 비롯해 의복, 주옥은 말할 것도 없고 상업과 공업의 원료까지 하나도 농업의 생산에 기대지 않은 것이 없으니, 농민은 세상 인류의 생명창고를 그 손에 쥐고 있습니다. 우리 조선이 돌연히 상공업 나라로 변하여 하루아침에 농업이 그 자취를 잃어버렸다 하더라도, 이 변치 못할 생명창고의 열쇠는 의연히 지구상 어느 나라의 농민이 잡고 있을 것입니다.

윤봉길 의사가 쓴 《농민독본》 중에서

거룩한 밥상 앞에서

고향 친구와 술 한잔 하면서 이런저런 이야기를 주고받다가, 사기를 쳐서 살거나 빌어먹더라도 도시가 낫다는 친구의 말에 가슴이 답답해졌습니다.

"아무리 농담이라도, 정말 그렇게 생각하고 사는 사람이 많으모 세상이 우찌 돌아가겠노. 그라고 앞으로 자라나는 아이들은 우찌 살겠노."

"말이야 바른 말이지. 나도 고향 떠나 30년 넘도록 도시에 살면서 앞뒷집에 누가 사는지도 모르고 산다 아이가. 이웃들하고 밥 한 그릇 나누어 먹어 본 지가 언젠지 생각도 안 난다. 자네도 알다시피 도시 사람들은 가까운 동료가 노름이나 사기를 쳐서 밥 먹고사는 줄 알아도 모른 척하고 산다 아이가. 뭐 남들 사는 데 괜히 끼어들어 봐야 좋을 기 없다 이거지."

"야야, 그래도 그렇지. 세상에는 착한 사람들도 많다 아이가."

"자네가 생각하는 착한 사람이 누고?"

"마음씨 곱고 어질고 행동이 바른 사람이지."

"야, 국어사전 같은 소리 말고."

"가난하고 버림받은 이웃을 보면 마음이 아파서 시간이고 돈이고 막 내주는 사람. 쉽게 말해서 봉사와 희생정신이 강한 사람."

"열린 입이라고 말은 잘하네. 그런 사람이 도시에 몇 명이나 되겠노. 까놓고 말하모 사기 치지 않고 살 수 없는 데가 도시 아이가. 가슴에 손을 얹고 생각해 보라니까. 서로 살아남으려고 아등바등하면서 사는 게, 막말로 사기 치는 일이잖아. 지나가는 사람들 붙잡고 물어보라니까, 내 말이 맞나 틀렸나. 아니면 성직자나 수도자들한테 물어봐, 도시 사람 가운데 땀 흘려 일하면서 정직하게 살려고 하는 사람이 몇 명이나 있는지. 만일 있다면 성인이거나 미친놈이겠지."

"그래도 착한 사람이 있어서 세상이 이나마 돌아가는 거 아니겠나."

"지구온난화니 뭐니 언론에서 떠들어 봤자 남의 일처럼 여기는 게 도시 사람들이야. 돈 많이 벌어 남들보다 편하게 묵고살기 위해 얼매나 바쁜데, 그따위 말이 귀에 제대로 박히겠냐. 혹시 자네는 쓰고 남는 것을 거지한테 던져주듯이 조금 줘 놓고, 하느님이니 부처님이니 나불대는 사람을 착한 사람이라고 하는 거 아니지?"

"이 사람이, 사람을 우찌 보고…."

오랜만에 만난 동무와 이야기를 주고받다가 문득 이런 생각이 들었습니다.

'땀 흘려 일하고 정직하게 사는 사람이 바보 취급을 받는 이 땅에서, 농사짓는 농부로 산다는 것이 얼마나 고단한 일일까? 더구나 건강한 먹을거리를 생산하고 아이들에게 아름다운 자연을 물려주기 위해 농약과 화학비료를 쓰지 않고 '생명농업(유기농업, 친환경농업)'을 실천하는 가난한 농부들은 어떻게 살아갈 수 있을까? 정성 들여 농사를 지어 안전한 먹을거리를 공급한다고 해서 이 어지러운 세상이 조금이라도 밝아질 수 있을까? 누구 때문에, 누구를 위해서, 농사를 지어야 한단 말인가? 돈만 있으면 무엇이든지 즐길 수 있고 무엇이든지 사 먹을 수 있다고 생각하는 사람들이 판을 치는 세상에서….'

아무리 생각해 봐도 "이게 아니다, 이게 아니다" 싶습니다. 친환경농산물로 건강한 밥상을 차리고 싶은 사람이라면 내가 이 밥상을 받을 만한 자격이 있는가 — 한번쯤은 스스로에게 물어봐야 하지 않겠습니까. 그리고 이 정도는 알아야 하지 않겠습니까.

첫째, 누가 농사를 지었는지 알아야 합니다. 우리 식구들을 살려주는 음식인데, 누가 농사지었는지 알아야 고마운 마음으로 맛있게 먹지 않겠습니까.

둘째, 어떤 방법으로 농사를 지었는지 알아야 합니다. 농약을 쳤으면 왜 쳤는지 그리고 몇 번이나 쳤는지, 농약을 치지 않았으면 어떤 방법으로 농사를 지었는지 알아야 합니다. 그래야만 서로 믿고 살아갈 수 있으니까요.

셋째, 어떤 마음으로 농사를 지었는지 알아야 합니다. 농약과 화학비료를 쓰지 않고 농사를 지었다고 해서 건강한 농산물이라 할 수 없습니다. 왜냐하면 농부는 사람과 자연을 아끼고 사랑하는 마음이 있어야 하기 때문이지요. 만일 오직 돈을 벌기 위해 농사짓는 농부라면, 그 돈 때문에 앞으로 어떤 짓을 할지 모릅니다. 짜증스런 얼굴로 밥상을 차리면 모든 음식에 독이 들어간다는 말이 있듯이, 평화롭고 기쁜 마음으로 농사를 지어야만 농산물도 약이 되는 것입니다. 오직 돈을 벌기 위해 농사를 짓는다면 얼마나 삶이 힘들고 고달플 것이며, 그 가운데서 어찌 기쁜 마음이 일 수 있겠습니까.

넷째, 건강한 밥상을 차리고 싶은 사람은 식구들과 함께 밥상을 차릴 수 있도록 애써준 농부의 집에 자주 찾아가야 합니다. 찾아가서 함께 일을 하고 삶을 나누어야 합니다. 우리 식구들의 목숨을 지켜주는 농부를 한 식구라 생각하지 않고, 돈만 있으면 무엇이든지 사 먹을 수 있다고 생각하는 사람은 이미 '사람의 마음'을 떠난 것입니다. 그런 사람은 밥상을 받을 자격이 없습니다.

밥상 위에 밥 한 그릇이 올라오려면 만물이 하나가 되어야만 합니다.

그래서 밥 한 그릇은 자연과 사람이 한데 어울려 만든 성스럽고 거룩한 '마무리'이며 '미래'입니다. 밥 한 그릇 속에는 깊은 우정이 있고, 서로를 위로하는 따뜻한 사랑이 있고, 평화가 있습니다.

　지금부터라도 생각을 조금 바꾸어야 합니다. 공자는 "배우기만 하고 생각지를 않으면 이해할 수 없고, 생각만 하고 배우지를 않으면 위태롭다"고 했습니다. 우리는 지금 21세기에 살고 있습니다. '무엇을 먹고 마실 것인가', 이것이 우리 농촌을 살리기도 하고 죽이기도 합니다. 어찌 농촌뿐이겠습니까. 농촌이 무너지면 이 땅에 살아남을 사람은 아무도 없습니다. 사람이 컴퓨터나 자동차를 씹어먹고 살 수는 없기 때문이지요. 그래서 누가, 어떤 방법으로 농사를 지은 먹을거리들이, 어떤 과정을 거쳐 우리 밥상에 오르게 되는지 반드시 알아야 합니다.

　우리 농산물이 몸에 좋은 줄은 누구나 압니다. 그리고 우리 농산물 가운데서도 친환경농산물이 진짜 몸에 좋은 보약이라 평생 건강한 삶을 보장해 준다는 것도 다 압니다. 그런데 가끔 이렇게 묻는 분들이 있습니다.

　"농약과 방부제 범벅인 싸구려 수입농산물조차 마음껏 먹을 수 없을 만큼 가난한 사람들도 있습니다. 어떻게 그런 사람들이 우리 농산물을 사 먹을 수 있습니까? 먹고 싶다고 누구나 먹을 수 있는 게 아니지 않습니까?"

　참 할 말이 없습니다. 농사짓는 사람으로서, 그것도 생명농업을 실천하려고 애쓰는 사람으로서 더욱더 할 말이 없습니다. 그러나 저는 궁색하나마 이렇게 대답을 합니다.

　"먹고사는 데 걱정이 없는 분들은 다른 곳에서 지출을 줄이고 건강한 우리 농산물을 드시면 좋겠습니다. 그리고 건강한 우리 농산물을 가난한 사람들한테 조건 없이 선물로 드리면 어떻겠습니까. 상여금이나 특별수당을 안 받은 셈 치고 말입니다. 우리나라 밀밭에서 자란 우리밀로 만든 국수를 일이백 개쯤 사서 복지원에 보내고, 무농약 배추를 이삼백 포기쯤 사서 양로원에도 보내고, 가난한 이웃들에게 국산 재료로 만든 감자라면 도 달마다 보내고…. 어떻습니까? 기도하는 입이 천 개 만 개 있으면 무어 하겠습니까. 작은 나눔을 실천하는 손 하나가 더 소중하지 않겠습니까?"

우리나라는 농사꾼의 나라였습니다. 온 백성의 8할이 농사꾼이었으니까요. 좀더 거슬러 올라가면 9할도 더 되었을 것입니다. 그래서 우리말은 농사꾼들이 농사일을 하면서 살아 가는 데서 생겨났고, 노래도 이야기도 춤도 농사꾼들의 것이었습니다. 두드리고 치고 불고 하는 악기도, 그림도, 질그릇도, 집도 모조리 농사꾼들의 것이었지요. 다만 이 농사꾼 위에 올라 앉아 이들을 부리는 아주 얼마 되지 않는 사람들만이 농사꾼이 아니었습니다. 자연 속에서 일하면서 그 자연처럼 깨끗하고 아름다운 심성과 부지런한 몸가짐과 슬기로운 머리로 살아온 우리 농사꾼들은, 우리 아리랑 나라의 빛나는 농사 문화를 만들어내어 오늘날 우리 겨레가 이 땅의 주인으로 버젓하게 살아갈 수 있게 하였습니다.

이오덕 선생이 쓴 《농사꾼의 아이들》 중에서

독일 정부가 말하는 농업의 열 가지 기능

1. 식량을 보장한다.
2. 국민산업의 기반이다.
3. 국민의 가계비 부담을 덜어준다.
4. 문화경관을 보존한다.
5. 마을과 농촌 공간을 유지한다.
6. 환경을 책임진다.
7. 국민의 휴양 공간을 만들어 준다.
8. 값비싼 공업원료 작물을 생산한다.
9. 에너지 문제 해결에 기여한다.
10. 새로운 직업을 제공한다.

〈농민신문〉(2010년 6월 2일자)

2부 농부와 생명

흙 한 줌에 깃든 우주

　보름 내내, 10년 남짓 묵은 산밭을 빌려서 개간했습니다. 묵은 산밭을 개간한다는 게 말처럼 쉬운 일은 아니었습니다. 내 키보다 더 자란 억새 풀과 가시넝쿨을 베고, 캐고, 태우느라 봄날이 오고 가는 줄도 몰랐습니다. 일을 마치고 집에 돌아오면 지쳐서 밥 먹고 숟가락 놓기 무섭게 잠이 쏟아졌습니다.

　오늘은 산밭 귀퉁이에 삽으로 호박 심을 구덩이를 팠습니다. 지난해 '생태뒷간'에 모아둔 똥을 그 구덩이에 넣었지요. 내가 눈 똥이 다시 흙으로 돌아가 거름이 되어, 크고 작은 호박이 주렁주렁 열릴 것이라 생각하니 등줄기에 땀이 흐르는 줄도 모르고 신나게 일을 했습니다.

　일을 마칠 때쯤 멀리서 벗이 찾아왔습니다. 봄이 오듯이 말도 없이 찾아왔지요. 가게도 없고 텔레비전도 없는 작은 산골 마을에서 내가 해줄 수 있는 것은 맛있는 현미잡곡밥에 쑥국 끓여주는 것인데, 멀리서 온 벗은 승용차를 타고 어디 경치 좋은 데 가서 밥을 먹자고 합니다. 나는 "우리 마을만큼 경치 좋은 데가 어디 있다고 나가자는 것일까" 혼잣말로 중얼거렸습니다.

　그러나 오랜만에 찾아온 벗인데 그 소원 하나 못 들어주겠나 싶어 합천

댐이 내려다보이는 어느 식당으로 갔습니다. 나는 일을 하다가 옷도 갈아입지 못하고 나서는 바람에 바지에 흙이 묻어 있었습니다. 대충 털고 식당 안으로 들어가는 내게 식당 주인이 퉁명스럽게 말했습니다.

"바지에 더러운 흙이 묻어 있는데, 좀 깨끗하게 털고 들어가세요."

나는 아무 말 없이 밖으로 나가 흙을 털고, 다시 식당 안으로 들어갔습니다. 안타까운 마음이 들었습니다. 다른 사람도 아니고 농민들이 심고 가꾸어준 농산물로 식당을 운영하여 밥을 먹고사는 식당 주인이, 흙을 더럽다고 하다니요!

하나밖에 없는 지구를 덮고 있는 흙, 이 흙 1㎝가 쌓이는 데 넉넉잡아 400년이 걸리고, 콩알 반쪽밖에 안 되는 흙알갱이 속에도 눈에 안 보이는 미생물이 무려 2억 마리나 살고, 흙 한 줌 속에 살고 있는 생명이 지구에 사는 사람을 모두 합친 것보다 더 많답니다. 2,000~3,000년이 걸려야 바윗돌에서 겨우 10㎝ 남짓 만들어진다는 귀한 흙입니다. 자연이 만들어낸 최고 걸작이라 한다지요.

예나 지금이나 흙을 생명의 어머니라고 합니다. 이렇게 황금보다 귀한 흙을 살리는 일을 결코 소홀히 해서는 안 되지 않겠습니까. 흙을 살리고 지키는 일은 하늘이 내린 인류의 소명이라는데, 흙이 더럽다니요! 더러운 것은 흙이 아니라 흙을 더럽게 바라보는 그 마음이 아닐까요. 흙을 사랑한다는 것은 흙 속에 있는 생명을 사랑한다는 것이고, 흙에서 난 것을 먹고사는 사람을 사랑한다는 것입니다. 흙이 없으면 집 지을 나무도, 실 잣는 솜도, 곡식 한 톨도 구할 수 없으니 흙이 곧 만물을 먹여 살리는 어머니인 것입니다.

옛 어른들은 뜨거운 설거지물은 식혀서 버렸다 합니다. 젊은 며느리가 잘 모르고 뜨거운 물을 마당에 버리면 이렇게 말했답니다.

"눈 감아라, 눈 감아라."

왜 이런 말을 했을까요. 현미경이 없어 미생물이 무엇인지 몰라도 흙

속에는 숱한 생명이 산다는 것을 짐작으로나마 아셨기 때문이겠지요. 뜨거운 물이 땅에 스며들어가 땅속에 사는 벌레들의 눈에 들어가면 앞을 보지 못할 거라 걱정하며 그런 말을 했겠지요. 그만큼 흙과 생명을 소중하게 여겼다는 말입니다.

건강한 흙은 눈에 보이지 않는 여러 생명들이 함께 사는 터전이 되고, 그렇게 어우러진 전체 속에서 식물이 싹을 틔우고 열매를 맺게 됩니다. 사람마다 체질과 건강 상태가 다르듯이 흙도 다릅니다. 저마다 토질이 다르고 땅심도 다릅니다. 사람도 건강을 지키기 위해 가끔 종합검진을 받듯이 논밭의 흙도 종합검진(토양검정)을 하여 처방(토양진단)을 받아 알맞은 치료(토양개량)를 해야 합니다. 흙이 병들면 그 흙에 뿌리내리고 사는 모든 생명(사람과 자연)은 병들고 끝내 비참한 죽음을 맞이하게 될 것입니다.

흙은 환경을 보전하는 정화능력을 갖고 있으며, 풍수해를 막고, 산소를 생산하며, 유해 가스를 흡수하여 공기를 맑게 합니다. 기온과 습도를 조절하고, 세상 모든 물질을 품어 썩게 하여 그 힘으로 새로운 생명과 에너지가 생겨나게 합니다. 그러니 흙은 사람과 자연 생태계의 균형을 잡아주는 주춧돌입니다. 나무 그늘 아래에 앉아 보면 누구나 느낄 수 있습니다. 흙이 있어 나무가 있고, 나무가 있어 우리가 숨 쉬고 산다는 것을 말입니다.

이렇게 소중한 흙이 마구 뿌려대는 농약과 화학비료 때문에 죽고, 자동차 매연 때문에 죽고, 온갖 생활폐수와 가공식품 때문에 죽고, 아스팔트와 시멘트 때문에 숨 한번 제대로 쉬지 못하고 있습니다. 흙이 병들어 죽으면 이 지구에서 건강하게 살아갈 생명은 하나도 없습니다. 아이들의 미래도 없지요. 흙을 버리면 '생명의 어머니'를 버리는 것입니다. 결국 흙을 살리는 길은 흙으로 되돌아가는 것뿐입니다. 우리가 잊고 지냈던 그 시절, 그곳으로 되돌아가서 조금 불편하게, 조금 가난하게 사는 것입니다. 언제까지 도시 시멘트와 아스팔트 위에서 입으로만 환경운동이니 생명운동이니, 하느님이니 하나님이니, 떠들어대면서 살 수 있을 것인지, 아무도 알 수 없습니다. 그날이 내일이 될지 모레가 될지 말입니다. 그러나 우리 모두 그날이 머지않았다는 것을 잘 알고 있습니다. 농사꾼이 농사만 잘 지으면 되지, 이렇게 많은 걱정까지 안고 살아야 하니 가슴이 답답할 때가 많습니다. 어찌 답답하지 않겠습니까.

살아가다 보면 무슨 일이든 마음먹은 대로 되지 않을 때가 더 많습니다. 그럴 때는 흙을 한 줌 손에 쥐고 흙냄새를 맡습니다. 사람의 능력으로는 도저히 그려낼 수 없는 신비스런 흙냄새가 몸속으로 깊이 들어와 뒤틀린 마음을 바로잡아 줍니다. 맨발로 논둑을 걷거나 산길을 걷다 보면 온몸에 깃든 병이 다 나을 것 같습니다.

사람은 흙에서 태어나서 흙에서 나온 것을 먹고살다가, 죽으면 흙으로 돌아갑니다. 그러니 사람이 곧 흙이며 흙이 사람입니다. 그런 사람이 자기가 태어난 흙을 떠나 딱딱한 아스팔트와 시멘트 숲속에서 살고 있으니 어찌 맑은 마음을 지닐 수 있겠습니까. 틈이 나면, 아니 억지로라도 틈을 내어 흙을 밟아 보시기 바랍니다. 때론 세상 걱정 잠시 내려놓고 흙 위에 편안하게 누워 보시기 바랍니다. 이런 깨달음이 틀림없이 올 것입니다.

아, 흙이 바로 나였구나! 아니, 내가 흙이었구나! 왜 그걸 모르고 살았단 말인가!

어머니 품처럼 따뜻한 논

"애들아, 논은 무얼 하는 곳이지?"

"선생님, 벼가 자라는 땅이에요."

"그렇지, 물을 대고 벼를 심어서 기르는 땅이지. 그럼 논에는 어떤 생물이 살까?"

"벼가 자라지요. 그리고 풀도 자라요."

"맞아, 논에는 벼와 풀이 자라지. 그리고 메뚜기, 거미, 올챙이, 개구리, 미꾸라지, 잠자리, 무당벌레, 거머리, 우렁이, 물방개, 소금쟁이, 바구미, 벼멸구, 오리, 왜가리, 두루미…. 셀 수 없이 많은 생명이 와글와글 살고 있어. 엄마가 따뜻하게 아기를 품는 것처럼, 논이 엄마가 되어서 생명들을 살아가게 하는 거야. 그럼 논이 하는 일 가운데 가장 소중한 일이 무얼까?"

"벼를 자라게 해서 쌀을 만들어요."

"그래, 우리가 날마다 먹는 밥은 쌀로 만든 것이지. 그러니 논은 우리에게 밥을 주는 창고인 셈이구나."

"밥을 주는 창고요?"

"그렇지, 수천 년 동안 사람을 먹여 살려온 '생명 창고'지. 그뿐이 아니란다. 논이 하는 일은 헤아릴 수 없이 많아. 돈이나 황금으로 따질 수 없을 만큼 소중한 일을 하지."

도시 아이들이 오면 가장 먼저 논으로 데려갑니다. 날마다 먹는 밥이 어디서 나오는지 알아야 고마운 마음으로 밥을 먹을 수 있기 때문이지요. 눈을 손수건으로 가려 논둑길을 천천히 걷게 하기도 하고, 눈을 뜨고 논둑에 앉아 자라는 벼를 가만히 바라보게 하기도 합니다. 아이들은 가끔 논 안에 들어가서 풀을 매기도 하고, 논 안에 무엇이 자라나 살펴보기도 합니다. 태어나서 처음으로 논에 들어가 본 아이들은 대부분 처음엔 두려워합니다만 조금 있으면 질퍽질퍽하고 폭신폭신한 논흙을 밟으며 신기하다며 웃고 떠들며 잘 놉니다.

논의 소중함을 아이들한테 들려주려고 생각나는 대로 몇 가지 적어 보았습니다.

첫째, 홍수를 막아준대요. 아시아 몬순기후대에 속하는 우리나라는 한 해 내리는 비 가운데 60%가 7~9월에 내려요. 이때는 갑자기 비가 많이 내리는 철이라, 사람이 만들어 놓은 댐이 아무리 크고 넓다 해도 물을 모두 저장할 수 없어요. 논밭은 이 기간에 내리는 비의 유출량과 속도를 줄여 홍수를 막는 데 큰 도움이 된답니다. 여기저기 산과 들을 깎고 파헤쳐 큰 댐을 만들기보다, 논밭을 살리는 일이 홍수를 막을 수 있다는 거지요.

둘째, 지하수를 조절하고 땅 꺼짐을 막아준대요. 우리나라 연간 강수량은 1,140억 톤에 이르지만 이 가운데 237억 톤만이 용수(用水)로 쓰이고 나머지는 그대로 강이나 바다로 흘러가고 있어요. 그러나 논에 고인 물은 땅속으로 들어간 뒤, 일부는 생활용수나 공업용수로 쓰이고 나머지는 땅속 깊은 곳에 이르러 지하수의 공급원이 된답니다. 밭도 논과 비슷한 일을 하지요. 이러한 지하수는 아주 맑은 물로서 가뭄 때 하천으로 천천히 흘러들어, 흐르는 물을 조절할 뿐 아니라 지하수가 모자라서 생기는 땅 꺼짐을 막아준답니다.

셋째, 흙이 떠내려가는 것을 막아준대요. 흙은 물기와 영양분을 공급해서 식물의 광합성을 돕고, 여러 가지 유기물을 분해하여 대지를 정화하지요. 더구나 논둑은 경사면이 거의 없어 논흙이 쓸려 내려가는 것을 잘 막아준답니다.

넷째, 흐린 공기와 물을 깨끗하게 한대요. 현대문명은 화석연료를 쓰면서 지탱하지요. 화석연료가 탈 때 생겨나는 이산화탄소는 공기를 탁하게 하고 지구를 덥게 한답니다. 그리고 여러 가지 쓰레기와 폐수가 하천으로 흘러들어 수질오염 수준도 심각한 상태라는 것도 잘 알고 있을 거예요. 다행히 식물은 공기와 물의 오염을 막는 데 큰 도움이 된다고 해요. 더구나 단위면적당 이산화탄소 흡수량과 산소 발생량이 가장 높은 식물이 벼라고 해요.

다섯째, 여러 생물을 보전한대요. 논밭에는 긴 세월을 거치며 뭇 생명들이 서로서로 조화롭게 어울려 생태계를 이루고 있어요. 이러한 생태계를 보전하는 일은 교육, 문화, 학술의 가치와 더불어 사람의 몸과 정신에 미치는 영향을 돈으로 따질 수 없는 것이지요.

여섯째, 전통을 보전하고 계승한대요. 우리나라는 농촌 지역마다 크고 작은 문화재가 있어요. 옛날부터 전해오는 설화, 음악, 무용, 놀이, 음식, 생활양식 들이 있지요. 정말 버려서는 안 될 우리 겨레의 얼이 담긴 것들이지요. 전통이란 단순히 지난 세월로부터 전해진 유산을 일컫는 말은 아니에요. 현대를 살아가는 사람들은 전통 속에서 역사를 배우고 진리를 찾아가지요. 그래서 자연과 사람이, 사람과 사람이 한 공동체로서 아름답게 살아갈 수 있는 슬기를 배우게 된답니다. 그래서 나라마다 전통을 소중하게 여기며 지키기 위해 애를 쓴답니다. 전통이 살아 있는 우리 농촌을 지키는 일은 우리 겨레의 혼을 지키는 일이지요.

이 밖에 논이 하는 중요한 일 가운데 하나는, 지구를 서늘하게 만드는 것이랍니다. 여름철에 전국의 논에서 대기로 증발되는 물의 양이 하루 8,000만 톤이나 되므로 이것이 뜨거운 대기의 온도를 낮추어 준답니다.

이렇게 소중한 논을 지키려면 밥을 열심히 먹어야겠지요. 밥을 먹는 것만으로도 공기와 물을 살리고 온갖 생명들을 다 살릴 수 있어요. 옛 어른들이 쌀을 얼마나 소중하게 여겼으면 "흘린 밥알을 쥐나 새가 먹으면 어머니가 죽는다"라고 했을까요.

우리와 우리의 자식들이 살아남고, 살아남을 뿐 아니라 진실로 사람다운 삶을 누릴 수 있기 위해서 우리가 할 수 있는 것은 협동적인 공동체를 만들고, 상부상조의 사회관계를 회복하고, 하늘과 땅의 이치에 따르는 농업 중심의 경제생활을 창조적으로 복구하는 것과 같은 생태학적으로 건강한 생활을 조직하는 일밖에 다른 선택이 없다. 그러나 그러한 사회생활의 창조적 재조직이 가능하려면, 자기 자신을 내세우지 않는 겸손을 실천할 수 있어야 하고, 그러한 겸손에서 기쁨을 느낄 수 있는 정신적 자질을 갖추지 않으면 안될 것으로 보인다.

김종철 선생이 쓴 《녹색평론선집 1》 머리말 중에서

무기보다 소중한 식량

자공(子貢)이 스승인 공자(孔子)에게 물었습니다.

"나라를 제대로 다스리려면 어떻게 해야 합니까?"

공자가 대답하길,

"식량과 무기를 충분히 준비하고 백성들의 신뢰를 얻어야 한다."

자공이 다시 묻기를,

"그 세 가지 가운데 반드시 하나를 버려야 한다면 어떻게 해야 합니까?"

이에 공자는,

"무기를 버려라"

하고 말했습니다. 옛날부터 '식량안보'를 '군사안보'보다 중요하게 여겼다는 것을 후손들에게 가르쳐 주는 이야기입니다.

해마다 나라 곳곳에서 기상이변이 일어나 농경지가 물에 잠기거나 떠내려가고, 가뭄으로 물이 모자라서 애써 심고 가꾼 곡식들이 말라죽고 있습니다. 그런데도 세계 인구는 자꾸 늘어나고 있습니다. 유엔아동기금(유니세프)이 발표한 '세계아동현황보고서'에 따르면 해마다 지구촌에 태어나는 아이는 1억 3,000만 명에 이르지만 질병과 굶주림으로 죽는 아이가 1,000만 명이 넘는다고 합니다. 또 열 살 이하의 어린이 12억 명 가운데 1

억 5,000만 명은 영양실조로 죽어가고 있답니다.

현재 우리나라도 전체 식량의 75% 남짓을 수입해서 목숨을 이어가고 있습니다. 만일 농산물을 공급해 주는 미국이나 중국에서 기상이변이 일어나거나, 자기 나라 이익을 위해서 우리나라에 농산물 공급을 중단한다면 어떻게 될까요. 무섭고 끔찍한 일이 일어나겠지요.

수입 밀에 밀려난 국산 밀의 재배 면적이 늘면서 올해 국산 밀의 자급률이 24년여 만에 1%대를 돌파할 것이라는 전망이다. … 국산 밀의 생산량도 전년도 7,400톤에서 올해 2만5,000톤으로 늘어 밀 자급률이 1%대를 넘을 수 있을 것으로 예상된다. … 국제 식량 가격 폭등으로 국산 밀과 수입 밀의 가격 차이가 2001년 4.2배에서 지난해 1.5배로 줄어들면서 우리 밀이 가격 경쟁력을 갖춘데다 그동안 품질이 많이 개선됐고 '웰빙식품'에 대한 국내 소비자들의 선호도가 증가하면서 찾는 소비자들이 늘어나고 있다. … 농진청은 앞으로 재배 면적을 늘려 2017년엔 밀 자급률 10%를 확보할 계획이다.

— 〈한겨레〉, 2009년 4월 3일자

최근 런던국제금융선물거래소에선 올 3월 인도분 설탕이 1톤당 680~690달러에 거래되고 있다. 1983년 상장 이후 가장 높은 가격대로, 지난해 초 350달러 하던 것에서 2배나 올랐다. 설탕의 원료인 원당도 뉴욕상품거래소(ICE)에서 1파운드(453.6g)당 26~28센트 남짓에 거래되던 것에 비하면 거의 3배 가까운 값이다.

이에 대해 영국 〈파이낸셜타임스(FT)〉는 "주요 생산국의 기상 악화로 공급량이 크게 줄었기 때문"이라고 전했다. 최대 생산국인 브라질에 지난해 폭우가 내려 엄청난 규모의 사탕수수밭이 폐허가 됐고, 두 번째 생산국이자 최대 소비국인 인도는 심각한 가뭄으로 수출국에서 수입국으로 전락했다.

— 〈농민신문〉, 2010년 1월 6일자

이런 신문 기사를 봤다면 조금이라도 생각이 있는 사람은 우리 농업과 농촌을 왜 살려야 하는지 알 수 있을 것입니다. 어제 신문에 설탕 값이 오른다는 기사가 나왔습니다. 하루가 지나기도 전에 농촌 지역 작은 구멍가게에서부터 대형마트까지 설탕을 살 수가 없었습니다. 값이 아직 오르지도 않았는데 말입니다. 그리고 현재 국내 1인당 밀 소비량이 33.7kg이라는데, 밀 자급률이 1%라니! 그렇다면 99%는 수입 밀을 먹고산다는 말이지요.

21세기의 가장 큰 문제는 식량파동과 환경오염이라 합니다. 더구나 이 두 가지는 멀리 내다보고 대비하지 않으면 나라가 망하고, 백성들이 굶어 죽는 문제입니다. 만약 밀 1kg을 여태껏 미국에서 500원을 주고 샀는데, 미국에 흉년이 들어서 밀 1kg을 5,000원에 사라고 한다면 어떻게 하겠습니까? 우리가 밀농사를 짓지 않으면, 아무리 비싸더라도 미국에서 요구하는 값을 주고 사 먹어야겠지요. 그래서 예나 지금이나 '식량안보'는 '군사안보'보다 더 중요하게 여겨야 합니다.

1997년 외환위기 때, 인도네시아에선 쌀값이 열 배로 뛰었다고 합니다. 우리나라는 다행히 창고에 쌀 재고가 있어서 '쌀값 폭등'이 일어나지 않았지만, 만일 쌀 재고가 없었다면 어떻게 되었을까요. 우리나라도 인도네시아처럼 쌀값이 열 배쯤 올랐더라면 가난한 사람들이 얼마나 굶주림에 떨었을까요. 생각만 해도 끔찍하지 않습니까?

이런 끔찍한 일을 겪지 않으려면 몇 안 남은 늙은 농부들이 흙으로 돌아가기 전에, 슬기롭고 용기 있는 젊은이들이 농촌으로 돌아와 농사를 지어야 합니다. 그래서 자라나는 아이들의 앞날을 꼭 지켜야 합니다. 이게 바로 젊은이들에게 주어진 이 시대의 사명이 아니겠습니까. 사명이란 저 멀리서 가물거리는 허상이 아니라 우리 가까이에 있는, 우리가 할 수 있는 일을 하는 것입니다.

일본의 이토 히로부미, 야마가타 아리토모, 중국의 쑨원, 루쉰에 결코 못지않은 기백과, 민중 사랑과, 치밀한 논리를 보여주는 '독립 정신' 저술, '동양 평화' 구상, '민족 논설' 설파 당시의 이승만(1875), 안중근(1879), 신채호(1880)는 고작 20대였답니다. 어른들이 늘 깨어 있으면, 20대가 아니라 10대라도 스스로 앞날을 내다보고 실천하지 않겠습니까.

결국 젊은이들이 문제가 아니라 돈과 편리함으로 마음의 문이 꽉 닫혀 있는 어른들이 문제입니다. 많은 일을 이루려면 우선, 한 가지 일을 실천해야 합니다. 내일이 아니라 오늘, 바로 실천해야 합니다. 내일은 무슨 일이 일어날지 아무도 모릅니다.

농촌을 잃으면 곧 우리는 고향을 잃습니다. 농촌이 망하면 우리 자신이 망하는 것과 같습니다. 때문에 이 시간 우리 모두는 농민들의 아픔을 우리들의 아픔과 같이 생각해야 합니다.

김수환 추기경

사람과 자연을 죽이는 농약

1970년대 정농회(正農會) 초대 회장을 지낸 오재길 선생님은 올해 여든 넷입니다. '정농회'란 말 그대로 바르게 농사를 짓는 농부들의 모임입니다. 농약과 화학비료 따위를 쓰지 않고, 병든 땅을 살리면서 건강한 먹을거리를 생산하는 농사지요.

우리나라는 수십 년 동안 수확량을 늘리기 위해 농부들에게 농약과 화학비료를 많이 쓰도록 가르쳤습니다. 농부고 노동자고 학자고 가리지 않고 나라에서 시키는 대로 하지 않으면 끌려가서 고문을 당하거나 감옥살이를 해야 하던 어두운 시절도 있었지요. 그 어두운 시절에 농약과 화학비료를 쓰지 않는 생명농업을 하겠다고 정농회를 만들었으니, 어찌 가난과 고통이 따르지 않았겠습니까.

오재길 농부를 만나는 사람들은 모두 선생님이라 부릅니다. 지식을 가르치는 단순한 선생이 아니라 사람의 길을 이끌어 주는 진정한 스승이라 생각하는 것이지요. 사람을 사랑하고 자연을 지키고 싶은 마음이 20대 젊은이들보다 더 뜨거워서, 나이도 잊고 몇 해 전, 유기농업을 배우기 위해 비행기를 네 번이나 갈아타고 쿠바에도 다녀오셨습니다. 농사일은 몇 번 죽었다가 다시 깨어나도 배울 게 많다고 하시며 말입니다.

나이 여든넷이면 이제 편안하게 지내실 만도 한데, 뭍에서의 삶을 정리하시고 이제는 멀리 제주도에 내려가서 정농회를 조직하고 젊은이들과 유기농업을 실천하기 위해 애쓰고 계십니다. 제가 농약 이야기를 하다가 왜 오재길 선생님 이야기를 꺼냈는가 하면, 쿠바로 가는 비행기 안에서 선생님이 하신 말씀이 문득 생각났기 때문입니다.

나도 70년대에는 나라에서 시키는 대로 독한 농약을 뿌리며 농사를 지었어요. 얼마나 무섭고 어리석은 짓인지 뒤늦게 깨달아 후회를 했어요. 그때 내가 농약을 마구 뿌려서 지은 농산물을 먹은 사람을 만날 수만 있다면 보상이라도 해드리고 싶어요.

이런 귀한 말씀은 태어나서 처음 들었습니다. 더구나 평생 농사를 업으로 삼으신 분에게서 들은 말이라 더욱 놀랐습니다. 그래서 몇 해가 지난 지금까지 그 말씀이 때때로 떠오릅니다. 이런 '성스러운 농부'를 만나면 큰절을 올리고 싶습니다.

농약, 정말 무서운 것입니다. 어떤 사람은 농약이 하늘로 날아가기 때문에 괜찮다고 합니다. 어떤 사람들은 작물이 어릴 때에 치면 저절로 농약이 없어진다고 합니다. 정말 그럴까요? 몇 달 전에 하늘로 날아간 농약이 가면 어디로 가겠습니까. 몇 달 전에 땅으로 들어간 농약이 가면 또 어디로 가겠습니까. 비가 내리고 눈이 오면 결국 땅으로 떨어지고, 땅으로 떨어지면 다시 논밭을 병들게 하고, 개울과 지하수를 병들게 하고, 강과 바다를 병들게 하고, 자연에 기대고 살아가는 온갖 생명들과 사람들을 죽게 만들 것입니다. 그런데도 농민들이 많이 보는 신문에 이런 기사가 실려 있습니다.

… 비료와 토양 살충제는 2~3일 전에 뿌려서 골 작업을 한 다음 제초제를 뿌린 뒤 비닐을 피복해야 한다. …

이런 기사를 도시 생활인들이 보면 어떻게 생각할까요. 중국산이나 국산이나 별다를 게 없다는 생각을 하지는 않을까 싶어 걱정이 듭니다.

제가 농부가 되기 전에 겪은 일입니다. 거창에서 사과 농장을 하는 후배 집에 들렀더니 마침 사과나무에 농약을 치고 있었습니다. 사흘째 농약을 친다는 후배는 농약 값만도 400~500만 원이나 들어간다고 했습니다. 일손이 없어 아기를 가진 아내가 농약 치는 줄을 잡아야 한다는 말도 덧붙였습니다. 아무리 일손이 없다고 해도 '그건 아니다' 싶어 후배의 아내 대신 제가 거들었습니다.

점심때가 되어 저는 사과밭 주위에 저절로 자란 민들레와 씀바귀를 뜯어서 깨끗이 씻어 밥상에 올렸습니다. 쌈 싸 먹으면 좋겠다 싶었지요. 후배가 놀란 얼굴로 말했습니다.

"아이고고, 선배님. 그걸 우찌 묵을라꼬 뜯어 오십니꺼. 사과밭 근처에 나는 것은 묵으모 안 됩니더. 사과밭에 농약 치면 사과나무에만 농약이 가는 게 아입니더. 농약이 바람에 날려 사과밭 주위로 다 날아갑니더."

"그럼, 이건 어쩌나?"

"얼릉 갖다 버리고 오이소. 죽을라카모 묵고예."

"저기 사과밭 옆에 심어 놓은 고추나 배추도 못 먹겠네."

"그렇지예. 그건 우리 묵는 기 아니고 시장에 내다파는 기라예."

"이 사람아, 자네도 먹지 못하는 걸 시장에 내다팔면 어쩌나. 죄도 없는 도시 아이들이 먹을 수도 있잖아."

"농약 안 치모 농사 되는 기 하나도 없어예. 날이 갈수록 지구온난화가 뭔가 때문에 벌레와 균들이 더 많아지고 독해졌습니더. 그라이 더 독한 농약을 더 자주 쳐야 농사가 되는 기라예. 그라고 농약 안 치모 아무도 사 갖고 안 갑니더. 우선 보기에 빛깔이 좋아야 소비자들이 사 가지예."

집으로 돌아와 몸을 씻어도 농약 냄새가 온몸에 배어 잠이 오지 않았습니다. 다음날도, 그 다음날도 말할 때마다 목에서 농약 냄새가 올라왔습니다. 며칠째 머리가 띵하고 어지러워 일이 손에 잡히지 않았습니다. 그 뒤로 사과를 볼 때마다 3일 내내 농약을 치고 있다는 후배 생각이 났습니다. 왜 이런 무서운 일이 일어나고 있는지 궁금하지 않습니까? 이야기를 늘어놓자면 속이 터져서 몇 밤을 지새워도 다 못할 것입니다만 크게 두 가지 정도만 짚어 보겠습니다.

첫째, 농업을 경제논리로만 바라보는 어리석고 잘못된 정부 정책 탓입니다. 그래서 돈이 안 되는 농업은 포기하자는 것이지요. 젊은이들은 모두 도시로 빠져나가고, 떠나지도 못하거나 떠날 수도 없는 늙은 농부들만 남아서 농사를 지으려니 어찌 농약과 화학비료 없이 농사를 짓겠습니까. 제초제(풀약)를 논밭에 한번만 치면 풀이 뿌리째 말라죽어 버리는데, 어찌 땡볕에 나가 지심(잡초)을 매겠습니까? 매고 싶다고 맬 수 있는 것도 아닙니다. 철따라 돋아나는 풀한테 이길 장사가 없다는데, 하물며 나이든 농민들이 어찌 풀한테 이길 수 있겠습니까.

둘째, 도시에 사는 젊은 어머니들은 김장을 하다가 배추벌레나 달팽이 한 마리만 눈에 보여도 뒤로 나자빠진다고 하니 어찌 농약을 뿌리지 않겠습니까. 벌레 먹고 못나고 빛깔이 좋지 않은 과일과 남새들은 거들떠보지도 않으니 농약과 화학비료 따위를 뿌려서 빛깔을 곱게 만들고, 크게 만들고, 곧게 만들고, 보기 좋게 만들어서 도시에 내다 파는 것입니다. 그나마 그분들이 땅을 버리지 않고 그렇게라도 농사를 짓고 있기 때문에 도시 사람들은 목숨을 이어가고 있는 것입니다. 고마운 일이지요.

그러나 이제는 아닙니다. 기름보다 비싼 물을 돈 주고 사 먹어야 하고, 먹을거리가 온통 오염되어 아토피, 천식, 알레르기, 비만, 암 따위와 같은 몹쓸 병이 사람들을 괴롭히는데, 농부들은 언제까지 농약을 마구 써서 농사를 지을 것입니까. 그리고 도시 사람들은 자라나는 아이들을 생각해서라도, 생긴 건 멀쩡하지만 벌레도 먹지 않는 농약 범벅 농산물을 먹지 말아야 하지 않겠습니까. 더구나 어떤 성분이 들었는지조차 알 수 없는 가공식품이나 수입농산물은 정말 먹지 말아야 합니다.

　그저 눈앞에 보이는 편리함과 돈을 좇아 살아가는 사람들의 어리석음 때문에, 하늘에서는 산성비가 내리고, 땅은 병들고, 지구는 더워서 열을 푹푹 뿜어대며 못살겠다고 비명을 지른 지 오래되었습니다. 어찌 하시렵니까? 그냥 두고만 보시렵니까?

　국립농산물품질관리원이 단국대연구팀(책임자 김호 교수)에 의뢰해 '친환경농산물 인증의 사회경제적 효과 분석'에 대한 연구용역을 실시한 결과를 〈농민신문〉(2009년 12월 28일자)에서 보았습니다. 친환경농산물 재배에 나선 농가는 초기 5년간 소득이 일반 농가보다 6.8% 낮았지만, 5~10년 미만은 11%, 10~15년 미만은 22.3%, 15년 이상은 14% 높았다고 합니다.

　그리고 친환경농업의 확산으로 2008년 한 해에만 농약 1,308톤, 화학비료 2만 5,236통이 덜 사용된 것으로 추정됐다고 합니다. 이렇게 사람과 자연을 살리는 길이 눈앞에 열려 있는데, 그냥 두고만 보시렵니까? 지금 이 시대에는 친환경농산물을 생산하려는 용기 있는 젊은 농부들이 필요합니다. 제대로 먹는 것이 가장 훌륭한 치료라고 합니다. 그러니 제대로 농사짓는 농부야말로 가장 훌륭한 의사가 아니겠습니까.

미래에 희망이 있느냐고 물으시면

10년 남짓 묵은 논밭을 개간하느라 하루가 어떻게 흘러갔는지 모를 만큼 바쁘게 봄날을 보냈습니다. 일을 마치고 돌아와 농부이자 철학자인 변산공동체학교 윤구병 선생님이 쓴 글을 읽었습니다.

> 미래에 희망이 있느냐고 묻는 분들이 많습니다. 고개를 흔드는 분도 많습니다. 인류가 현재 보이고 있는 삶의 모습에 비추어, 그리고 지향성에 비추어 인류의 현대문명이 빨리 망한다면 희망을 가질 수 있을지 몰라도 이렇게 이런 방향으로 지속되어 생명력을 천천히 메마르게 하는 상황에서는 미래가 보이지 않는다는 것이었습니다. 죄짓지 않고 살아 가장 사람다운 분들 입에서 이런 절망스런 말이 나옵니다.
> ― 〈자연의 시간, 인간의 시간〉, 《녹색평론》 2000년 3-4월호

그러나 미래가 보이지 않는다고 이대로 주저앉을 수는 없습니다. 무엇 때문에 '사람다운 분들' 입에서 절망스런 말씀이 나오는지 제 나름대로 짚어 보겠습니다. 알아야 대책을 세우고 희망을 찾을 수 있으니까요.

■ 날이 갈수록 자꾸 떨어지는 식량자급률 문제입니다. 지금 우리 겨레는 식량의 75% 이상을 외국 농산물을 수입해서 살고 있습니다. 주곡인 쌀을 빼면 식량자급률이 5%밖에 안 되는 위험한 처지까지 와버렸습니다. 외국에서 농산물을 주지 않으면 어떤 일이 벌어질지 생각만 해도 끔찍합니다. 외국에서 농산물을 준다고 해도 마음대로 값을 올려 버리면 우리나라는 비싼 돈을 주고도 거지처럼 얻어먹을 수밖에 없습니다. 손발이 멀쩡한데 얻어먹는 사람을 거지라고 한다면, 우리나라는 이미 '거지민족'이 된 지 오래입니다.

■ 독한 농약과 화학비료 문제입니다. 현재 관행농법으로 농사짓는 논밭은 농약과 화학비료 따위에 찌들어 죽어가고 있습니다. 그 병든 땅에서 생산한 음식을 우리 아이들이 먹고 있습니다. 농약과 화학비료 때문에 개울이 죽고, 강이 죽고, 바다가 죽고, 하늘이 죽고, 사람과 자연이 죽어가고 있는데도 우리는 남의 일처럼 여기며 하루하루 살고 있습니다. 때론 농민들만의 일인 양 가볍게 여깁니다. 이대로 가면 우리 후손들에게 물려줄 것은 오직 죽음뿐입니다.

■ 논밭에 비닐을 쓰는 문제입니다. 우리나라 농촌은 비닐이 없으면 농사를 짓지 못하는 실정입니다. 일손이 많이 달리기 때문이지요. 벼, 보리, 밀 따위를 빼고 나면 거의 모든 작물에 비닐을 씌워서 농사를 짓고 있습니다. 묵은 땅을 빌려 이랑을 갈다 보면 흙보다 비닐이 더 많이 나올 만큼 '비닐천국'입니다. 그 비닐 때문에 땅이 죽고, 작물들이 뿌리를 제대로 내리지 못하고 있습니다. 우리 땅은 이래저래 깊은 병이 들었습니다.

비닐을 모아 재활용한다고 하지만, 자동차도 없고 힘도 없는 늙은 농민들은 그냥 불에 태우거나 가까운 땅에 묻어 버립니다. 그리고 재활용한다고 해도, 재활용하면서 일어나는 공해 문제를 생각하지 않을 수 없습니다. 이미 우리 농민은, 더구나 유기농업을 한다는 뜻있는 농민들까지 비닐의 유혹에서 벗어나지 못하고 있습니다.

■ 어디에서나 쉽게 볼 수 있는 무덤이 문제입니다. 햇살 잘 들고 물 잘 빠지는 언덕과 산기슭마다 무덤들이 있습니다. 요즘은 쓸만한 논밭에까지 무덤을 씁니다. 수백 년 동안 우리 목숨을 지켜준 좋은 땅에 무덤을 한번 쓰고 나면, 몇십 년 아니면 몇백 년 동안 그 땅에는 아무것도 심고 가꿀 수 없습니다. 그리고 무덤에 그늘이 지면 산 사람에게 해롭다고, 무덤 가까이 있는 나무를 모조리 다 베어 버립니다. 산에서 벤 나무 한 그루 때문에 물길이 바뀌어 온 마을에 산사태가 일어나기도 하는데 말입니다.

화장률이 날이 갈수록 높아간다지만 산골 마을에서는 아직도 거의 무덤을 씁니다. 생전에 이미 무덤 자리를 준비해 놓았기 때문에 자식들도 어쩔 수 없을 때가 많습니다. 살았을 때에 고생을 하셨으니 좋은 땅에 묻어드리는 게 효도라 생각하는 사람도 있을 것입니다. 그러나 자연환경이 무섭도록 파괴되어 온갖 자연재해가 산 사람에게 미치고 있는 이 시대에 이 문제는 함께 고민해 보아야 합니다. 살아서도 사람과 자연을 괴롭혔는데 죽어서까지 사람과 자연을 괴롭혀야 하는지, 죽기 전에 스스로 물어보아야 합니다.

■ 묵혀둔 논밭 문제입니다. 농촌에서 삶을 이어가던 농부들이 도시로 빠져나가는 바람에 묵혀둔 논밭들이 허물어져 못쓰는 땅으로 변하고 있습니다. 큰 기계가 잘 드나들 수 있는 평야지대는 서로 농사지으려고 하지만, 작은 논밭들은 아무도 농사지으려고 하지 않습니다. 그래서 없어서는 안 될 '소농'은 사라지고 '대농'들만 살아남는 형편이 되었습니다. 그리고 논밭은 서너 해만 묵혀도 다시 쓰려면 여간 어려운 게 아닙니다. 논밭에 저절로 나무가 자라고 온갖 풀들이 뿌리를 깊이 내려 되돌려 놓기가 쉽지 않으니까요.

■ 농업을 돈벌이 수단으로 바라보는 것도 문제입니다. 비닐하우스 속에서 사철 내내 온갖 먹을거리가 쏟아져 나오고 있습니다. 제철 아닌 농산물을 먹으면 사람 몸에 이롭지 않다는 걸 잘 알면서, 돈벌이를 위해 이런

농사를 짓습니다.

그리고 요즘 뉴스나 신문기사에 자주 나오는 유기농업은 말처럼 그리 쉬운 게 아니므로 돈을 벌기 위해서 하다 보면 어떤 유혹에 빠지게 될지 아무도 장담할 수 없습니다. 사람을 살리는 농부가 돈에 눈이 멀면 어떤 일이 일어나겠습니까. 하늘이 죽고, 땅이 죽고, 사람이 죽겠지요. 그래서 농업은 자본의 논리에 놀아나서는 안 됩니다.

■ 대단위 축산업 문제입니다. 육식을 즐기는 사람들 때문에, 다리가 있어도 제대로 한번 걸어보지 못하고, 날개가 있어도 제대로 한번 날아보지 못하고 감옥처럼 좁은 공간에 갇혀서, 먹고 자는 일밖에 할 수 없는 짐승들 사는 모습을 보면 끔찍합니다. 사람이나 짐승이나 살아 있는 모든 생명들은 먹고 움직이지 않으면 무서운 병이 듭니다. 그러나 사람들은 하루라도 빨리 살을 찌워 팔아야만 돈을 벌 수 있기 때문에 움직이지 못하게 합니다. 먹이조차 옛날처럼 이 땅에서 나오는 믿을 수 있는 풀이나 곡식이 아닙니다. 먹어서는 안 될 수입사료와 알 수도 없는 온갖 성장촉진제를 먹고, 살만 쩌서 죽는 날만 기다리는 저 숱한 생명들을 한번쯤 생각해 보셨습니까?

옛날처럼 짐승을 한 식구처럼 소중하게 여기며, 큰일을 치를 때 어쩔 수 없이 팔아서 살림에 보태거나, 농사짓는 거름을 만들어 쓰기 위해 키우는 게 아닙니다. '최신시설'을 갖추어 놓고 몇천 또는 몇만 마리의 병아리를 키워 한 달 남짓 만에 팔아치웁니다. 짐승은 이제 한 식구가 아닙니다. 오직 돈을 만들어 주는 '수단'일 뿐입니다.

맑은 골짝마다 대단위 축사들이 들어서서 물조차 마음 놓고 먹을 수 없고, 바람이 불면 축사 가까운 마을에서는 가축의 배설물에서 나는 지독한 냄새 때문에 머리가 아플 지경입니다. 때로는 사람이 사는 마을 안에 축사를 짓기도 합니다. 그래도 진정서 한 장 쓰지 못하는 까닭은 마음이 어진 탓도 있지만, 대부분 한 집 건너 아는 사이들이기 때문입니다.

미국 환경운동가 과학자들에 따르면, 소고기 450g을 생산하려면 9,000ℓ의 물이 필요하답니다. 이 물은 한 사람이 반 년 동안 샤워하는 물과 맞먹는답니다. 그리고 세계 곡물의 55%와 콩의 80%가 가축을 먹이는 데 쓰이며, 이는 20억 명이나 되는 굶주린 사람들을 살릴 수 있는 분량이랍니다.

■ 그 밖에 '농촌 고령화'는 우리 농촌의 존재를 위협하는 근본적인 문제입니다. 2008년 말 통계 조사에 따르면 농가는 121만 2,050가구로 전체 가구 가운데 7.3%이고, 농가 인구는 전체 인구 4,860만 6,787명의 6.6%인 318만 6,753명입니다. 그리고 농촌에 거주하는 인구의 연령별 통계에 따르면, 60세 이상 인구가 전체의 43% 이상이며, 경제활동 계층인 20~40대의 비율은 25%로 아주 낮습니다.

이런 통계 자료가 없어도 오래전부터 고령화 현상이 심각하게 진행되고 있었다는 것을 우리는 잘 알고 있습니다. 그런데 그분들은 5~10년 남짓 지나면 거의 흙으로 돌아갈 분들입니다. 그분들이 돌아가시고 나면 누가 우리 농촌을 지킬지 앞날이 캄캄합니다. 30년 사이에 1,000만 명이 농촌에서 도시로 빠져나왔다고 합니다. 30년 전만 해도 농사 인구가 70% 정도 되었다고 하는데 지금은 6.6%밖에 안 됩니다.

2009년 4월 현재, 우리 마을은 열한 가구이며 그 가운데 다섯 가구는 혼자 사는 가구입니다. 20~30년 전에는 서른 가구가 넘었다고 합니다. 인동 할머니(93세), 금동 할머니(93세), 새터 할머니(86세), 팽기 어르신(86세), 장대 아지매(69세), 방아실 아지매(69세), 하동 아지매(69세), 하동 어르신(73세), 덕춘 아지매(68세), 덕춘 어르신(76세), 우동 아지매(67세), 우동 어르신(65세), 한동 아지매(57세), 한동 어르신(61세), 서울 아지매(63세), 서울 어르신(67세), 현동 아지매(75세), 현동 어르신(79세), 설매실 아지매(68세), 설매실 어르신(71세), 마산댁(50세, 아내), 그리고 나(52세)를 합쳐서 모두 22명입니다. 나이를 모두 더하면 1,557이고, 22로 나누면 평균 나이가 약 71세입니다. 그래서 보통 여든 살이 넘어야 할머니라고 하고, 그 아래는 아지매(아주머니)라 부릅니다. 쉰 살인 우리 아내는 '새댁'이라 불리지요.

이렇게 노인들만 남은 쓸쓸한 우리 농촌, 누가 다시 살릴 수 있겠습니까. 돈을 신처럼 모시면서, 아니 신보다 더 소중하게 모시면서 입만 살아서 떠들어대는 종교인들이 살릴 수 있겠습니까. 아니면 돈이라는 괴물에 홀려 어디로 가는지도 모르고 바쁘게 살아가는 어리석은 정치인들이나 지식인들이 살릴 수 있겠습니까. 수십 년 동안 아기 우는 소리가 들리지 않은 농촌 마을을 누가 지킬 수 있겠습니까.

희망은 한 가지밖에 없습니다. 가난과 불편함을 무릅쓰고 젊은이들이 농촌으로 돌아오는 길밖에 없습니다. 정말 어렵지만 이 길밖에 없습니다. 젊은이들이 없는 농촌은 희망이 없습니다. 서로 살아남으려고 발버둥치는 도시를 버리고, '독립운동' 하는 마음으로 농촌으로 돌아와야 합니다.

스위스의 경우 국토의 95% 면적을 식량 확보나 경관 보호 등으로만 이용 가능할 뿐 자유로운 개발이 불가능한 '경작지 구역'으로 지정해 놓고 있다.

〈농민신문〉(2010년 3월 15일자)

아이들을 자연의 품으로

어린이들한테 행복하냐고 물어보시겠습니까? 만약 어린이들이 행복하지 않다면 그 책임은 어른들이 모두 져야 합니다. 어린이들의 몸을 지켜주는 음식에까지 온갖 방부제와 농약과 화학첨가물이 판치는 나라에서, 어린이들이 좋아하는 과자와 빵 따위를 만드는 밀의 자급률이 1%밖에 안 되는 자랑스런(?) 대한민국에서, 수천 년 우리 겨레의 목숨을 이어준 쌀마저 위협받고 있는 세상에서, 나라 꼴이 어떻게 되든지 돈벌이만 된다면 벌떼처럼 달려들어 사회를 어지럽히는 어른들 속에서, 어린이들이 어디에서 기쁨과 희망을 찾을 수 있을지 걱정이 앞섭니다.

먹는 것, 입는 것, 노는 것, 어느 한 가지도 어린이들이 선택할 수 없는 세상입니다. 어린이들은 좋든 싫든 어른들이 만들어 놓은 세상에서 살아갈 수밖에 없기 때문입니다. 문제는 어린이가 아니라 돈만 좇아서 살아가는 어른들입니다. '경제논리'에 빠져 농촌이고 자연이고 엉망진창으로 만들어 놓고도 뉘우칠 줄 모르는 어른들이 문제입니다. 이런 어른들이 어린이를 걱정할 겨를이 있겠습니까?

어느 도시 학교에서 있었던 일입니다. 담임선생이 아파트 주변에 피어 있는 들꽃을 관찰해 오라는 숙제를 냈답니다. 학교 마치고 학원 두세 군데씩 기계처럼 돌아다니던 '착한 아이들'은, 밤 열 시가 지나서 손전등을 들고 아파트 주변을 서성거렸습니다. 멀리서 그 모습을 보고 달려온 아파트 경비아저씨가 놀라서 "얘들아, 지금 뭐 하고 있니?" 하고 물었더니 "숙제 하고 있는데요" 하더랍니다. 이런 억지스러운 자연 공부가 어린이들한테 어떤 영향을 줄 수 있을까요.

수천 년 동안 자연 속에서 자연과 더불어 스스로 놀이를 만들어 즐기던 어린이들은, 어느 날 갑자기 놀이를 잃어버렸습니다. 문명의 발달과 함께, 전환과 개발을 으뜸으로 생각하는 나라답게 고층아파트와 자동차가 헤아릴 수 없이 늘어났고, 텔레비전과 컴퓨터가 집집마다 자리 잡으면서 '놀이문화'가 모두 없어져 버렸습니다.

정서에 도움을 주는 동요나 전통 놀이문화는 멀리하고, 딱딱하고 차가운 컴퓨터와 텔레비전과 가까이 지내고부터 소비를 부추기는 대중문화가 자리 잡은 지 오래입니다. 아이들한테 어떤 세상을 물려줄 것인지 깊이 고민하지 못한 어른들이 소중한 어린이 문화를 모조리 짓밟은 것이지요. 더 늦기 전에 어린이들이 무엇을 바라는지, 그렇게 바라는 것이 다음 세대에 어떤 영향을 끼치는지 깊이 생각해야 하지 않겠습니까.

아무리 생각해 봐도 길은 한 가지밖에 떠오르지 않습니다. 모든 불행은 인간이 '생명의 어머니'인 흙(농촌, 자연)을 떠나서 일어난 것이니 흙으로 돌아가야 합니다. 심심풀이 삼아 가는 주말농장이 아니라, 삶 전체가 흙으로 돌아가야 합니다. 어린이들이 자연 속에서, 자연을 마음껏 품에 안고, 자유로운 삶을 이어갈 수 있도록 말입니다.

메모리 반도체 생산량 세계 1위, 선박 건조율 세계 1위, 핸드폰 보급률 세계 1위, 철학도 없는 교육열 세계 1위, 인터넷 이용시간 세계 1위, 이따위를 일등 하기 위해 일하는 시간도 세계 1위입니다. 흡연 인구도, 청소년 자살 인구도, 이혼율도, 교통사고도, 40대 사망률이나 암 사망률도, 이등 하라면 서러울 만큼 높습니다. 이런 비틀어진 나라를 아이들에게 물려준다면 정말이지, 어른으로서 아무 할 말이 없습니다.

아이들은 놀 시간의 대부분을 사교육 자본가들에게 빼앗기며, 참으로 눈물겹게 확보한 자투리 시간들마저 교활한 연예산업 자본가들과 게임산업 자본가들과 통신산업 자본가들에게 모조리 빼앗긴다. 한국인들은 소를 잡아 고기는 물론 머리끝에서 꼬리끝까지 한 군데도 빼놓지 않고 먹어치우는 걸로 유명한데 한국 아이들이 바로 그 짝이다. 한국에서 교육이란 아이들의 영혼이 성장할 시간을 1분1초도 허용하지 않는 노력을 뜻한다.

위 글은 2010년 3월 4일 〈한겨레〉에 김규항 선생이 쓴 글입니다. 아이들의 영혼조차 돈으로 여기는 자본가들에게서 우리 아이들을 하루빨리 건져 내야 합니다. 지금도 늦지 않았습니다. 자동차, 아파트, 컴퓨터, 텔레비전, 돈 따위가 주인 노릇을 하는 도시에서 벗어나야 합니다. 부모보다 돈을 더 소중한 가치로 여기는 아이들의 영혼을 다시 살려야 하지 않겠습니까? 폭력과 불륜이 뒤섞인 성인 만화와 영화 그리고 결과를 안 봐도 '뻔한' 연속극에 빼앗긴 아이들을 건져 내어야 하지 않겠습니까? 자연 속에서 즐겁게 뛰놀고 스스로 먹을 곡식을 기르며 살아갈 수 있는 '사람의 길'을 함께 열어가야 하지 않겠습니까?

도시는 사람과 사람을 나누고, 사람과 자연을 나누어 놓은 어둡고 슬픈 곳이라, 머물면 머물수록 자기도 모르게 몸과 마음에 깊은 병이 듭니다. 내가 병들면 따라서 모든 생명이 병듭니다. 도시는 어쩔 수 없는 처지 때문에 잠시 머물다 가는 곳이지, 절대 오래 머물면 안 되는 곳입니다. 이제 아이들 손을 잡고 돌아가야 합니다. 아이들이 자연의 품 안에서 무럭무럭 잘 자랄 수 있도록 어른들이 그 터전을 마련해 주어야 하지 않겠습니까?

하늘이 내려준 밥

밥상에 밥이 올라오기까지는 사철 내내 농부의 손길이 수백 번 이상 필요합니다. 하늘이 돕고 농부가 정성을 쏟아 생긴 밥을, 우리 겨레의 목숨을 이어온 소중한 밥을, 수입농산물에 빼앗겨서야 되겠습니까.

밥을 바라보는 눈빛과, 밥상 앞에 앉은 자세와, 밥을 삼키는 모습과, 밥을 다 먹고 난 뒤의 빈 그릇이 어떤 상태인지를 보면 그 사람의 됨됨이를 금세 알 수 있습니다. 그래서 젓가락으로 깨작깨작 밥 먹는 아이들을 옛날 어른들은 그냥 두고 보시지 않았습니다.

"이 녀석아, 밥 먹기 싫으면 벌떡 일어나."

"밥을 그렇게 먹으면 왔던 복도 다 나간다, 이 못된 녀석아."

"밥 먹을 때는 바로 앉아서 맛있게 먹어야지. 뭐하는 짓이냐."

밥 먹기 싫다는 아이에게 억지로 먹이는 부모를 가끔 봅니다. 달달하고 고소한 과자와 짐승의 살 따위를 많이 먹어 밥맛을 잃은 아이를 밥상에 앉혀 놓고, 억지로 밥을 먹인다고 밥맛이 있겠습니까?

밥을 맛있게 먹으려면 이 정도는 알아두는 게 좋겠습니다. 쌀알이 여물고 고르며, 부서진 쌀알이 없고, 도정한 지 얼마 되지 않은 현미를 삽니다. 쌀을 보관할 때는 직사광선과 습기가 없는 곳에 둡니다. 아무 곳에나 두면 쌀에 금이 가고 변질되기 쉬우며 곰팡이나 세균이 생기기 때문이지요. 오랫동안 쌀을 물에 불리면 밥맛이 떨어집니다. 30분 남짓 불린 뒤 밥을 지으면 맛이 좋지요.

그리고 꼭 알아두어야 할 것은 쌀뜨물은 천연 세척제이니 버리지 않도록 합니다. 합성수지 용기에 김치나 생선 냄새가 배어 있을 때는 쌀뜨물에 30분 남짓 담갔다가 씻으면 냄새도 없어지니, 쌀은 버릴 게 없습니다.

아무리 먹어도 질리지 않는 밥은, 하늘이 내려준 가장 귀한 선물입니다. 하늘을 나는 새도 땅이 없으면 살 수가 없듯이 사람도 땅에서 난 것을 먹지 않으면 살 수가 없습니다. 그런데 땅에서 나는 귀한 쌀이 남아돈다고 합니다.

통계청에 따르면 2009년 양곡연도(2008년 11월~2009년 10월) 1인당 쌀 소비량은 74kg으로 집계됐다고 합니다. 더구나 서울 시민은 62.1kg밖에 안 된답니다. 이는 지난해 2008년보다 1.8kg이나 줄어든 양입니다. 맞벌이 부부가 늘고, 국수나 라면, 빵 따위의 소비가 늘면서 쌀 소비는 상대적으로 줄어들었다고 하니 참 할 말이 없습니다. 그래서 지금 이 시대에는 밥을 먹는 것만으로도 우리 농업과 농촌을 지키고, 나라와 겨레를 살리는 일이 되었습니다.

미국 워싱턴대학 비만연구소에 따르면 밥을 먹으면 뚱뚱해지지 않는다고 합니다. 지방은 몸속에 쌓이지만 쌀과 같은 전분은 저장되지 않고 에너지원으로 사용되기 때문이랍니다. 그리고 밥은 여러 가지 반찬과 같이 먹기 때문에 다이어트 효과가 높다고 합니다.

그런데 현실은 어떻습니까? 패스트푸드를 즐기는 어린이가 늘면서 날이 갈수록 어린이 비만은 늘고 있습니다. 어릴 때 살이 찐 아이들은 80% 이상이 어른이 되어도 비만이 될 수 있다고 합니다. 그래서 어릴 적에 무엇을 먹느냐가 중요한 것입니다.

이미 열 명 가운데 세 명의 어린이가 고혈압, 지방간과 같은 성인병 증세를 보이고 있다고 하니 눈앞이 캄캄합니다. 10대(66.5%)와 20대(54%)의 절반 이상이 밥 대신 햄버거를 먹는다고 합니다. 그래서 국내 5대 패스트푸드 업체 연간 매출액이 1조원이 넘어섰답니다. 일주일에 49.1%가 패스트푸드를 1~4회 정도 먹고 있으며, 밥 대신 패스트푸드를 먹는다는 사람도 늘어나고 있답니다(여론조사기관 P&P 자료).

인간의 편리함을 부추기는 다국적기업의 마케팅 전략에 놀아나는 것은 돈이 아닙니다. 나라를 이끌어갈 아이들의 몸과 정신입니다. 더 깊은 병이 들기 전에, 우리 식구들이 안심하고 먹을 수 있는 '생명의 밥상'을 차려야 합니다. 단 것을 좋아하게 되면 김치와 된장을 싫어하게 됩니다. 거꾸로 김치와 된장을 좋아하게 되면 단 것을 싫어하게 됩니다. 한번 바뀐 입맛은 쉽게 돌아오지 않고, 한번 병든 몸도 쉽게 낫지 않습니다.

큰아들 녀석이 다니던 간디학교 선배 가운데 서영이라는 학생이 있습니다. 서영이는 시집가서 건강한 아기를 낳기 위해 몸에 해로운 수입농산물이나 가공식품 따위를 먹지 않고 스스로 몸과 마음을 돌보고 있습니다. 보통 사람들은 아기를 가지고 나서 커피나 콜라 따위를 먹지 않고 몸을 돌본다고 야단입니다. 하지만 그때는 이미 때가 늦습니다. 이미 몸은 농약과 방부제 범벅인 가공식품과 수입농산물에 병들었기 때문이지요. 병든 땅에서 병든 곡식이 자라듯이 병든 몸에서 건강한 아기가 태어날 수 없다는 것은 누구나 다 아는 일입니다. 서영이를 생각하면 스스로 자기 몸을 돌보는 일은 후손을 돌보는 일이고 세상을 돌보는 일이라는 생각이 자꾸 듭니다.

대안학교가 가야 할 길

 얼마 전, 대안학교인 원경고등학교에서 학생들한테 강연을 해달라 하기에 다녀왔습니다. 강당에 학생들을 모아 놓고 물었습니다.

 "여러분한테 한 가지 질문을 하겠습니다. 누가 여러분이 다리 하나를 잘라 주면, 한국은행에 있는 돈을 다 준대요. 그게 정말이라면 그렇게 할 학생 있습니까?"

 질문이 끝나자마자 여기저기서 학생들이 손을 들었습니다. 그 가운데 가장 먼저, 가장 자신 있게 손을 든 학생한테 물었습니다.

 "정말 다리 하나를 돈과 바꿀 수 있겠습니까?"

 그 학생은 그걸 질문이라고 하느냐는 듯이 당당하게 말했습니다.

 "예, 돈만 준다면 지금 당장 바꿀 수 있습니다. 돈이 많으니까 다리 하나쯤 만들어 붙이면 되지요."

 원경고등학교 학생들만 그런 게 아닙니다. 함양고등학교에서도, 합천고등학교에서도, 강연을 할 때마다 이런 질문을 했습니다. 자기 다리나 팔을 돈만 많이 주면 잘라 줄 수 있다고 생각하는 학생이 한두 명이 아니었습니다. 어떤 학생이 물었습니다.

 "선생님, 제 팔다리를 팔아서 가난한 사람을 돕거나 좋은 일을 하면 되지 않겠습니까?"

"가난한 사람을 도우려면 돈을 주는 것도 좋지만, 그들과 함께 살면서 희망을 찾아나서는 것이 훨씬 더 낫습니다. 돈은 있다가도 언제 없어질지 모르기 때문입니다. 그리고 그 돈을 아무리 좋은 데 쓰기 위해서라도 어찌 하늘이 준 몸을 팔 수 있단 말입니까? 몸을 팔아서 받은 돈으로 좋은 일을 한다 하여 세상에 어떤 보탬이 되겠습니까? 아무리 적어도 땀 흘려 일하여 정직하게 번 돈으로 좋은 일을 해야 합니다."

세상이 어찌 되려고 고등학생들마저 돈이면 뭐든지 다 할 수 있다고 여기는지 가슴이 답답합니다. 가끔 부모나 교사들 강좌 때에도 이런 질문을 합니다. 뜻밖에도 손을 드는 사람이 있습니다. 돈에 미치지 않고서야 어찌 자기 몸의 일부를 돈과 바꿀 수 있단 말입니까. 그 '답답함'은 오직 돈을 좇아 살아온, 우리 어른들이 지은 죄의 대가가 아니겠습니까. 아이들 앞에 서면 내가 얼마나 보잘것없고 부끄러운지 얼굴을 들 수가 없습니다. 그 아이들의 마음속에 내 마음이 들어 있고, 겉만 번지레한 어른들의 어리석음과 욕심이 다 들어 있으니, 어찌 부끄럽지 않겠습니까.

강연을 마치고 집으로 돌아오면서 문득 이런 생각이 들었습니다, 우리나라 유치원생부터 대학원생까지 일주일에 하루쯤은 농촌에서 흙을 만지며 농사를 지으면 좋겠다고. 영어를 배우거나 태권도와 피아노를 배우듯이 농사일을 배우게 하자는 것이지요. 농사일이란 제 목숨을 살려주는 일이니 진짜 살아 있는 공부가 될 테니까요.

이런 생각을 가진 사람들이 나라를 이끌어 간다면 얼마나 좋을까요. 그러나 다른 한편으로 생각해 보면 이런 생각을 가진 사람이 나라의 일꾼이 된다 해도 따르는 사람이 없다면 아무 소용이 없을 것입니다. 결국 나라의 주인인 우리 한 사람 한 사람이 생각을 바꾸어야만 교육을 바로 세워, 아이들을 살릴 수 있는 것입니다. 결코 쉬운 일이 아닙니다. 그러나 쉬운 일이 아니기 때문에 해야 할 가치가 있는 것입니다.

가까운 일본에서는 지난 2005년에 식육기본법(食育基本法)을 만들었답니다. 이 법은 식생활 교육, 미각 훈련, 자국 음식의 중요성 인식, 식사예절로 구성되어 있는데, 학교에서는 식생활 프로그램을 만들어 가르친답니다. 그래서 일본 아이들은 자신이 먹는 농산물이 생산되는 농촌 들녘으로 나가서 모내기도 하고 풀을 매기도 한답니다. 그러면서 교사와 아이들이 함께 손을 잡고 땀 흘려 일을 하고, 그 느낌을 글로 쓰거나 그림을 그린답니다. 때론 주제를 정해 토론을 하면서 농촌과 도시가, 사람과 자연이 둘이 아니라 하나라는 것을 온몸으로 깨닫기도 하고요. 이러한 현장체험 학습시간이 일본어나 수학과 같은 기초 핵심 과목보다 오히려 많은 때도 있다고 합니다. 만약 우리나라에서 그와 같은 프로그램을 운영하도록 한다면 학부모들이 어떤 반응을 보일까요?

먹을거리가 어떻게 하여 내 입으로 들어와 내 목숨을 살려주는지, 다른 건 몰라도 이 정도는 알아야 '사람 노릇'을 하지 않겠습니까. 우리 모두 뜻을 모으면 학생들과 함께 땅을 갈고 씨를 뿌리고 열매를 거둘 그날이 반드시 오리라 생각합니다.

이렇게 사람이 사람답게 살아가려면 스승이 필요합니다. 옛날이나 지금이나 부모만한 스승이 어디 있겠습니까? 그런데 도시에서는 부모가 '스승 노릇'을 하고 싶어도 할 수 있는 시간이 거의 없습니다. 돈을 벌어야 하기 때문이지요. 그런데 농촌에서는 따로 골치 아프게 '스승 노릇'을 하지 않아도 됩니다. 이웃들과 더불어 땀 흘려 일하는 삶과, 눈만 뜨면 돈 한 푼 들이지 않으면서도 마음껏 볼 수 있고 느낄 수 있는 자연이 있으니 말입니다.

이런 생각을 가슴에 지니고 살아가는 사람들이 모여서 만든 학교가 대안학교일 것입니다. 우리나라 최초의 대안학교인 간디학교가 생긴 지 고작 10년이 조금 지났는데, 벌써 대안학교가 몇백 개나 생겼다는 말이 들립니다. 서로 이름난 대안학교에 자식을 넣고 싶어서 안달이랍니다.

대안학교란 무엇 하는 곳입니까? 말 그대로 시대의 대안을 배우고 가르치고 몸으로 실천하자는 학교가 아니겠습니까. 몸과 마음이 병든 부모들과 아이들을 살리고 세상을 살리는 학교가 아니겠습니까. 그런데 문제는 대안학교의 '대안학교다움'이 자꾸만 변질되어 간다는 것입니다. 대안학교마저도 일반학교와 다를 바 없이 아이들끼리 경쟁하고 입시교육에 시달리는 곳이 되었다는 것입니다. 더구나 도시 일반 학교들처럼, 사람을 살리고 땅을 살리는 황금보다 귀한 똥오줌을 함부로, 아니 아무 생각도 없이 수세식 변소에 버리면서 어찌 '대안학교'라는 간판을 달 수 있는지 묻고 싶습니다. 자기가 눈 똥오줌조차 흙으로 돌려주지 못하면서 말입니다.

다 그런 것은 아니겠지만, 날이 갈수록 부모 욕심 때문에 본연의 '교육철학'이 흔들리는 학교가 많다고 합니다. '첫 마음'을 잃고 자꾸 흔들리는 대안학교 탓도 있지만, 그보다 자녀들을 이름난 대학에 보내고 싶은 부모 욕심이 더 큰 몫을 차지하리라 생각합니다. 그렇다고 이 모든 책임을 부모나 학교에 떠넘길 수는 없습니다. 땀 흘려 일하고 정직하게 살아가는 사람일수록 '사람대접'을 받지 못하는 세상 탓이 크기 때문입니다. 그렇다고 모든 것을 바보처럼 세상 탓으로 돌려서도 안 됩니다. 이런 세상 또한 우리가 만든 것이니 우리 힘으로 바꾸어 놓아야 할 책임이 있으니까요.

자녀를 대안학교에 보내고 싶거나 또는 보낸 부모들은 거의 도시에서 직장 생활을 하며 살고 있습니다. 한 달에 몇십만 원씩 들어가는 교육비를 대느라 '콘크리트 숲'에서 온갖 모욕과 아픔을 참아가며 일을 합니다. 아이들만큼은 자연 속에서 건강하게 살도록 해주고 싶기 때문이지요. 어리석은 시대가 만든 안타까운 일이 아닐 수 없습니다. 부모만한 스승이 없다고 하는데, 부모한테 배울 게 없으니 대안학교가 자꾸 생기는 것입니다.

정말 대안교육을 바라는 부모라면 부모 스스로 자연 속으로 들어와야 합니다. 자연 속에서 아이들과 함께 논밭을 일구고 함께 밥을 먹고 똥을 누고, 거룩한 똥을 흙으로 다시 돌려주고, 그 흙에서 난 곡식을 나누며 살아야 합니다. 힘닿는 데까지 제 식구 먹을 곡식을 스스로 심고 가꾸어 먹어야 한다는 것이지요. 사람 됨됨이는 어떤 음식을, 어떤 방법으로 구해서, 어떻게 먹느냐를 살펴보면 훤히 알 수 있습니다. 음식이 곧 몸과 마음을 만들기 때문입니다.

아이들을 대안학교에 보내고 싶은 부모라면, 몸과 마음을 못살게 구는 입시교육보다는 몸과 마음을 살려주는 음식교육에 더 많은 정성을 쏟아야 하지 않겠습니까. 사람이 흙에서 태어나 흙에서 난 것을 먹고살다가 흙으로 돌아갈 것이니, 마땅히 이 정도 생각은 있어야 하지 않겠습니까.

10년 남짓 대안학교 교사로 지낸 후배가 술자리에서 했던 말입니다.

"선배님, 우리 학교가 생긴 지 10년이 지났는데 졸업한 학생 가운데 농부가 된 학생이 한 명도 없으니, 이게 무슨 대안학교입니까? 대안학교 졸업생이라면 적어도 반 이상, 아니면 30~40퍼센트라도 농부가 되어야 하지 않겠습니까? 사람과 자연이 병들어가는 이 시대에 농부야말로 사람과 자연을 살릴 수 있는 유일한 대안이라 생각합니다. 힘들고 돈이 안 된다는 까닭으로 아무도 농부가 안 되려고 하니 대안학교의 앞날이 슬프도록 안타깝습니다…."

우리 함께 깊이 생각해야 할 말입니다. "어찌할까? 어찌할까? 하고 깊이 생각하지 않는 사람은 나도 어쩔 수 없다"고 공자가 말했습니다. 바른 생각을 행동에 옮길 때는 오래 생각해서는 안 됩니다. 생각만 하다가 그칠 수도 있으니까요. 어떤 일을 하려면 아무리 보잘것없는 일이라 하더라도 지금 바로 시작해야 합니다. 하늘과 땅이 하나이고 사람과 자연이 하나이듯이, 부모와 교사와 학생이 하나가 되어야만 사람다운 교육이 이루어지지 않겠습니까.

과외 수업에 게으름을 피우는 아들을 아버지가 나무랐습니다.

"좋은 대학 가려면 공부에 충실해야 한다. 남보다 열심히 해야 한다."

아버지 말을 듣고 아들이 묻습니다.

"좋은 대학 가서 뭐 하게요?"

아버지는 정말 모르느냐는 듯이 목소리를 높이며 말했습니다.

"그래야 너도 과외 선생해서 돈을 벌지."

얼마 전, 어느 신문에 실린 이야기입니다. 대학이 저마다 하고 싶은 일을 할 수 있는 곳이 아니라, 돈을 벌게 해주는 곳이라는 생각이 우리 머릿속에 남아 있는 한 희망은 없습니다. 잘못된 교육이 살아나려면 잘못된 생각부터 바로잡아야 합니다. 그래야만 아이들이 살고, 부모와 교사가 살고, 오염된 환경이 살고, 무너진 농촌이 살고, 병든 몸과 마음이 살고, 썩은 냄새가 코를 찌르는 정치가 살아날 수 있습니다. 그래야 우리 모두가 어깨 펴고 당당하게 살 수 있습니다.

> 농경사회에선 씨를 뿌리고 새싹이 돋아나는 과정을 지켜보며 살기 때문에 생명의 소중함이 사람의 마음 안에 싹튼다. 흙을 멀리하고 도시화, 산업화, 정보화 사회에 살면서 인성이 메말라가다 보니 이유 없이 폭행하는 등 끔찍한 일이 벌어지는 것이다.
>
> 법정 스님

먼저 나를 바꾸어야

지난 역사를 돌아보면 지도자 한 사람 잘못 뽑아서 세상이 어지러워지기도 했지만, 지도자를 따르는 무리들이 맡은 일을 제대로 하지 않고 제 배를 채우기에만 바빠 백성들을 섬기지 못한 경우도 많았습니다.

요즘도 누가 대통령이나 국회의원이 되면 사이비 언론들은 입을 맞추기라도 한 듯, 누가 일등공신이니 어쩌고저쩌고 떠들어대면서 서로 치켜세우기 바쁩니다. 그들을 일꾼으로 뽑아준 사람이 백성인데 백성을 우습게 여기는 것입니다. 참사랑은 조건이 없을 때 이루어지는 것인데, 권력과 재산에 눈먼 인간들은 늘 조건을 달고 사랑을 합니다. 그러니 어찌 일꾼으로 뽑아준 가난한 백성이 주인으로 보이겠습니까?

하루하루 먹고살기에 바쁜 가난한 백성들은 그저 믿음 하나만으로 이날까지 살아왔습니다. 그 믿음이 깨졌을 때는 대통령도 감옥에 보내고 국회의원, 장관, 시장, 군수, 교육감 들을 가리지 않고 갈아치웠습니다. 그렇게 젊음을 바치고 때론 목숨까지 내놓으며 애를 쓰고 살았는데, 왜 날이 갈수록 하루도 마음 편할 날 없이 살아야 합니까?

그 까닭은 그렇게 애써 살아온 착한 사람의 힘보다, 착한 사람을 누르는 힘이 더 세다는 데 있습니다. 돈과 권력을 거머쥔 몇몇 '조무래기'들은 어떻게 하면 착한 사람들을 이용하여, 제 손 안에 든 돈과 권력을 마음 껏 누릴 수 있을 것인가를 생각하고 연구합니다. 날마다 밥 먹고 하는 짓이 그뿐입니다. 땀 흘려 일하고 정직하게 살아가는 어진 백성들과 그놈들은 생각부터 다릅니다. 그러니 몇 놈 갈아치운다고 되는 게 아닙니다. 그아래 빌붙어 살아가는 놈들이 또 그 자리를 채우기 때문입니다.

그나마 옛날이나 지금이나 용기 있는 분들이 제 욕심 차리지 않고 노동조합과 농민회와 여러 단체와 조직을 만들어 그놈들과 맞서 싸우고 있으니 어진 백성들이 그나마 살아가는 것입니다. 그분들이 없었다면 세상은이미 사람이 살 수 없는 '폐허'로 바뀌었을 것입니다.

그러나 아직도 농림부장관을 바꾸어도 농촌은 점점 무너지고, 환경부장관을 바꾸어도 환경은 갈수록 오염되고, 새로운 교육부장관 아래서도아이들은 공부에 시달려 가출을 하거나 스스로 목숨을 끊기도 합니다. "초등생 13% 시험 끝난 뒤 '죽고 싶다', 41% 손떨림, 39% 식은땀 등 몸에 이상"(〈한겨레〉, 2007년 12월 5일자)이 일어난다고 합니다. 아이들이 저마다 하고 싶은 일을 하면서 자유롭게 살지 못하고 '못된 어른들'이 만든비틀어진 세상에서 살아남기 위해 안간힘을 쓰고 있는 것입니다.

아이들 말을 으뜸 자리에 두고 20년 가까이 '마주이야기' 교육을 해온박문희 선생님의 교육 이야기 책 《마주이야기, 아이는 들어주는 만큼 자란다》에 이런 글이 있습니다. 제목은 〈엄마는 오래 살아도 나는 오래 못살아〉입니다.

민석 : 내가 엄마 말 잘 들어야 엄마 오래 살아?
엄마 : 그럼.
민석 : 그럼 엄마는 오래 살아도 나는 오래 못 살아.
엄마 : 왜?
민석 : 엄마 말 잘 들으려면 엄마가 하라는 대로 해야 되는데, 공부

하라면 공부해야 되고, 밥 먹으라면 밥 먹어야 되고, 하지 말라면 안 해야 되는데, 그럼 엄마는 오래 살아도 나는 오래 못 살아.

민석이는 이제 겨우 일곱 살 아이지만, '못된 어른들'의 생각에 놀아나지 않으려고 합니다. 꼭두각시처럼 시키는 대로 살면 스트레스를 받아서 오래 살지 못한다는 것을 잘 압니다.

사람은 누구나 땀 흘려 일하고 정직하게 살면서 마땅한 노동의 대가를 받으며 행복하게 살아야 합니다. 그런데 어린이들한테 물어보아도 땀 흘려 일하고 정직하게 살면 잘살 수 없다고 대답합니다. 이런 말을 들으면 '어른'이란 이름이 얼마나 부끄러운지 모릅니다.

꽃이 피면 지듯이 어떤 목숨붙이라도 살아 있는 것은 모두 죽게 마련입니다. 사람도 마찬가지입니다. 그때가 조금 이른 사람도 있고 조금 늦은 사람이 있을 뿐이지, 누구나 다 죽습니다. 마땅히 죽어야 합니다. 태어나자마자 인간은 죽음의 그림자를 뒤집어쓰고, 죽음을 향해 한 발 한 발 나아가는 것입니다. 오늘은 '네' 차례지만 내일은 '내' 차례가 될 것입니다. 그래서 날마다 죽음을 잘 준비해야 합니다.

잘 죽기 위해서는 잘 살아야 합니다. 스스로 가난을 택하여 가난한 이웃들과 더불어 살아야 정말 잘 사는 것입니다. 스스로 선택한 그 가난만이 세상을 바로잡을 수 있습니다. 만약 내가 집을 두 채 가지고 있으면 분명히 집 없는 사람이 있을 것입니다. 집이든 돈이든 내가 가진 것만큼 누군가 가지지 못한 사람이 있는 것입니다. 내 아파트 값이나 땅값이 치솟기를 바라고, 내 자식이 명문대에 들어가거나 출세하기를 바라는 마음을 버리지 않는다면 이 세상은 영원히 희망이 없습니다.

남의 자식은 돈벌이 안 되고 힘든 농촌에 들어가서 농약과 화학비료를 쓰지 않고 건강한 곡식을 생산해 주는 농부가 되면 좋지만, 내 자식은 도시의 빌딩 사무실 회전의자에 앉아 편안하게 살면 좋겠다는 어리석고 비겁한 생각으로 가득 차 있다면, 우리 앞에 기다리는 것은 캄캄한 어둠과 비참한 죽음뿐입니다. 자연은 머지않아 이런 인간들의 이기심과 탐욕을 그대로 두지 않을 것입니다. 결국 아이고 어른이고 다시는 빠져나올 수 없는 깊은 구렁텅이로 들어가게 될 것입니다.

우리는 다람쥐 쳇바퀴 돌듯 쉬지 않고 부지런히 살았습니다. 그런데 지금 가만히 보니 사람답게 살려고 할수록 사람대접을 받지 못했습니다. 도시는 날이 갈수록 희망보다는 절망을, 행복보다는 불행을 안겨주었습니다. 사람과 사람이 서로 나누고 섬기는 세상이 아니라, 서로 헐뜯고 속이며 서로 견주지 않으면 버틸 수 없는 세상으로 변했습니다.

자고 일어나면 온갖 범죄와 생각하기조차 끔찍한 사고와 자연재해가 일어나고 있습니다. 사람들은 날이 갈수록 세상 살기가 힘들다고 합니다. 이 모든 것이 자신의 욕심 때문에 생긴 일이라는 것을 알면서도 우리는 애써 남의 탓으로 생각합니다. 가만히 자신의 마음을 들여다보면 금세 알 수 있습니다. 모든 것이, 모두 다, '나'로부터 오는 것임을….

벌써 산과 들에 쑥부쟁이가 피었습니다. 기다리지 않아도 가을은 이미 우리 곁에 왔습니다. 가을, 말만 들어도 가슴이 설렙니다. 지게를 지고 산밭으로 가는 내 발걸음이 조금씩 바빠졌습니다. 먼저 익은 대추와 단감을 따야 하고, 배추밭에서 벌레도 잡아야 합니다. 많이 깨닫고 착한 사람일수록 고개를 숙이듯이 논에 심어둔 벼들이 점점 고개를 숙이기 시작합니다. 자연 앞에 스스로 겸손해지는 것이지요. 꽃이 아무리 아름다워도 뿌리로부터 멀어지면 죽고 맙니다. 사람도 마찬가지입니다. 세상 모든 갈등과 죄는 사람이 자연으로부터 멀어지면서 일어난 것입니다.

어떤 자리에서 무슨 일을 하든, 또는 삶에서 무엇을 이루었건, 마음이 평화롭지 않다면 아직 행복하지 않은 것입니다. 모든 조건이 다 갖추어졌다 해도 '마음의 평화'가 없으면 행복할 수 없습니다. 사람이 세상에서 사는 것은 단 한 번뿐입니다. 단 한 번뿐인 소중한 삶을 행복하게 살다 가야 하지 않겠습니까.

가을이 가진 것을 다 나누어 주고 떠나듯이, 우리도 모르는 사이에 숨어 들어온 나쁜 버릇과 욕심을 하나씩 하나씩 버려야 하지 않겠습니까? 그러나 욕심을 버리는 건 생각만으로 되지 않습니다. 뜻있는 사람들과 함께 생각을 나누다 보면 깨달음이 옵니다. 그리고 진정 깨닫게 되면 반드시 실천이 따르게 됩니다. 깨닫고 실천하지 않으면 그 깨달음은 먼지와 같습니다. 우리가 살아서 꼭 해야 할 일은 먼 곳에 있는 것도 아니며, 그렇다고 눈에 잘 보이지도 않는 희미한 곳에 있는 것도 아닙니다. 내 곁에, 아니 내 마음속에 있는 것입니다.

집을 두 채 이상 가진 사람은 한 채만 남겨두고 집 없는 사람한테 거저 주거나, 거저 주기 아까우면 반값만 받고 주면 어떨까요? 식구도 없는데 집이 너무 크다 싶은 사람은 작은 집으로 이사를 가면 어떨까요? 집이나 상가를 가지고 전세나 달세를 받는 사람들은 10%라도 낮추어 받을까요? 외식을 줄이고 도시락을 갖고 다닐까요? 육식을 줄이고 채식을 해볼까요? 친환경농산물을 가난한 이웃들에게 선물해 볼까요? 우리밀 국수를 삶아서 이웃과 나누어 먹을까요? 가까운 농민들과 직거래를 하거나 생협에 가입해 볼까요? 내일부터 대중교통을 이용해 볼까요? 죽으면 모든 재산을 자식에게 물려주지 않고, 믿을 수 있는 복지재단이나 사회단체에 물려준다는 유서를 써 볼까요?

좁은 길을 갈 때에는 한 걸음 멈추어 남을 먼저 가게 하고, 맛있는 음식은 다른 사람에게도 나누어 주어 함께 즐기는 것이 좋다. 이것이 세상을 살아가는 가장 편안한 방법 중의 한 가지이다. 다른 사람을 위하다 보면 자신에게로 그 보답이 돌아온다. 그러므로 남을 위하는 것이 곧 나를 위하는 것이다.

동양의 10대 고전이자 영원한 베스트셀러라는 《채근담》에 나오는 말씀입니다. 다른 사람을 위하다 보면 그 보답이 돌아오기는커녕 손해를 입을 때도 있습니다. 그러나 그 손해 또한 하늘에 재산을 쌓는 것이라 생각하면 그리 억울하지만은 않을 것입니다. 보답이란 것이 살아 있는 '내'게 돌아오지 않는다고 실망할 필요는 없습니다. 왜냐하면 반드시 누군가에게 돌아가서 누군가를 기쁘게 하기 때문입니다.

무너진 농업과 농촌을 살리고, 오염된 환경을 살리고, 흐트러진 나라를 살리고, 메마른 사람의 마음을 살리는 일은 이런 작은 실천이 따를 때 이루어지는 것입니다. 대통령이나 대쪽 같은 법이 세상을 바꾸는 것이 아니라 따뜻한 '사람의 정'이 세상을 바꾸는 지름길입니다.

좋은 일은 죽어서는 할 수 없는 것이니 미루면 안 됩니다. 내일이면 이미 늦습니다. 자고 나면 착한 내 마음이 어디로 달아날지 모르니까요. 그러니 하루라도 빨리 실천할수록, 그만큼 세상은 평화롭고 아름다워질 것입니다.

"나는 우리나라가 세계에서 가장 아름다운 나라가 되기를 원합니다. 가장 부강한 나라가 되기를 원하는 것은 아닙니다."

인간들의 끝없는 욕망 때문에 지구가 몸살을 앓아 온갖 자연재해가 일어나고 있다는 말을 들을 때마다 김구 선생님 말씀이 떠오릅니다. 우리나라는 세계 열한 번째 경제대국이라는데, 얼마나 더 편리해지고 더 잘살아야 하는 걸까요? 텔레비전, 비디오, 컴퓨터, 자동차, 휴대전화, 사진기, 냉장고에 김치냉장고까지, 여기에 또 무엇을 더 가져야만 '욕심의 끝'을 볼 수 있을까요? 대통령을 잘 뽑는다고 그 '욕심의 끝'을 볼 수 있겠습니까? 대통령을 바꾼다고 되는 것이 아니라, 먼저 나를 바꾸고 비뚤어진 사회체제를 바꾸어야 합니다.

영국의 웨스트민스터사원에 묻힌 어느 성공회 주교의 묘비에 이런 글이 적혀 있다고 합니다.

내가 젊고 자유로워 무한한 상상력을 가졌을 때, 나는 세상을 변화시키겠다는 꿈을 가졌다. 좀더 나이가 들고 지혜를 얻었을 때, 나는 세상이 변하지 않으리라는 것을 알았다. 그래서 나는 내가 살고 있는 나라를 변화시키겠다고 결심했다. 그러나 그것 역시 불가능한 일이었다. 황혼의 나이가 되었을 때는 마지막 시도로 나는 가장 가까운 내 가족을 변화시키겠다고 마음을 정했다. 그러나 아무도 달라지지 않았다. 이제 죽음을 맞이하는 자리에서 나는 깨닫는다. 만일 내가 나 자신을 먼저 변화시켰더라면 그것을 보고 내 가족이 변화했을 것을. 또한 그것에 용기를 얻어 내 나라를 더 좋은 곳으로 바꿀 수 있었을 것을. 누가 아는가, 그러면 세상까지 변화했을지.

　어렵더라도 먼저 나를 바꾸어야 세상이 바뀝니다. 바꾼다는 것이 무슨 말입니까. 쉽게 말해서 본디 있던 것을 다르게 갈거나, 달라지게 하는 것입니다. 그렇다면 본디 있던 것이 얼마나 잘못되었는가를 먼저 알아야만 하지 않겠습니까?
　오늘부터는 아이들이 무엇을 바라는지 귀담아들어 주시기 바랍니다. 아이들 마음속에 '본디 있던 것'이 다 들어 있으니 정답도 그 안에 들어 있습니다. 농촌과 환경과 교육을 살리는 길도, 모든 생명과 사람을 살리는 길도, 모두 그 속에 있습니다. 아이들은 살아 있는 스승입니다. 아이들이 행복하다고 느끼는 세상이야말로 참 살맛나는 세상이기 때문입니다.

사람을 만나 사람이 되고

혼인잔치를 앞둔 이웃집에서 사람들과 함께 음식을 먹다가 들었습니다.

"그 사람, 대통령에 당선되면 재산을 다 내놓겠다고 했다며?"

"그래도 나라의 최고 지도자가 될 텐데 다 내놓겠지, 약속을 했으니."

"야야, 그 말을 우찌 다 믿노. 말이 다 내놓는 거지. 앞에 했던 대통령처럼 몇백 억, 몇천 억을 어디에 숨겨 둘지 누가 우찌 알겠노."

"그렇지, 그 말을 믿을 사람이 오데 있노. 믿을 걸 믿어야지."

"돈이 있어야 권력이 생기는데, 그 돈을 다 내놓으모 우찌 다시 권력을 잡을 끼고."

인터넷도 안 되는 산골 마을 사람들도 이제 알 건 다 압니다. 정치인들이 얼마나 거짓말을 자주 했으면, 그리고 얼마나 나쁜 짓을 많이 했으면, 아이고 어른이고 이런 소리를 하겠습니까.

누가 대통령이 되든 "무엇보다 먼저 기초질서와 법질서를 바로 세우려" 할 것이고 그러기 위해서는 우선 믿음을 주어야 합니다. 재산을 언제, 어떻게 내놓을 것인가는 크게 중요한 게 아닙니다. 그보다 더 중요한 것은 모은 재산이 얼마나 땀 흘려 일하여 정직하게 모은 재산인지, 하늘을 우러러 정말 한 점 부끄러움이 없는 재산인지, 스스로 돌아보는 것입니다. 티끌만큼이라도 부끄러움이 있다면 솔직하게 인정한 다음, 용서를 빌어야 합니다. 백성들의 땀으로 밥을 먹고살아가는 모든 지도자들과 그들과 함께 한솥밥을 먹으며 목숨을 이어가는 사람들도 마찬가지입니다. 그러니 기초질서와 법질서는 돈과 권력을 쥐고 있는 자본가들과 정치인들에게서부터 바로 세워야 합니다. 가난하고 어진 백성들은 법이 없어도 죄짓지 않고 살아갈 수 있으니까 말입니다.

아무리 작은 거짓말이라도, 더구나 사람과 자연한테 해를 끼치는 거짓말은 해서는 안 됩니다. 하늘과 땅이 보고 듣고 있기 때문입니다. 동물 가운데 인간만이 부끄러움을 느낄 수 있다는데, 나라를 움직이는 자본가들과 정치인들은 어찌 부끄러움을 잃고 거짓말을 밥 먹듯 하며 사는 것인지요.

링컨도 "모든 사람을 얼마 동안은 속일 수 있습니다. 또 몇 사람은 늘 속일 수 있습니다. 그러나 모든 사람을 늘 속일 수는 없습니다"라고 했으며, 도산 안창호 선생도 "거짓이 많은 국민으로 망하지 않은 국민이 어디 있으며, 거짓이 많은 채 부흥한 국민이 어디 있는가"라고 했습니다. 사람은 누구나 자신을 속이지 말아야 합니다. 이 세상에서 일어나는 모든 범죄는 자신을 속이기 때문에 일어나는 것입니다.

깊은 철학과 바른 삶이란 어렵거나 골치 아픈 데 있지 않습니다. 식당 주인은 어떻게 하면 찾아오는 손님들의 건강을 지켜줄 것인가를, 자동차를 만드는 노동자는 어떻게 하면 공해를 일으키지 않고 안전하게 만들 것인가를, 농부들은 어떻게 하면 병든 땅을 살리며 건강한 곡식을 생산할 것인가를, 버스 기사는 어떻게 하면 손님들이 편안하게 타고 내릴 것인가를, 애써 생각하고 실천하는 것입니다. 무슨 일을 하든 나보다 남을 먼저 생각하는 사람만이 세상의 주인이 될 수 있습니다.

사람은 공부를 하거나 일만 하기 위해 태어난 것도 아니고, 돈을 벌기 위해 태어난 것도 아닙니다. 더구나 나 혼자 잘 먹고 잘살기 위해 태어난 것은 더욱 아닙니다. 우리는 아름다운 자연 속에서, 가난한 이웃과 더불어 자유와 행복을 누리기 위해 태어났습니다.

아무리 맛있는 음식이 산더미처럼 쌓여 있다 해도 혼자 먹으면 무슨 맛이 있겠습니까. 가뭄이 들어 이웃들이 목이 타는데 우리 집 샘물이 아무리 넘친들 나누지 않고서야 어찌 마음 놓고 잠을 잘 수 있겠습니까. 오늘 우리가 누리는 작은 행복은, 땀 흘려 일하고도 가난을 벗어버리지 못하는 이웃이 있기 때문에 우리 곁에 있는지도 모릅니다. 그러니 우리의 재산은 곧 그들의 것이나 다름이 없습니다.

사람은 사람을 만나 사람이 되는 것입니다. 그러나 얼마나 많은 사람을 알고 있느냐보다는 어떤 사람을 알고 있느냐가 더 소중하며, 많은 지식보다는 아는 것을 어떻게 쓰느냐가 훨씬 더 소중합니다. 부모형제나 이웃이 어려움에 빠져 허덕이는데 나 혼자 배부르다고 행복할 수 있겠습니까. 부모형제나 이웃을 모르는 사람은 '나'를 모르는 사람이고, '나'를 모르는 사람은 이미 죽은 사람입니다.

하늘을 섬기기 전에 가장 가까이 살아가는 이웃과 동료를 먼저 섬기는 사람, 서로 경쟁하는 길을 걷지 않고 서로 가지 않으려는 길을 당당하게 걷는 사람, 아이들의 말을 끝까지 들을 줄 알고 아이들 말을 듣고 어떻게 살아야 할지 깨닫고 실천하는 사람, 남의 실수와 잘못을 너그럽게 봐주는 것도 좋지만 그보다 남의 실수와 잘못을 보고 먼저 자기 마음을 들여다볼 줄 아는 사람, 나를 아끼고 사랑하는 만큼 다른 사람도 아끼고 사랑하는 사람, 못난 사람과 가난한 사람은 높여주고 잘난 사람과 부유한 사람은 낮추는 사람이 참사람입니다.

2009년에는 중고등학생들을 만날 기회가 많았습니다. 우선 10월과 12월 사이에 창원 반림중학교, 울산 문수고등학교, 울산 대송고등학교, 울산 효정고등학교, 산청 단성중학교 학생들을 만났습니다. 저같이 못난 사람에게 학생들을 만날 기회를 주신 선생님들에게 고맙지요. 강좌 때마다 거의 빠짐없이 학생들과 이런 이야기를 주고받습니다.

"학생 여러분, 식당 주인이 돈을 벌려면 어떻게 해야겠습니까?"

"싸구려 수입농산물을 많이 써야 합니다."

"그럼 싸구려 수입농산물에는 무엇이 들었습니까?"

"사람이 먹어서는 안 될 농약과 방부제, 표백제와 살균제 들이 많이 들어 있다고 배웠습니다."

"그걸 음식이라고 사람에게 팔아야 되겠습니까, 팔지 말아야 되겠습니까? 여러분이 자라서 식당 주인이 된다면 이런 음식을 손님들에게 내어주겠습니까?"

"선생님, 식당 주인도 먹고살아야 하잖아요?"

"내가 먹고살자고 다른 사람 건강을 해치는 짓을 하면 되겠습니까, 안 되겠습니까?"

"선생님, 그건 안 됩니다만 어쨌든 음식을 맛있게 만들고 싸게 팔아야 손님들이 많이 오지요."

"여러분들 말대로 음식을 맛있게 만들려면 몸에 해로운 온갖 양념과 조미료가 다 들어가야 합니다. 그게 사람 몸에 어떤 영향을 끼치는지 알고 있습니까? 그리고 음식을 싸게 팔아야 한다고 했는데, 싸게 팔려면 재료가 싸야 합니다. 농약 안 친 친환경농산물은 결코 싸지 않습니다. 그렇다고 비싸다고 말할 수 없습니다."

"선생님, 그건 왜요?"

"사람을 살리는 음식을 앞에 두고 싸니 비싸니 이런 말은 사람이 함부로 해서는 안 됩니다. 천벌을 받을 말이지요. 음식은 곧 생명입니다. 그래서 정당한 값이냐 아니냐를 따져야 하는 것이지요."

"……."

"농부가 돈을 많이 벌려면 어떻게 해야겠습니까?"

"선생님, 수확을 많이 해야 합니다. 그리고 돈 되는 일을 찾아서 해야 합니다."

"수확을 많이 하려면 사람과 자연을 병들게 하는 농약과 화학비료 따위를 많이 써야 합니다. 그리고 농부가 돈 되는 일을 하려면 '특수작물'을 길러야 합니다. 그럼 가난한 사람들이 주로 먹는 쌀, 밀, 콩, 감자, 고구마, 배추, 고추, 옥수수 들은 누가 기르겠습니까? 이런 농사는 돈이 안 되기 때문에 갈수록 서로 지으려고 하지 않습니다. 지을 사람도 없고요. 그래서 우리나라는 쌀을 빼고 나면 대부분 수입을 해서 목숨을 이어가고 있습니다."

"그러면 선생님, 돈 안 되는 그런 농사를 앞으로 누가 지어요?"

"여러분들이 학교를 졸업하고 나서 농부가 되어야지요. 어른들의 눈동자를 자세히 살펴보세요. 도시에 몰려, 서로 돈을 벌려고 눈이 벌겋게 달아올라 있을 거예요. 자세히 보면 다 보여요. 자세히 볼 것도 없어요. 바보가 아니면 이미 다 알고 있는 일이니까요."

"선생님처럼 누구나 농부가 될 수 있습니까?"

"그렇습니다. 누구나 농부가 될 수 있습니다. 그리고 마땅히 되어야 합니다. 돈은 안 되지만 사람과 자연을 살리는 소중한 농사를 지어야 합니다. 여러분들이 도시에서 우선 해야 할 일은 이런 바른 생각으로 농사지으며 살아가고 있는 농부들을 돕는 것입니다. 자주 찾아가서 일손도 돕고, 그들이 농사지은 것을 귀하게 여기고, 맛있게 먹어주는 일입니다. 애써 생산한 친환경농산물을 벌레가 조금 먹었다고, 못나고 빛깔이 좋지 않다고, 조금 값이 비싸다고 아무도 관심을 가지지 않으면 누가 친환경농산물을 생산하겠습니까?

그래서 다시 부탁드리는 것입니다. 우리나라 농부가 정성껏 농사지은 친환경농산물을 돈으로 따지지 말고 '귀한 생명'으로 보아 달라고요. 이제 잘 알겠지요, 선생님이 왜 농부가 되었는지요. 왜 바쁜 짬을 내어 이렇게 먼 곳까지 여러분들을 만나러 왔는지.

식당 주인은 식당 주인다운 철학이 있어야 하고, 농부는 농부다운 철학이 있어야 합니다. 여러분을 가르치는 교사도 교사다운 철학이 있어야겠지요. 모든 사람이 돈만 벌기 위해서 산다면 세상이 어찌 돌아가겠습니까? 생지옥과 같을 것입니다. 결국 세상을 아름답게 가꾸는 사람은 스스로 가난을 선택한 사람들입니다. 그분들의 뒤를 따르는 게 우리가 마땅히 해야 할 일이지요."

"선생님, 학교에서나 집에서나 만날 공부해서 출세해야 한다고 가르치는데요? 그래야 돈도 많이 벌고 편하게 살 수 있다고요."

"그런 어른은 어른이 아닙니다. 어른이란 탈을 쓰고 있는 것뿐이지요. 숨만 쉰다고 사람이 아닙니다. 사람다운 생각을 하고, 사람답게 살아야 사람이지요. 그러니 여러분들은 조금 삐딱하게 세상을 보고 조금 삐딱하게 살아야 합니다. 그래야 자유를 찾을 수 있고, 자유롭게 살 수 있습니다."

"선생님 말씀을 듣고 나니 속이 시원합니다. 그러나 선생님과 헤어지고 나면 우리는 또 공부, 공부만 해야 합니다."

"공부하면서도 꿈을 꾸어야 합니다. 사람답게 사는 꿈 말입니다. 어느 누구한테도 비겁하게 굽실거리지 않고 당당하게 살겠다는 꿈을 꾸어야 합니다."

강좌 주제가 '시와 삶'인데 시 이야기는 쥐꼬리만큼 하고 이렇게 삶에 대한 이야기를 주고받다가 시간을 다 보냅니다. 농부와 시인이 하나이듯이, 시와 삶이 결코 떨어질 수 없는 것이니까요.

학생들과 '사람'에 대해 이야기를 나누면서 뱉은 말만큼 제대로 살지 못하는 나를 들여다봅니다. 부끄러워질 때가 한두 번이 아닙니다. 아래 글은 풀무학교 1학년인 이재인(39회) 학생이 쓴 글입니다. 이 글은 풀무학교 김현자 선생님이 엮은 책《풀무학교 아이들》에서 뽑았습니다. 이 글을 읽고 우리 모두 '사람'이 되면 좋겠습니다.

나는야 사람

일만 하면 소, 공부만 하면 도깨비.
그리고 둘 다 하면 사람이란다.
이제까지 나는 도깨비 쪽에 가깝지 않았나 싶다.
풀무에 와서 거의 처음 해보는 '일'
그래도 나는 '일'이 참 즐겁다.
씨뿌린 지 얼마나 됐다고 쑥쑥 자라는 열무
이제 발그스름한 빛을 점점 내보이는 토마토
또 여름이면 불쑥 자라나 맛있게 먹을 옥수수
아직 서투르긴 하지만 일을 나는 즐기려 한다.
그러면
나도 이제 '사람'인 건가.

우리는 땅이 사람에게 속해 있는 것이 아니라, 사람이 땅에 속해 있는 것이라고 알고 있습니다. 만물은 한 가족을 맺어주는 피와 같이 연결되어 있습니다. 사람은 생명의 그물을 짜는 것이 아니라, 단지 그 그물의 한 가닥에 지나지 않습니다. 사람이 땅에 무슨 짓을 하든, 그것은 곧 자기 자신에게 하는 것입니다.

시애틀 추장의 연설 중에서

3부 농부와 시인

농부와 시인

산밭 가는 길, 큰 은행나무 꼭대기에 까치가 삽니다. 나는 가끔 까치와 동무 삼아 이야기를 나눕니다. 까치 이름은 '간섭이'라 지었습니다. 왜 간섭이라 지었느냐 하면 별것도 아닌 일에 하도 간섭을 많이 하기에 그렇게 지었습니다. 오늘도 간섭이는 내 앞길을 가로막고 시비를 걸었습니다.

"아니, 바쁜 농사철에 강원도 강릉에 있는 경포고등학교까지 강연을 간다며?"

"어떻게 그리 잘 알고 있냐?"

"이렇게 높은 데 살다 보면 절로 알게 돼 있어. 사람들이 어떤 말을 하는지 다 들려. 사람들이 무슨 짓을 하는지도 다 보여."

"그건 그렇고, 왜 이른 아침부터 남의 앞길을 가로막고 시비를 거냐?"

"시비라니! 네가 걱정이 되어 그러는 거지. 바쁜 농사철에, 벌써 세 번씩이나 강연이 어쩌고저쩌고 하면서 집을 나섰잖아. 농사꾼이 어디로 그리 싸다니는 거냐? 농사꾼이 맞기는 맞냐? 같은 마을에 사는 칠팔십 노인들을 보라고, 허리 한번 펼 짬도 없이 새벽부터 밤늦도록 얼마나 많은 일을 하는지. 내 눈에는 훤히 보이는데, 네 눈에는 보이지 않냐? 아니면 보고도 못 본 척하는 거냐?"

"……."

"왜 대답을 못하냐?"

"야, 네가 그런 말 하지 않아도 미안한 마음 갖고 있으니 그만 좀 해라."

"농부를 다른 말로 농사꾼이라 그래. 네가 좋아하는 《보리 국어사전》에서 농사꾼을 찾으면 이렇게 나와 있어, '농사짓는 일이 직업인 사람'이라고. 그리고 그 아래 이런 글도 있어. '농사꾼은 굶어 죽어도 종자는 베고 죽는다.' 이 말이 무슨 말인지 바보가 아니면 다 알 거야. 농사꾼은 굶어 죽어가면서도 씨앗은 먹지 않고 남긴다는 뜻으로, 앞일을 미리 챙기는 농사꾼의 마음을 높이 사서 하는 말이야.

농사꾼의 깊은 뜻을 높이 사서 하는 말이지. 그 말을 잘 새겨듣고 다시 생각해 봐, 네놈이 농사꾼다운 철학이 있기는 있는지. 굶어 죽어가면서도 씨앗을 먹지 않고 보존할 용기가 있느냐 이 말이지."

"……."

"높은 데 살면 세상 더럽게 돌아가는 꼴 안 보고 싶어도 다 보여. 그러니 나라도 입바른 소리를 해야지 누가 하겠어. 이런 말도 아무한테나 하는 게 아니야. 그나마 내 말뜻을 알아들을 만한 사람한테나 하는 거지.

요즘 말이야, 사람 사는 게 진짜 사는 게 아니야. 다 껍데기야. 많은 지식을 머릿속 가득 쌓아 놓으면 무얼 하나. 죽고 나서 쓸 거고. 지금 이 시대에 무엇이 가장 소중한지 모르는 사람이 없어. 모두 알지만 실천하는 사람이 드물어. 이런 세상은 희망이 없어. 망할 징조지.

너도 잘 알다시피 시 쓰는 일보다, 어디 싸다니며 강연하는 것보다, 더 소중한 일이 농사짓는 일이잖아. 그러니 누가 너를 농부시인이라 불러주든, 네 입으로 농부시인이라 하든 그게 중요한 게 아니라, 시인 앞에 농부라는 말을 써도 네가 정말 부끄럽지 않느냐 이게 더 중요하다고 생각해, 나는."

"너는 어찌 그리 옳은 말만 하냐, 남의 가슴을 팍팍 찌르면서 말이야."

"앞날이 흐릿한 이런 몹쓸 시대에 미움받아도 할 말 하는 사람이 있어야 아이들에게 쥐꼬리만 한 희망이라도 주지. 나도 말이야, 남의 가슴 콕콕 찌르는 말은 하고 싶지 않아. 세상일 따위에 눈 감고 귀 막고, 입에 발린 소리나 지껄이며 내 한몸 편하게 살다 가고 싶어. 스스로 채찍질을 하지 않으면 사는 게 아니다 생각하며, 이날까지 버텨온 거지. 오늘 내 말 너무 서운하게 생각하지 마."

"잘못했어. 나는 여태 농부도 아니고 시인도 아니었어. 그저 남이 그렇게 불러주니까 그런 줄 알았지. 앞으로 한눈 팔지 않고 농사지을 테니 잘 지켜봐. 그런데 만날 시비만 걸지 말고 용기를 주면 안 되냐?"

"농사꾼답게 살아. 남이 불러주는 이름 따위에 마음 쓸 필요 없어. 농사꾼이 가장 귀하지, 입만 살아서 떠들어대는 성직자나, 경치 좋은 데에 앉아 시시껄렁한 글이나 쓰는 시인 따위가 귀한 게 아니잖아?"

간섭이는 내가 조금이라도 허튼 수작을 부리면 시비를 겁니다. 오늘 아침에도 마찬가지였습니다. 가끔 몸도 아프고 농사일에 지칠 때 나도 남들처럼 편하게 살고 싶은데, 하며 힘이 약해질 때마다 간섭이가 옆에서 일깨워 줍니다. 무엇이 소중한지 잊지 않게 도와줍니다.

아침에 온몸이 천 근 만 근 같은 날은 이런 생각이 듭니다. '조금 더 젊었을 때부터 농사짓고 살았더라면 이렇게 힘들지 않을 걸. 그랬더라면 지금쯤 든든한 농사꾼이 되었을 텐데.' 그러나 결코 늦지 않다는 걸 알고 있습니다. 산밭에 주인 발길이 잦으면 곡식이 좋아하고 발길이 뜸하면 풀이 좋아하듯이, 땅도 내가 좋아하는 만큼 나를 좋아하리란 것을 잘 알고 있으니까요.

나뭇잎아
바람이
너를

96

데려가려
하거든
가만
있거라

〈가톨릭신문〉의 책 광고에 실린 시 한편이 눈에 쏙 들어옵니다. 욕심
부리지 말고 곱고 멋지게 늙어가라고 나한테 말을 거는 시 같습니다. 잠
시 왔다가 바람처럼 획 지나가버릴 인생인데 무슨 미련과 욕심이 있어 내
가 나를 흔들어 놓는지, 오늘도 내 마음을 들여다봅니다. 그리고 나를 가
만히 풀숲에 내려놓습니다.

정말 행복한 시간이었습니다

　장은미 선생님, 잘 지내시는지요? 지난 9월, 학교 도서부 학생들에게 좋은 이야기를 들려주면 좋겠다는 선생님 전화를 받고 참 기뻤습니다. 망설이다가 겨우 용기를 내어 전화를 하셨다고 했지요. 경남 합천에서 강원도 강릉까지 오라고 하기가 미안하다고 하시면서, 학생들과 '시와 삶'을 나누고 서로 묻고 대답도 하며 뜻 깊은 시간을 갖자고 하셨지요.

　"농사짓고 사는 가난한 농사꾼이 아이들한테 무슨 도움이 된다고 부르십니까?"

　"너무 먼 길이라 무어라 말씀을 드려야 할지…. 그냥 선생님이 와주시는 것만으로도 아이들이 좋아하리라 믿습니다. 선생님 시집 《내가 가장 착해질 때》도 함께 읽고 있으니까요."

　전화기에서 들려오는 선생님 목소리가 어린아이 것처럼 맑게 들렸습니다. 농촌 학교든 도시 학교든 성적에 목을 매고 살아가는데, 학생들과 함께 성적을 높이는 데 아무런 도움도 안 되는 시를 읽고 삶을 나눈다는 선생님은 어떤 분일까 만나보고 싶었습니다. 그리고 선생님과 함께 세상을 배우며 살아가는 학생들도 꼭 만나보고 싶었습니다.

장은미 선생님, 저는 스무 살 때 동무 셋과 약속한 게 있답니다. 누가 불러주면 아무리 먼 곳이라도, 밤낮 가리지 않고, 일어설 힘만 있으면, '예' 하고 군말 없이 달려가자고. 그 약속 때문에 누가 부르면 아직도 '예' 하고 대답부터 해놓고 대책을 세운답니다.

　'예' 하고 대답해 놓고 날짜를 가만히 살펴보니 그때가 죽은 귀신과 부지깽이도 벌떡 일어나 일손을 돕는다는 바쁜 농사철이더군요. 모든 곡식을 거두어들일 때니 짬을 낸다는 게 쉬운 일이 아니지요. 이런 걱정을 하고 있는데 곁에서 가을 햇볕에 널어놓은 대추를 뒤적거리던 아내가 툭 한마디 던지더군요.

　"허 참, 또 병이 도졌군요. 무조건 '예' 대답부터 해놓으면 뒷감당은 누가 합니까? 바쁜 농사철에, 거리도 멀고 교통도 불편한데 어찌 그리 쉽게 대답을 하십니까?"

　가난한 신랑 만나서 늘 바쁘게 살아온 아내라 아무 말도 안 하고 있으려다, 입이 근질근질하여 한마디 했지요.

　"늙고 병들면 누가 불러주기나 하겠소. 농사일이야 하루 이틀 조정하면 되지만 학생들이 어렵게 마련한 행사를 나 때문에 이래저래 바꿀 수는 없지 않겠소. 옛날부터 농사 가운데 사람농사가 가장 큰 농사라고 하니 예쁘게 봐주소."

　도시 사람들은 왜 봄가을 농사철에 행사나 강연을 많이 하느냐고 투덜거리던 아내는 남의 부탁 거절하지 못하는 것도 큰 병이라고 덧붙여 말하곤 산밭으로 갔습니다. 나는 아내에게 미안한 마음이 들어 하릴없이 괭이를 들고 누렇게 익어가는 논으로 달려갔습니다.

　벼 베는 날짜를 며칠 뒤로 미루고 경포고등학교 학생들과 만나기로 한 하루 앞날인 10월 17일, 부랴부랴 기차표를 예매하고 준비물을 챙겨 길을 나섰습니다. 준비물이라 해봐야 보리출판사에서 펴낸 학생들이 쓴 시집 몇 권과 기차 안에서 읽을 책 두어 권이지요.

제가 사는 곳이 깊은 산골 마을이라 마을버스가 하루에 세 번밖에 오지 않습니다. 오래된 동무처럼 정이 든 가방을 매고 한 시간 남짓 걸어서 가회면 소재지까지 갔습니다. 친한 동무가 거름 나를 때 쓰라고 사준 고물 짐차가 있지만 오늘따라 걷고 싶었습니다. 이런저런 볼일로 짐차를 타고 자주 오르내리는 길인데, 이렇게 천천히 천천히 걸으면서 들녘을 바라보니, 누렇게 익어가는 벼들이 참 편안하고 넉넉하게 보였습니다. 자동차를 타고 지나가면 도저히 볼 수도 없고, 느낄 수도 없는 것이지요.

가회면 버스정류장에서 삼가면까지 30분 남짓 버스를 타고 가서, 다시 마산 가는 시외버스를 탔습니다. 시외버스정류장에 내려 마산역까지 걸어서 갔습니다. 마산역에서 동대구역 가는 무궁화호 기차를 타고, 동대구역에 내려서 한 시간 남짓 기다렸다가 강릉 가는 기차로 갈아탔습니다. 기다리는 시간이 더없이 자유롭고 행복했습니다. 오고가는 사람들을 바라보기도 하고, 대합실에서 사람들이 주고받는 이야기도 들으며 '사는 게 이런 것이구나' 하고 깨닫기도 하면서 말입니다.

장은미 선생님, 하루하루 사는 게 여행이라고 하지만 강릉까지 가는 길은 제법 긴 여행이었습니다. 그리고 참 행복한 여행이었습니다. 날이 갈수록 메말라가는 시대에 살면서 시를 사랑하는 선생님과 학생들을 만날 수 있다고 생각하니 어찌 발걸음이 가볍지 않겠습니까. 강릉역에서 내려 택시를 타고 경포고등학교로 갔습니다. 참 편안하게 보이는 오르막길에 잘 자리 잡은 은행나무가 저를 반갑게 맞이해 주었습니다. 먼 길 오느라 애썼다며 노란 이파리를 흔들어 주었습니다. 선생님을 만나기로 한 시간보다 조금 일찍 닿은 저는 학교게시판에 붙어 있는 포스터도 살펴보고, 학생들이 재잘거리며 지나가는 모습도 물끄러미 바라보았습니다. 마침 한 달에 한 번 있는 학교 대청소 날이라 물걸레와 빗자루를 들고 오가는 학생들 모습이, 가을 하늘과 어울려 영화의 한 장면 같았습니다.

오랜 벗을 기다린 듯이 반가운 얼굴로 맞이해 주는 장은미 선생님을 뵙고 나니 긴 여행 동안 쌓인 피로가 한꺼번에 사라지는 것 같았습니다. 넓고 넓은 이 하늘 아래, 무슨 깊은 인연이 있기에 여기까지 왔을까 생각하니, 문득 가슴속에서 알 수 없는 그 무엇이 꿈틀거렸습니다. 이렇게 아름다운 가을에 공부하느라 지친 학생들에게 시를 읽게 하고, 나같이 못난 시인을 불러주신 장은미 선생님이 진짜 시인이십니다.

오늘 '시인 초청 강연' 진행을 맡을 학생인 슬기와 학교 주변을 한 바퀴 돌았습니다. 오랜만에 학교에 와본 탓인지 마치 학생이 된 것처럼 마음이 설레었습니다. 대청소를 하던 학생들이 낡은 생활한복에 콧수염이 덥수룩한 나를 보더니 인사를 했습니다.

"서정홍 시인님 맞지요? 오늘 오신다는 말씀 들었어요."

"서정홍 선생님이 쓴 시집 다 읽었어요. 그런데 오늘 초청 강연은 미리 신청한 사람만 들을 수 있다는데, 미리 신청을 못했는데 어쩌면 되지요?"

"어, 진짜 시인을 이렇게 바로 앞에서 만나게 될 줄 몰랐어요. 악수 한번 하면 안 돼요?"

"선생님이 쓰신 시 가운데 〈나도 도둑놈〉이란 시를 읽다가 정말 울 뻔했어요."

"방학 때 선생님 사시는 곳에 찾아가도 될까요? 꼭 가고 싶어요."

학생들과 손을 잡고 인사를 나누면서 깨달았습니다. 아무리 세상이 메마르다 해도 아이들 마음은 참 깨끗하다는 것을요. 시인이 무엇이기에 이렇게 쑥스러워하면서도 손 한번 잡아보자고 하는 걸까요? 오늘따라 제가 시인이 되길 참 잘했다는 생각이 들더군요. 하하하하! 그리고 태어나서 처음 보는 나를 어찌 학생들이 알아보고 인사를 하는지 궁금했습니다. 유명한 영화배우도 아니고 운동선수도 아닌데 말입니다. 돌아와 곰곰이 생각해 보니 선생님이 아이들한테 시도 읽게 하고 많이 알렸구나 싶었습니다.

학교를 둘러보고, 슬기와 나무 그늘 아래에 앉아 이야기를 나누었습니다.

"슬기야, 아버지는 무슨 일을 하시는 분이냐?"

"우리 아버지는 큰 트럭을 몰고 다니셔요."

"큰 트럭에 무엇을 싣고 나르실까? 힘든 일은 없으실까?"

"맞아요, 선생님! 하시는 일이 매우 힘드신가 봐요."

"그럼 어머닌?"

"……."

"괜찮아, 말해봐. 무슨 일을 하시는지."

"사실 어머니는 골프장에서 일하고 계셔요. 잔디 깎는 일이에요. 어머니도 하시는 일이 몹시 힘드신가 봐요."

"그래, 무슨 일이든 쉬운 일은 없을 거야. 나름대로 힘들고 어려운 일이 있을 테니까 말이야. 슬기야, 남한테 해를 끼치는 일이 아니면 어떤 일이든 부끄러워하지 않아도 돼. 사람은 일을 해야 죄를 적게 지으며 조금이라도 더 착하게 살 수 있거든. 슬기는 요즘 무슨 고민 같은 거 없어?"

"앞으로 살아갈 게 두려워요."

슬기와 이야기를 나누다가 2학년인 지영이와 1학년인 은정이가 와서 함께 바다 가까운 작은 식당에서 점심을 먹었습니다. 물회(싱싱한 생선회에 국수를 비벼 먹는 음식) 두 그릇과 가자미 매운탕을 주문하여 맛있게 잘 먹었습니다. 태어나서 처음 먹어보는 물회는 둘이 먹다가 하나가 죽어도 모를 만큼 정말 맛이 좋았습니다. 매운탕을 제게 덜어주려던 은정이는 냄비 손잡이가 뜨거운 줄도 모르고 잡았다가 손을 델 뻔했습니다. 은정이는 시인 선생님이 앞에 있으니 가슴이 두근두근하여 뜨거운 것도 몰랐다며 수줍게 웃었습니다.

밥을 다 먹고 우리는 바닷가로 갔습니다. 가을 바다는 우리를 기다렸다는 듯이 끝없이 펼쳐져 있었고, 하얀 갈매기 떼가 머리 위로 날아 다녔습니다.

"바다 구경하러 자주 오냐?"

"아니요, 정말 오랜만에 온 것 같아요."

"이렇게 바다가 코앞에 있는데 오랜만에 온다고?"

"밤 열 시 넘도록 공부하느라 여유가 없어요, 선생님."

장은미 선생님, 아이들과 바닷가에서 나눈 이야기 가운데 밤 열 시까지 공부한다는 그 말이 참 안타깝게 들렸습니다. 선생님 마음도 제 마음하고 다르지 않으리라 믿습니다. 누가, 무엇 때문에, 자연 속에서 마음껏 뛰놀 아이들을 '공부'에만 몰아넣는 것인지요. 먼저 태어난 우리가 책임지고 풀어야 할 숙제겠지요. 아이들은 어차피 어른들이 만든 세상 속에서 살 수밖에 없으니까요. 아이들이 살아가는 게 두렵지 않은 세상은 언제쯤 올 까요?

자연만큼 큰 스승이 없다는 걸 잘 알면서도 아이들을 아름다운 자연에서 떼어놓았으니 입이 열 개라도 할 말이 없습니다. 우리 모두 아이들 앞에 서면 죄인이지요. 선생님보다 제가 더 오래 살았으니 더 큰 죄인이지요. 어른으로서 해서는 안 될 못된 짓을 아이들에게 강요하고 있으니 부끄러울 뿐입니다. 가난한 이웃과 함께 스스로 가난하게 살면서, 사람과 자연을 사랑하며 살 수 있도록 하지는 못할망정, 동무들과 경쟁하여 이름난 대학 들어가서 '출세'하여 편하게 살라고 가르치고 있으니, 부끄러워 하늘을 바라볼 수 있겠습니까.

학교 도서관에서 아이들과 두 시간 남짓 이야기를 나누다 보니 벌써 돌아갈 시간이 되었더군요. 시를 사랑한다는 어느 학부모님이 저를 강릉역까지 태워주셔서 늦지 않게 기차를 탈 수 있었습니다. 아이들 이야기를 더 많이 들어주고 와야 하는데, 제가 하고 싶은 말만 많이 하고 온 것 같아 내내 미안했습니다. 이런저런 이야기를 많이 들려주고 싶은 욕심이 앞선 것이라 여겨주시고 너그러운 마음으로 살펴주시기 바랍니다.

자신이 얼마나 소중한 존재인가를 깨달아야 남이 얼마나 소중한 존재인지 깨달을 수 있다는 말도 하고, 사람과 자연을 귀하게 여기는 마음이 있어야 시를 제대로 읽고 쓸 수 있다는 이야기도 했습니다. 질문시간에 어느 학생이 이렇게 물었지요. "선생님은 농사일과 시를 쓰는 일 가운데 어떤 일을 더 소중하게 여기십니까?"

저는 둘 다 소중하다는 대답을 한 것 같습니다. 지금 생각하니 그 대답을 다시 해야겠구나 싶습니다. 왜냐하면 농사일이 백 번 천 번 더 소중하니까요. 사람이 일하지 않고 먹고살 수 없지 않겠습니까. 일하지 않고 먹고살 생각을 하는 사람이 있다면 도둑이거나 사기꾼이겠지요. 사람은 사람들과 어울려 땀 흘려 일을 해야 '사람냄새'가 나고 '사람답게' 살 수 있다는 말을 분명하게 들려주지 못하고 돌아왔습니다. 사람은 공부를 해서 성숙한 사람이 되는 게 아니라, 이웃과 더불어 함께 노동을 하면서 성숙해진다고 저는 생각합니다. 공부만 해서는 공부벌레밖에 안 되는 것이지요. 그렇다고 노동만 한다고 사람이 되는 것은 더욱 아닙니다. 노동을 하면서도 틈을 내어 좋은 스승을 만나고 좋은 책을 읽어야만 사람답게 살 수 있을 테니까요.

제 이야기 가운데 선생님 마음을 아프게 했을 말도 있을 것입니다. 학교에서 가장 먼저 가르쳐야 할 게 사람답게 사는 것인데 오직 성적 올리기에 매달려 있는 학교는 진짜 학교가 아니라는 말과, 농민과 노동자처럼 땀 흘려 일하며 정직하게 살아가는 사람이 소중하다는 걸 가르치지 않는 교사는 교사가 아니라는 말도, 듣기에 퍽 부담스러우셨을 것이라 여깁니다. 그러나 선생님은 아이들 앞에 조금이라도 덜 부끄럽기 위해 아이들과 함께 시를 읽고 쓰고 계시니 제가 괜한 걱정을 하고 있는 것이지요. 정말 고맙습니다. 세상 모든 아이들은 바로 우리 아이들입니다. 한 아이를 잘못 가르치면 그만큼 세상은 어지러워질 테니, 어찌 한 아이 한 아이 모두 소중하지 않겠습니까.

장은미 선생님, 선생님은 학교에서 점심을 드시고 학생 대표들이 제게 점심을 '대접'할 수 있도록 배려해 주신 거, 아무나 할 수 있는 일이 아닙니다. 그리고 강연을 마치고 돌아가는 제게 뜻밖의 귀한 선물을 마련하셨더군요. 강연이 끝날 즈음에 학생들이 제게 몰래 쓴 편지더군요. 아름다운 그림엽서에 깨알처럼 작게 쓴 글자를 기차 안에서 읽으며 얼마나 행복했는지 모릅니다. 그리고 마음속으로 빌었습니다. 제가 이렇게 행복한 만큼 경포고등학교 아이들도 그리고 선생님들도 모두 행복했으면 좋겠다고.

아이들 편지글을 마음 가는 대로 몇 편 뽑아서 여기에 옮겨 볼까 합니다. 장은미 선생님처럼, 선생님 한 분 한 분의 생각과 작은 실천이 얼마나 아이들의 마음을 바꾸어 놓을 수 있는지를 많은 이들에게 알리고 싶어서입니다. 또 아이들이 쓴 이 글을 읽는 분들이 모두 시를 사랑하게 된다면 얼마나 좋을까요. 제가 욕심이 많은 탓이지요.

오늘 강연은 제가 부끄러워지는 시간이기도 했어요. 엄마, 농부, 집 짓는 사람, 노동자들에 대한 생각. 이 세상이 돈에 미쳤다고 생각하면서도 적응해가던 제 자신이 정말 부끄러웠어요. (다랑)

저희 아버지는 선생님이 첫 번째로 중요한 직업이라고 하신 농사꾼이십니다. 저는 늘 농사꾼인 아버지를 부끄럽다고 생각했습니다. 오늘 선생님 말씀을 듣고 아버지가 참 다르게 느껴졌습니다. 이제부터는 아버지 농사일을 꼭 도와드릴 거예요. 오늘 해주신 귀한 말씀들, 마음에 새기며 살겠습니다. (지윤)

저는 오늘 시인을 처음 만났는데 이렇게 좋은 느낌일 줄은 몰랐어요. 사실 오늘 우울했는데 말씀 듣고 좀 좋아진 것 같아요. … 세상엔 답이 없는 것 같아요. 선택을 하고, 후회를 하고, 다시 선택하고, 이런 반복되는 삶이 힘들어요, 학교라는 감옥 같은 곳에서. (혜경)

(국어에서) 제일 읽기 싫었던 게 시였습니다. 그런데 서정홍 선생님 시를 보고 마음이 바뀌었습니다. 시에서 이런 느낌은 느껴본 적이 없습니다. (초롱)

제가, 우리가 세상을 만들어가는 거라는 말씀, 잊지 않겠습니다. 하루빨리 마주치는 사람마다 서로 싱긋 웃고 지나가는 아름다운 세상이 오면 좋겠어요. (정은)

선생님 시 중에서 저는 〈사람〉을 감명 깊게 읽었습니다. 세상에서 혼자 살아갈 수 없고 사람과 사람이 서로 만나야 살아갈 수 있다고 저는 생각했고, 이 시를 보자마자 다른 시보다 마음에 와 닿았습니다. (정경)

장은미 선생님, 선생님이 애써 뿌리고 거둔 열매들입니다. 밭농사도 사람농사와 비슷하답니다. 여름과 가을 내내 비가 오지 않아 산밭에 심어둔 무와 배추가 다 말라죽어가고 있습니다. 무와 배추가 살아남기 위해 안간힘을 쓰는 모습이 눈 뜨고 보기 안타까웠는데, 오늘 몇 달 만에 처음으로 가을비가 내립니다. 빗님이 오시는 날은 '촌놈 생일'이랍니다. 촌놈 생일에 선생님께 글을 씁니다. 이 서툴고 모자란 글이 선생님께서 앞으로 아이들과 함께 때론 웃고 때론 울며 살아야 할 날에 작은 힘이 되었으면 좋겠습니다.

선생님, 짧은 시간이었지만 정말 행복한 시간이었다고 아이들에게 전해 주시기 바랍니다. 그리고 겨울방학 때, 여행 삼아 며칠 묵고 가도 좋다는 말도 꼭 해주시기 바랍니다. 시를 사랑하는 선생님, 고맙습니다. 가을 하늘 아래, 티 없이 맑은 아이들과 함께 보낸 시간, 잊지 않겠습니다. 그럼, 늘 자유롭고 행복한 나날 보내시길 바랍니다.

배창환 시인

경북 김천여고에서 아이들을 가르치고 배우며 살아가는 배창환 시인은 해마다 제자들과 함께 제가 사는 산골 마을에 찾아옵니다. 2010년 1월에도 1박2일 동안 제자들과 머물다 떠났습니다. 다른 해와 달리 올해는 졸업을 앞둔 이다은 학생과 함께 다은이가 펴낸 《생각하면 눈시울이》라는 시집까지 들고 왔습니다.

경상도 사람이라서

언니에게서
전화가 왔다

— 잘 지내나

말 한마디에
반갑다 서글프다 눈물 난다 보고 싶다

한 마디로 답했다

— 잘 지내여

괜찮게
썩
잘 지내고 있어

가끔,
언니가 보고 싶은 날을 빼고는….

떠돌이 개

눈에 눈보다 큰 눈곱이 끼었다
얼마나 울었길래,
닦아주지 못한 눈물이 모여서 그의 눈을
꾹, 막아버렸을까

  위의 시 두 편은 그날, 다은이가 사인까지 정성껏 하여 제게 준 시집 속에 들어 있습니다. 시를 통해 만난 다은이는 고등학생이라고 보기엔 일찍 철든 것 같아 괜스레 마음이 아팠습니다. 상처가 없는 사람이 어디 있겠습니까마는 다은이는 남모르게 숨기며 살아온 상처를, 시를 쓰면서 말끔하게 씻어내었을 것이라는 생각이 들었습니다. 그리고 한 발 한 발 천천히 자신의 길을 당당하게 걸어갈 것입니다.

  배창환 시인은 앞으로 다은이가 가야 할 길이 멀고 험하다는 것을 잘 압니다. 그래서 서두르지 않고 한걸음씩 차분히 걸어갈 수 있도록 늘 곁에서 지켜줄 것입니다. 다은이뿐만 아니라 그이가 가르친 숱한 제자들이 혹시 길을 잘못 찾아갈까 봐 걱정이 되어 뒤에서 물끄러미 바라보고 있거나, 낮은 언덕에 혼자 앉아 가만히 눈을 감고 깊은 생각에 잠기기도 할 것입니다.

  왜, 그이는 해마다 깊은 산골 마을까지 제자들을 데리고 찾아올까요? 그것도 바쁘고 바쁜 일정을 미루고 말입니다. 그이는 언제나 땀 흘려 일하는 사람을 소중하게 여기는 시인입니다. 그래서 제자들에게 스스로 가난하고 불편한 삶을 살려고 농부가 된 젊은이들의 모습을 보여주고 싶어 우리 마을에 찾아오는 것입니다. 그 마음을 생각하면 가슴이 찡합니다. 때론 스승 같고, 가까운 이웃 형 같고, 오래된 동무 같은 그이가 떠난 자리에 시 한 편이 남겨져 있었습니다.

손

　서정홍 시인 일하다 다쳐 누운 합천 고려병원 찾아갔습니다. 시인이 회가 먹고 싶다기에 합천장터 물어물어 구석진 자리 장꾼들 비집고 들어가, 회 한 접시 매운탕 한 냄비 시켜놓고 그가 아우라 부르는, 흙집 짓다 함께 다친 목수 두 분과 함께 밥을 먹었습니다.

　그중 한 분이, 내가 드린 내 시집을 피나는 노동의 대가라며, 절대로 그냥 받을 수 없다면서, 꼬깃꼬깃 구겨진 돈 일만 원을 기어이 내 손바닥에 쥐어주었습니다. 횡재했습니다. 지금껏 내 시집 돈 받고 누구에게 드린 적도 없었지만, 칠천 원짜리 시집 한 권, 그것도 강제로 일만 원 받고 판 것은 난생 처음이었습니다.

　그 일만 원, 내겐 참 귀해서 그는 정 안 되면 밥값에라도 보태라 했지만 그 일만 원, 밥값에도 안 보태고 안주머니 지갑 속에 꼭꼭 숨겨두었습니다.

　돌아오며 생각해 보니 악수하면서 내밀던 그의 두툼한 손이 참 미더웠습니다. 세상을 따뜻하게 일으켜 세우는 일꾼의 손, 신이 세상을 뜻을 세워 만들었다면 아마 그의 손도 틀림없이 저러했을 것입니다.

아내가 두세 번 읽더니 말했습니다.
"여보, 배창환 선생님이 시를 아주 잘 쓰시네요. 무슨 말인지 느낌이

와요. 이런 시가 진짜 시 같아요."

"그럼, 시인이 진짜 시를 써야지요. 가짜 시를 쓰면 시인이 아니지요. 그리고 원래 배창환 선생님은 시를 잘 쓰시는 분이예요."

"바쁘실 텐데 해마다 학생들을 데리고 와서 이런저런 이야기를 나누시는 모습이 참 보기 좋아요. 어이구우, 나는 왜 학교 다닐 때 저렇게 좋은 선생님을 만나지 못했을까요?"

"하하하하! 모두 당신 복이지요. 어쩌겠어요."

아내와 저는 그 시를 읽으며 저녁 내내 행복했습니다. 일하는 사람을 귀하게 여기는 시인과, 시인이 선물로 준 시집을 노동의 대가라며 끝내 꼬깃꼬깃 구겨진 만 원짜리 한 장을 내민 목수(임명기)의 아름다운 마음을 생각하면 어찌 행복하지 않겠습니까.

그이는 어쩌면 태어나기 전부터 시인이었을지 모른다는 생각이 듭니다. 사람(제자들)을 아끼고 사랑하는 그 마음이 바로 훌륭한 시라는 생각이 드니까요. 다음 해에는 또 어떤 제자들을 데리고 오실까? 벌써부터 기다려집니다. 그리고 오래전에 공책에 적어둔 그이의 시 한 편이 생각났습니다. 나는 "아버지와 돼지고기 한번 실컷" 먹어보지 못했지만, 괜스레 눈물이 나는 시입니다.

서문시장 돼지고기 선술집

고등학교 다닐 때였지.
노가다 도목수 아버지 따라
서문시장 3지구 부근, 지금은 사라지고 없는 할매술집에 갔지.
담벼락에 광목을 치고 나무의자 몇 개 놓은 선술집
바로 그곳이었지 노가다들이 떼서리로 와서 한잔 걸치고 가는 곳
대광주리 삶은 돼지다리에선 하얀 김이 설설 피어올랐고
나는 아버지가 시켜주신 비곗살 달콤한 돼지고기를 씹었지.
벌건 국물에 고기 띄운 국밥이 아닌, 살코기로 수북이 한 접시를(!)

껵껵 목이 맥히지도 않고
아버지가 단번에 꿀떡꿀떡 넘기시던 막걸리처럼
맥히지도 않고, 이게 웬 떡이냐 잘도 씹었지.
뱃속에서도 퍼뜩 넘기라고 목구녕으로 손가락이 넘어왔었지.
식구들 다 데리고 올 수 없어서
공부하는 놈이라도 한번 실컷 먹인다고
누이 형제들 다 놔두고 나 혼자만 살짝 불러 먹이셨지.
얼른얼른 식기 전에 많이 묵어라시며
나는 많이 묵었으니까 니나 묵어라시며

스물여섯에 아버지 돌아가시던 날 남몰래 울음 삼켰지.
돼지고기 한 접시 놓고 허겁지겁 먹어대던 그날
난생 처음 아버지와의 그 비밀잔치 때문에
왜 하필이면 그날 그 일이 떠올랐는지 몰라도
지금도 서문시장 지나기만 하면 그때 그 선술집에 가서
아버지와 돼지고기 한번 실컷 먹고 싶어 눈물이 나지.
그래서 요즘도 돼지고기 한 접시 시켜 놓고 울고 싶어지지.

친구를 보내며

희수의 편지

서정홍 시인님 안녕하세요. 기억하고 계실지 모르겠습니다. 지난 울산 문수고등학교 강연회에서 뵈었던 울산 중앙고등학교 2학년, 피부가 유난히 하얗던 아이입니다. 오늘 슬픈 일이 생겨서, 시인님이 떠올라 편지를 씁니다.

중학생 때 서울에서 전학 왔던 친구가 한 명 있었습니다. 지금까지 친하게 지냈던 그 녀석이 오늘 죽었습니다. 지난 여름방학 때, 그 친구가 갑자기 귀가 아프다고 투덜대더군요. 제가 중이염이 있어서 이런저런 조언을 해주었습니다.

그런데 병원에 갔더니 서울에 있는 큰 병원에 가보라고 하더랍니다. 그런 뒤, 뇌에 종양이 생겨 수술하고 몇 달 입원한다는 연락이 왔습니다. 수술은 성공했지만 건강해질 때까지 얼마 동안 입원해야 한다더군요. 내년쯤 볼 수 있을 거라 했습니다. (그 뒤로 연락이 없었습니다.)

얼마 전, 그 친구가 이틀을 넘기기 힘들다는 소식을 들었습니다. 정말, 거짓말인 줄 알았습니다. 병원에 가보니 친구는 기계에 의지해 숨만 겨우 쉬고 있었습니다. 알고 봤더니 서울에 있어야 될 녀석이 친구들 보고 싶다고 내려왔던 거래요. 여태 아픈 모습 보여주기 싫어서 친구들한테 연락을 안 했답니다.

 수술한다고 머리도 밀고, 몸도 눈에 띄게 말라 있었습니다. 우연인지, 그 친구는 우리가 다 다녀간 다음날인 오늘 새벽 네 시에 떠났습니다. 숨만 겨우 쉬던 녀석이 저희 보고 싶어서 일주일을 더 버텼나 봐요. 장례식장에서 그 친구 사진(학생증 사진이었습니다)을 보는 순간 가슴이 터질 것 같았습니다. 그러나 사진 속 친구는 웃고 있었습니다. 태어나 처음으로 친구를 잃어버렸습니다. 너무 슬퍼요. 위로가 될 조언을 좀 부탁드립니다.

 희수야, 네가 보낸 편지 잘 받았단다. 무어라 위로를 해야 할지 모르겠구나. 아끼던 물건 하나를 잃어버려도 애써 찾는데, 사랑하는 친구가 갑자기 세상을 떠났으니 얼마나 마음이 아프겠니? 희수야, 선생님이 아무리 좋은 말을 한다고 해도 네 아픈 마음이 쉽게 사라지지는 않을 것이다. 몸에도 상처가 생기면 치료를 하지 않더냐. 그러나 치료를 한다고 다 낫는 것은 아니란다. 때론 흉터가 남을 수도 있으니까 말이다. 희수야, 네 가슴에도 어쩌면 작은 흉터가 남을 수 있을 거야. 그러나 친구를 생각하며 생긴 흉터라면 얼마나 아름다운 흉터냐.

 희수야, 똑같은 시냇물에 두 번 발을 씻을 수는 없다. 그리고 똑같은 하루는 두 번 다시 오지 않는단다. 해마다 피는 꽃도 자세히 보면 다르다는 것을 알 수 있다. 모든 것은 이렇게 머물지 않고 흐른단다. 오늘 네 마음속에 깃든 슬픔도 날이 가면 어디론가 흘러갈 것이다. 그러니 너무 슬픔에 빠지지 마라. 앞으로 긴 세월 살다 보면 오늘처럼 괴롭고 슬픈 날이 찾아올 것이다. 너뿐만 아니라 나에게도 찾아올 것이며, 너를 아는 모든 사람들에게도 찾아올 것이다. 우리 같이 시련이라 생각하자. 시련을 참고 견디면 굳은 마음을 얻게 된단다.

 희수야, 사람은 누구나 혼자서 죽는단다. 손잡고 같이 죽는 사람은 없어. 죽음 앞에서는 모두 평등하지. 그런데 많은 사람들이 자기는 죽지 않을 것처럼 생각하고 행동을 해. 그런 생각을 많이 가지면 가질수록 욕심이 많아지는 거다. 참 불쌍한 사람들이지.

희수야, 죽음은 누구에게나 찾아온다. 아침에 집을 나간 사람들이 저녁에 꼭 다시 돌아올 수 있는 것은 아니야. 그처럼 갑자기 일어나는 게 죽음이란다. 그래서 사람은 하루하루 죽음을 맞을 준비를 해야 한다. 어느 때 찾아올지 모르니까 말이야.

희수야, 이제 흙으로 돌아간 친구를 위해 기도하는 일만 남았구나. 그리고 네가 언제 어디서나 기쁜 마음으로 살고, 사람들과 더불어 행복하게 살아간다면 흙으로 돌아간 친구도 고이 눈을 감을 수 있으리라 생각한다.

희수야, 보잘것없는 선생님을 친구라 여기고 네가 가진 고민을 나누어 주어 고맙구나. 티끌만큼이라도 위로가 되었는지 모르겠다. 겨울방학 때 틈을 내어 놀러오너라. 선생님이 그날 강좌 때 그랬지. 하루하루 사는 게 여행이라고 말이야. 그러니 여행 삼아 길을 떠나, 선생님 사는 마을에 닿으면 그때 못 다한 이야기도 나눌 수 있으리라 생각한다.

희수야, 친구가 보고 싶거든 밤하늘을 우러러 보아라. 수많은 별이 너를 내려다볼 것이다. 그 별들 속에 네 친구가 있을 것이다. 그리고 이렇게 말할 것이다.

"희수, 내 고마운 친구야! 나를 잊지 않고 생각해 주니 정말 고맙다. 삶과 죽음이 하나라고 배웠잖아. 어디에 있든 우리는 하나다. 만날 때까지 잘 지내라, 사랑하는 친구야."

희수야, 가끔 편지도 하고 전화도 해라. 언제나 기쁜 마음으로 받을 테니 말이다. 그리고 아무리 공부가 중요하지만 건강보다 더 소중한 것이 이 세상에 어디 있겠느냐. 자연 속에서 마음껏 뛰놀고 마음껏 꿈을 펼쳐 보아라. 세상은 너희들의 것이다.

2009년 12월 9일
작은 산골 마을에서
서정홍 보냄

희수와 주고받은 편지입니다. 이 편지를 주고받은 지 딱 한 달 뒤인 2010년 1월 9일에 희수는 친구들과 함께 우리 집을 찾아왔습니다. 울산에서 마산으로, 마산에서 의령으로, 의령에서 합천으로, 버스를 네댓 번 갈아타고 왔습니다.

태어나서 처음으로 도끼로 장작을 패고, 친구들과 아궁이에 불을 때어 온돌방에서 '허가받은 외박'을 해본다는 아이들을 보면서, 제가 더 기뻤습니다. 아이들을 오직 공부로만 몰아붙이는 어른들을 대신하여, 빚을 티끌만큼이라도 갚는 심정이었습니다. 그토록 먼 길을 달려온 아이들이 피곤한 줄도 모르고 밤늦도록 이야기꽃을 피우는 걸 보며, 이게 바로 기적이며 천국이라는 생각이 들었습니다.

사람이 되려면 놀고 싶을 때 제대로 놀아야 하고, 공부하고 싶을 때 제대로 공부해야 하고, 일하고 싶을 때 제대로 일해야 합니다. 그런데 어른들은 제 욕심을 이기지 못해 아이들을 공부로만 몰아붙입니다. 놀지 못하게 하고, 일하지 못하게 합니다. 오직 공부만 해서 편안하게 살라고 가르칩니다.

통계청 자료에 따르면 2008년 한 해 동안 자살을 선택한 사람은 모두 1만2,858명이랍니다. 계산을 해보니 하루에 35.1명이 스스로 목숨을 끊은 것입니다. 그리고 국민 100명 가운데 7.2명이 자살 충동을 느꼈다고 합니다. 이 모두 조화가 흐트러져 일어난 일이 아니겠습니까? 나라와 백성의 조화, 부모와 자녀의 조화, 스승과 제자의 조화, 친구와 친구의 조화, 공부와 노동의 조화, 농촌과 도시의 조화, 사람과 자연의 조화, 몸과 마음의 조화, 가난한 사람과 부유한 사람의 조화, 생각과 실천의 조화가 흐트러져 있으니 어찌 이런 일이 일어나지 않겠습니까?

울산에서 이 깊은 산골 마을까지 아이들이 왔습니다. 아이들보다 제가 더 행복했습니다. 아내도 잃어버린 아들이 돌아왔다고 웃으며 밥을 지었습니다. 우리는 밥상 앞에 앉아 한 식구처럼 밥을 먹었습니다. 이름난 대학이나 출세 따위가 아니라 밥상이, 우리를 하나로 만들어 주었습니다.

좋은 시는 어디서 나오나
제우의 편지

서정홍 선생님, 안녕하세요? 저는 울산 중앙고등학교 2학년 1반 박제우라고 합니다. 시인께서 문수고등학교에 강연 오셨을 때 들으러 갔는데, 강연 내용이 너무 가슴에 와 닿고 좋았어요. 제가 처음으로 자진해서 들으러 갔던 강연인데 개인적으로 느껴지는 게 많았어요. 선생님 덕에 참 좋은 '첫 경험'을 했어요.

선생님 말씀 들으면서 시가 참 가깝게 느껴지더라고요. 시라는 건 대학을 나오거나, 전문적으로 교육을 받거나, 아니면 아는 것이 많은 지식인들이나 쓰는 것인 줄 알았어요. 그런데 선생님 말씀을 듣고 그냥 보통 일상을 살아가는 사람들도 시를 충분히 잘 쓸 수 있겠구나 싶었어요. 더구나 선생님 시집 가운데서, 우리 학교 도서관에 있는 《아내에게 미안하다》를 읽어봤는데 어려운 내용도 아니고, 복잡한 의미가 있는 것도 아니었어요. 살아가면서 눈에 띄고 마음에 와 닿는 소재를 생각나는 대로 표현하고, 꾸밈없이 쓰신 것 같은 느낌을 받았습니다.

시의 의미, 시의 주제, 음수율 같은 걸 외우고 그런 거에만 치우쳐서 억지로 읽던 교과서의 시들과는 차원이 다른 느낌이었습니다. 뭔가 시원했고, 답답했던 게 트이는 느낌이었어요. 정말 그런 거 신경 하나도 안 쓰고 읽으니 '시란 참 재미있고 나도 쓸 수 있는 거구나' 하는 생각이 들었어요. 선생님이 쓴 시는 참 가깝게 다가오면서도 친숙하고, 그래서 공감이 되기도 했어요. 교과서 시들만 죽어라 읽어제끼던 제겐 참 크고 새로운 경험이었습니다.

시에 대한 생각과 편견, 느낌을 바꾸어주신 점에 대해 정말 감사합니다. 저는 원래 소설 종류만 읽었는데 선생님 시를 통해 다른 시도 읽게 되었고, 더 많은 생각을 할 수 있는 기회를 얻게 된 것 같습니다. 아, 제일 중요한 건 저도 이젠 가끔 시를 쓴다는 것이죠. 그냥 보고 뭔가 생각나는 게 있으면 그걸 그냥 시처럼 써요. 엄청 미숙하고 보잘것없겠지만 그래도 무슨 일을 당하거나, 무슨 일을 했을 때 생각나는 대로 시를 써보면 마음도 정리가 되는 것 같아요. 뭔가 좀 홀가분하다고 해야 하나요?

아무튼 선생님의 강연과 시집을 통해 전 정말 소중한 경험을 하게 되었습니다. 다시 한번 감사드리고요, 선생님 말씀대로 틈을 내어 꼭 찾아뵙도록 하겠습니다. 막걸리 한잔 주실 거죠?

제우야, 네가 보낸 글 잘 받아 보았다. 진솔하게 네 마음을 나타낸 글이라 세상 그 무엇보다 내게는 소중했다. 앞으로 시를 쓸 수 있을 것 같다고 했지. 그래, 틈이 나면, 아니지 틈을 내어 시를 써보기 바란다. 시를 쓰는 목적은 첫째도 둘째도 자기 삶을 가꾸는 것이다. 삶을 가꾼다는 말은 몸과 마음을 잘 가꾸고 다스린다는 말이다. 우선 네 삶을 바르게 가꾸어야만 네 주위가 환해질 테니까 말이다.

그리고 글쓰기는 혼자 하는 것보다 누구랑 함께 하면 더 많은 것을 배우고 깨달을 수 있단다. 왜냐하면 자기 생각 속에 갇혀 세상을 잘 못 볼 수 있기 때문이다. 사람은 혼자서는 살 수 없고, 혼자서는 '사람'이 될 수도 없어.

아래 시는 부산고등학교 2학년 김진휘 학생이 쓴 시란다. 나는 이 시를 읽으면서 공부에 시달리는 너희들 생각이 나서 마음이 아팠지만 한편으로는 '식구'란 이렇게 소중한 존재구나 싶어 가슴이 찡했단다.

학원 수업 마치고

학원 수업 마치고
집까지 터벅터벅 걸어간다.

나 때문에 잠가 놓지 않은
대문을 여니 불이 환하다.

먼저 안방으로 간다.
기다리다 지치신 어머니는
리모콘을 손에 쥔 채 주무신다.
텔레비전을 끄고
살포시 문을 닫고 나왔다.

옷 갈아입고 세수하고 나니
시계는 한 시 반
핸드폰을 보니 26일 수요일이라 되어 있다.
좀 전만 해도 25일 화요일이었는데
하루를 마친 시각이 오늘이 아니고 내일이다.

— 고등학생들 시 묶음집 《버림받은 성적표》에서

제우야, 시를 쓴 진휘처럼 너도 비슷한 하루하루를 보내고 있겠지. "하루를 마친 시각이 오늘이 아니고 내일"이 되듯이 바쁘게 살고 있겠지. 이런 생각을 하면 어른으로서 참 미안하고 부끄러울 뿐이다. 어쩌다가 너희들에게 이런 몹쓸 세상을 물려주게 되었을까? 이 모두 욕심 따위가 우리 몸속에 들어와 '식구'를 갈라 놓고 세상을 어지럽히기 때문이겠지.

제우야, 이런 욕심을 버리고 바른 생각과 마음을 나누는 것이 시란다. 그리고 낮은 사람은 높여주고 높은 사람은 낮춰주고, 힘없고 가난한 사람은 높여주고 힘세고 부유한 사람은 낮춰주는 시가 좋은 시다. 참다운 용기와 슬기를 심어주고, 사람의 길을 제대로 찾아갈 수 있도록 이끌어주는 시가 좋은 시다. 그래서 가난하고 힘없는 사람을 섬기며 사는 사람만이 좋은 시를 쓸 수 있다. 그것도 가장 가까이에 살고 있는 사람부터 섬기는 것이다. 아침에 눈만 뜨면 만나는 부모형제와 이웃과 친구들, 그리고 선후배와 선생님들, 이분들을 섬기지 않고서는 좋은 시를 쓸 수가 없다.

제우야, 내년 1월쯤 친구들과 놀러오너라. 사람은 누구에게나 밤을 새워 이야기 나누고 싶은 친구가 있단다. 만약 그런 친구가 한 사람도 없는 사람은 얼마나 삶이 외롭고 고달프겠니. 좋은 시를 쓰려면 좋은 친구가 있어야 한다.

친구들과 함께 장작도 패고, 고구마도 구워 먹고, 네 말대로 둘러앉아 막걸리도 한잔씩 나누면서 겨울밤을 지내다 보면 사람 사는 맛이 나지 않겠냐. 계획이 잡히면 미리 연락 바란다. 그럼 튼튼한 몸과 마음으로 만나자.

2009년 12월 22일 새벽에
작은 산골 마을에서
서정홍 보냄

제우는 틈을 내어 우리 집에 올 것입니다. 친구들과 함께 1박2일이 아니면 2박3일쯤 머물다 가겠지요. 강좌 때 만난 학생들이 친구들과 먼 길을 찾아와 웃고 떠들며 즐겁게 노는 모습을 보면, 마치 어린 시절의 내 모습을 보는 것 같아 내가 더 기쁩니다.

우리 집에 오려면 미리 날짜를 정해서 알려달라는 부탁을 합니다. 그런데 학생들은 대부분 고작 며칠 전에야 알려줍니다.

"선생님, 내일모레 토요일에 선생님 집에 찾아가기로 했어요. 친구 다섯 명이랑 하룻밤만 자고 일요일 점심 먹고 나올까 해요."

"이 녀석들아! 그날은 내가 다른 약속이 잡혀 있는데 우짜모 좋노?"

"아아 안돼요, 선생님. 친구들과 약속을 다 해놓았단 말이에요. 같은 날짜 잡느라고 진땀을 뺐단 말이에요."

"나한테 물어보지도 않고 누구 맘대로 날짜를 잡냐?"

"선생님, 방학이라도 학교 가고 학원도 가고 바빠요. 저희는 그날말고는 시간을 낼 수가 없어요. 그러니까 선생님이 일정을 바꾸셔야 해요."

"이런 버르장머리 없는 녀석들! 그래 알았다. 내가 일정을 조금 바꾸지. 버스 타고 오려면 서너 번 갈아타야 하는데 버스시간 잘 알아보고 오너라."

"선생님, 저희가 가져갈 것은 없어요?"

"그냥 오면 되지, 무얼 가져와. 부모님 걱정 안 하시게 말씀이나 잘 드리고 와. 필요하면 내 전화번호도 알려드리고."

내가 전화를 끊고 나면 아내는 달력에 누가, 언제, 몇 시쯤 오는지 적어둡니다. 그날부터 아이들 밥과 간식거리들은 아내가 맡아서 준비하고, 나는 재미있게 할 수 있는 놀이와 일거리를 준비합니다. 겨울방학 때는 지게 지고 산에 가서 칡을 캐는 일, 땔나무 하는 일, 도끼로 장작 패는 일, 톱으로 나무 자르는 일, 아궁이에 불 때는 일 따위지요. 그러나 여름방학 때는 일이 많습니다. 논이고 밭이고 온통 '풀 천지'라 풀매는 일이 많습니다. 낮에는 논밭에서 일을 하고 개울에서 물놀이를 하지요. 일을 한다는 게 오히려 일을 더 만들어 놓을 때가 많지만, 그래도 기특하기만 합니다. '사람 기운'이 다 떨어진 산골 마을에 젊은 기운을 가진 학생들이 찾아오기 때문이지요. 죽었던 마을이 살아나는 것 같다고 마을 사람들(할머니와 할아버지뿐이지만)도 아주 좋아합니다.

저녁밥을 먹고 어둠이 오면 가끔 '밤숲걷기'를 합니다. '밤숲걷기'란 말 그대로 밤에 산으로 올라가서 숲길을 걷는 거지요. 밤에는 어떤 소리가 들리는지, 밤바람 소리를 들으면서 어떤 마음이 일어나는지, 산꼭대기에 누워 밤하늘 별을 쳐다보면서 어떤 느낌이 드는지, 자연은 우리에게 무엇을 안겨주는지 스스로 깨닫게 하지요. 밤숲을 걸으면서 자연의 신비

함에 취한 아이들과 같이 지내다 보면 내가 아이들 속에 살아 있다는 느낌이 듭니다.

짧은 시간이지만 아이들은 오래 기억하리라 생각합니다. 삶이 외롭고 고달플 때도, 자연과 더불어 지낸 그날을 떠올리며 잘 참고 견뎌나가지 않겠습니까. 복잡하고 어지러운 도시에서 시멘트만 밟고 살다가, 어머니 품 같은 폭신폭신한 흙을 밟으며 지낸 날이 어찌 떠오르지 않겠습니까.

내가 죽어 흙으로 돌아가면, 이 아이들이 그 흙을 밟으며 건강하게 살았으면 좋겠습니다. 언젠가는 농사꾼이 되어 나를 기억하면 더욱 좋겠습니다. 이것도 욕심이겠지요.

메마르고 숨가쁘고 안절부절못하는 젊은이를 수없이 봅니다. 흙과 떨어지고, 일하는 즐거움과 힘겨움에서 떠난 결과가 이렇게 되는구나 싶습니다. 밥이 시시하고, 흙을 모르고, 세상에 무서운 게 없으면 망하는구나 싶습니다.

고집쟁이 농사꾼 전우익 선생이 쓴 《호박이 어디 공짜로 굴러옵디까》 중에서

농사꾼의 모습, 시인의 모습

안녕하세요? 저는 창원 반림중학교에 다니는 박주호라고 합니다. 지난 금요일, 서정홍 선생님께서는 저희 학교 도서관에서 강연을 해주셨습니다. 그런데 저의 생각이랑 다른 점이 너무 많아서 묻고 싶습니다.

시인께서는 농사일과 같이 자연과 더불어 사는 것을 자랑스럽게 생각하는 것 같았습니다. 그리고 저희에게 "우리나라에는 농부가 필요하다"고 말씀하셨습니다. 그러고는 저희에게 쌀이 많이 남아돈다고 걱정을 하셨죠. 이 말은 앞뒤가 안 맞는 것 같습니다. 제 생각엔 농부는 그리 필요 없을 듯합니다. 제 생각에는 이제 농업도 기계화가 되었으니 노인들이 농사를 해도 별 무리 없고, 대량생산으로 많은 농부도 필요 없습니다. 농부가 많아지면 우리나라 발전이 뒤떨어집니다. (박주호, 2학년 6반)

서정홍 시인에게선 지방의 구수한 느낌과 흙과 농부의 삶에서 나오는 맑은 정신이 느껴졌다. 말할 때마다 나오는 사투리도 사람을 정겹게 보이게 하였다. 시인이라서 그런지 모르나 무척이나 정직하고 맑아 보였다.

하지만 강연을 듣고 난 뒤에는 이런 생각이 들었다. 우리들에게 농부가 되어 달라던 말과 그 밖에도 옳은 말씀이지만 이루어질 수 없는 말씀을 듣고, 우리 모두 "예"라고 하였지만, 그 말을 지킬 사람이 과연 몇이나 될까? 아마 없을 거란 생각이 든다. 애초에 공부라는 것 자체가 자본주의 사회에서 돈을 벌기 위한 하나의 수단으로 인식되기 때문이다. (김재성, 3학년 2반)

서정홍 시인을 뵙고 느낀 것은 '당황스러움'이었다. '시인' 하면 멋 있게 나비넥타이나 맨 우아한 모습을 상상하고 기대했던 나로서는 소박한 모습에 소탈하게 허허 웃으시는 모습이 당황스럽기도 했고, 한편으로는 조금 실망스럽기도 했다. 그런데 "사람도 자연의 일부분이라 나는 자연을 사랑합니다. 자연을 해치지 않고 살아갈 수 있는 직업이 농부라는 생각이 들어 농부가 되었습니다"라고 말씀하셨다. 소박한 차림새로 말씀하시니까 잘 빼입은 시인이 자연에 대해 이러쿵저러쿵 하는 것보다 더욱 설득력이 강했고, 정말 자연을 사랑하시는구나 싶었다. (정보은, 3학년 9반)

가을바람이 불던 저녁에 우리는 서정홍 선생님한테 '시와 삶'에 대한 이야기를 들었다. 솔직히 처음에 선생님께서 도서실에 들어오셨을 때에는 '강연하러 온 분이 어떻게 저런 허름한 옷을 입고 오셨지?' 하는 의문을 품었다. 하지만 선생님 강연을 들으며 의문이 싹 사라졌다. 선생님께서는 땀 흘려 일하면서 짬을 내어 시를 쓰는 농부이셨다.

서정홍 선생님께선 대통령이 되면 학생들이 시로 시험을 치는 것을 못하게 하겠다고 하셨는데, 그 꿈을 꼭 이루셨으면 좋겠다. 선생님의 강연회를 듣고 나니 은유법이니 직유법이니 그런 거 없이 그저 시를 가슴으로 느꼈으면 좋겠다는 생각이 들었다. 나도 마음속에 시를 하나 새겨 두고 희로애락을 같이할 수 있었으면 좋겠다. 선생님께 정말 감사드리고 싶다. 가슴속에 남을 강연회였다. (조효인, 3학년 9반)

본래 글을 쓰는 것을 좋아하는 터라 '만나고 싶은 직업' 란에 문학인을 적었지만 어쩐지 시인은 안 끌렸다. 만나보고 싶은 건 소설가 쪽이라 관심을 가지지 않았다. 그런데 강연회에 신청한 친구가 같이 가자고 하는 말을 듣는 순간, 뭔가 내 마음속에서 파문이 일어났다. 이런 기회는 별로 없을 것이고, 사십 명 안팎의 인원으로 시인과 대면할 기회는 이때까지 없었기에 특별할 거라는 기대감이 들었다. … 기억에 남는 이야기를 하자면 서정홍 시인께서 한국은행의 돈을 다 준다면 팔 한쪽을 잘라주겠느냐는 질문에 나는 당당히 손을 들었다. 거기서 손을 들지 않으면 나 자신을 속이는 일이라고 생각되어 손을 들었지만 별로 좋게 받아들여지지 않았다. 그리고 다섯 손가락과 이 세상 모든 황금을 바꾸겠냐고 물었을 때, 오태훈이 "손가락이 없으면 황금을 못 쓰잖아요"라고 말하자 선생님은 그 대답이 마음에 드셨는지 웃으셨다. (유준효, 3학년 3반)

나는 기대를 많이 했다. 내 나이 열여섯, 태어나서 처음으로 시인을 만나볼 기회였기 때문이다. 물론 도서실의 맛있는 음식들도 한몫 했지만.

강연회가 시작되고 교장, 교감 선생님과 함께 낯선 얼굴이 들어왔다. 탁 눈에 띄는 복장이었다. 산에서 나무 하다가 온 느낌이 드는 분이었다. 내가 상상하던 시인의 모습과 달라서 놀랐다. 내 머릿속의 시인과는 전혀 다른, 동네 할아버지 같은 친근한 느낌이 들었기 때문이다. 시인은 멀게만 느껴졌는데 직접 보니까 그런 느낌은 들지 않았다.

강연회는 재미있었다. 공부 때문에 스트레스 받던 내 마음을 통쾌하게 해주었고, '돈'에 대해 다시 생각해 볼 수도 있었다. "농부와 시인은 가난합니다. 그래서 농부와 시인은 좋은 벗입니다", "요즘 학교에서는 땀 흘려 일하고 정직한 사람이 되라고 가르치지 않고, 친구끼리 경쟁하게 만드는 잘못된 것들을 가르치고 있습니다"라는 말이 가장 기억에 남는다.

강연회라고 하면 지루하고 재미없는 것인 줄로만 알았는데 사실은 정말 즐거웠다. 시 노래와 시 낭송회도 했기 때문이겠지만, 시인의 말솜씨만으로도 충분히 재미있었다. 친구가 아파서 참가하지 못한 게 참

안타깝다. 이번 기회로 '시'와 '시인'이 좀더 나와 가까워진 기분이 든다. (김가연, 3학년 8반)

국어시간에 배운 시 〈우리말 사랑〉의 주인공이신 서정홍 시인의 강연을 들었다. 처음 봤을 때, 가진 것이 많이 없어도, 왠지 행복해 보였다. 시인은 돈은 꼭 쓸 만큼만 벌고, 욕심을 버리며 살려고 애쓴다고 하셨다. 그리고 욕심을 많이 부리면 소중한 것을 잃게 된다고 하셨다. 욕심을 부리지 않으면 서로 잘살려고 발버둥치지 않아도 되고, 계절의 변화를 알아차릴 여유도 생길 것 같았다.

서정홍 선생님은 농업에 관한 이야기를 많이 하셨다. 평소에 농업이 중요하다는 생각은 하지 않았는데, 농업의 중요성을 알게 되었고, 많은 사람들이 농업에 관심을 가져야겠다고 생각했다. (김은정, 3학년 8반)

반림중학교 학생들이 강연을 듣고 느낀 소감을 위와 같이 보내왔습니다. 학생들이 보내온 글 가운데 몇 편만 가려 뽑았습니다. 긴 글은 조금 줄이고, 한두 군데 다듬은 데가 있지만 내용은 그대로 살렸습니다. 중학생이 썼다고 생각하기엔 조금 '성숙'한 글도 있었지만, 대부분 보고 듣고 느낀 대로 솔직하게 쓴 글입니다. 이렇게 귀한 자리에 왜 학생들이 쓴 글을 길게 늘어놓는가 하면, 학생들이 어떤 생각으로 이 시대를 사는지 어른들이 꼭 알아야겠다 싶었기 때문입니다.

특히 박주호 학생이 쓴 글을 읽고 마음이 아팠습니다. 박주호 학생처럼 생각하는 사람들이 많을 것이라 생각하기 때문입니다. 요즘 '경제'만을 부르짖으며 사람들의 마음을 홀리는 정치인들도 많고, 그 정치인에 빌붙어 제 목숨을 구걸하는 기업가나 학자들도 많습니다. 그래서 돈벌이가 안 되는 일이면, 아무리 소중한 일이라 해도 거들떠보지도 않습니다.

가정이나 학교에서, 사회나 나라에서조차 사람을 살리는 땅에, 더구나 아이들의 목숨을 이어줄 황금보다 귀한 땅에 관심을 두지 않습니다. 땅을 오직 돈으로 보거나 투기대상으로 보는 어른들이 많으니까요. 이런 세상에서 박주호 학생이 쓴 글은 위험하지만 솔직한 글입니다. 어른들이 읽고 깨달을 게 많은 글이지요.

그리고 강연하러 온 사람이 너무 허름한 옷을 입고 와서 처음엔 놀라거나 실망했다는 글이 많았습니다. 여태 시인들이 어떤 모습을 하고 돌아다녔을까요? 땀 흘려 일하지 않고, 가난한 사람들과 일하는 사람들 위에 앉아 그 사람들을 부리며 살았단 말입니까? 그래서 아이들이 시인의 옷차림은 '우아'할 거라고 생각했단 말입니까? 이런 비뚤어진 세상이라도 김은경 학생이 쓴 글을 읽으면 힘이 납니다.

강연을 들으면 들을수록 이해가 되었습니다. 만약 정장을 입고 오셔서, 여기 있는 학생들 중 70%는 농사꾼이 되면 좋겠다고 하시고, 농사가 가장 소중한 직업이라고 하셨다면 우리가 선생님의 뜻과 마음을 잘 이해할 수 없었을 거 같습니다. 농사꾼의 모습으로 오셨기 때문에 점점 농사의 매력에 빠져들었던 것 같습니다.

가난한 농사꾼이 학생들한테 어떤 이야기를 할지 뻔히 알면서도, 공부하라는 소리는 절대 하지 않는다는 것을 잘 알면서도, 초청해 준 선생님들이 있기에 농사지을 재미가 납니다. 바쁜 일정들 다 미루고 끝까지 앉아서 들어주신 교장선생님, 교감선생님, 여러 선생님들께도 이 자리를 빌려 고마움의 인사를 전합니다. 학교는 없어져도 사람은 살 수 있지만 논밭이 없어지면 아무도 살 수 없다고 했는데도, 교사는 없어도 사람은 살 수 있지만 농부가 없으면 아무도 살 수 없다고 했는데도, 내 손을 잡고 고맙다며 인사를 건넨 선생님들이 있어, 세상은 아직 희망이 있습니다.

일꾼의 꿈을 키워가기를

한국글쓰기교육연구회는 1983년 전국의 초등학교와 중고등학교 선생님들이 모여서 어린이와 청소년의 참된 삶을 가꾸는 일을 연구하고 실천하려고 만든 모임입니다. 지금은 학교 선생님들뿐 아니라 학교 밖 선생님들도 함께 올바른 글쓰기와 우리말을 바로잡는 일을 위해 애쓰고 있습니다.

《엄마의 런닝구》는 어린이들이 쓴 시를 한국글쓰기교육연구회 선생님들이 10년 남짓 고르고 골라서 펴낸 시집입니다. 어른들이 불러온 잡귀신을 따라가지 말고, 참 어린이 마음으로 돌아가 달라는 간절한 바람으로 선생님들이 지도하신 어린이들의 시를 모은 시집이지요. 아래는 그 시집 속에 들어 있는 시입니다.

엄마의 런닝구

작은 누나가 엄마보고
엄마 런닝구 다 떨어졌다.
한 개 사라 한다.
엄마는 옷 입으마 안 보인다고

떨어졌는 걸 그대로 입는다.

런닝구 구멍이 콩만하게
뚫어져 있는 줄 알았는데
대지비만하게 뚫어져 있다.
아버지는 그걸 보고
런닝구를 쭉쭉 쨌다.

엄마는
와 이카노.
너무 째마 걸레도 못 한다 한다.
엄마는 새걸로 갈아 입고
째진 런닝구를 보시더니
두 번 더 입을 수 있을 낀데 한다.
(경북 경산 부림국교 6학년 배한권, 1987. 5.)

화장하는 엄마

점심 달라고 엄마 보며
기다리는데
화장만 죽자 사자 하는 엄마
아무리 엄마 엄마 불러도
내 딸 없다는 듯이
대답도 하지 않는다.
화장한 엄마 보면
우리 엄마 아닌 것 같다.
빨간 입술
찐한 눈썹이
뭐가 그렇게 좋을까?
나에게는

화장하지 않는 엄마가 좋다.
일어나 보니 꿈이었다.
(경북 울진 온정국교 3학년 권미란)

큰길로 가겠다

집에 오려고 하니
아이들이 있었다.
아이들이 나보고
나머지*라 할까 봐
좁은 길로 갔다.
왜 요런 좁은 길로
가야 하나.
언제까지 이렇게
가야 하노.
난 이제부터
큰길로 가겠다.
(경북 울진 온정국교 3학년 김형삼, 1985. 6.)

(*나머지 : 공부를 잘하지 못하는 어린이가 학교 공부 시간이 끝난 뒤에 남아서 하는 공부)

아이들이 쓴 시를 읽으면 어른들의 삶이 그대로 드러나 보입니다. 한번만 읽어도 무슨 말인지 훤히 알 수 있습니다. 두 번 세 번 읽으며 고민해야 할 까닭이 없습니다.

우리는 여태 무슨 말인지조차 모르는 '괴상한 시'를 읽느라 지쳤습니다. 시는 고상하고 특별한 사람이 쓰고 읽는 것인 줄 알고 살아온 것이지요. 한글을 아는 사람이면 노동자든 농부든 버스 기사든 식당 아주머니든 누구든지 시를 쓰고 읽으면서 스스로 삶을 가꾸어 나가야 하는 것인데도 말입니다.

사람들은 대부분 시를 읽는 것도 재미없고, 시를 쓰는 것은 더욱더 재미없고, 그래서 나하고 시하고는 아무런 상관이 없다고 생각합니다. 이런 생각을 갖게 된 가장 큰 까닭은 괴상한 시를 써대는 시인과, 괴상한 시를 추켜세워서 상을 주는 괴상한 심사위원들과, 그들과 짜고 괴상한 시집을 만드는 출판사가 있기 때문입니다. 이런 괴상한 집단들은 자기네들끼리 돌려가며 시를 읽고 추켜세워서 자기들만의 세상을 만들어 갑니다. 그러니까 땀 흘려 일하는 사람들은 이런 시인들을 '괴상한 사람'으로 취급을 하는 것이지요.

시인이란 쉬운 걸 어렵게 쓰는 사람이 아니라, 어려운 걸 쉽게 쓰는 사람입니다. 앞으로는 제발 시를 갖고 장난치는 사람이 없으면 좋겠습니다. 그래야만 일하는 사람들이 시를 읽고 쓰면서 자신의 삶을 가꾸어갈 수 있습니다. 일하는 사람들이 자신과 아무런 상관도 없고, 감동도 없는 괴상한 시를 돈과 시간을 들여 머리 싸매고 읽어야 할 까닭이 없습니다. 읽어서도 안 됩니다. 그런 괴상한 시를 읽다 보면 자기도 모르는 사이에 괴상한 사람을 닮아 가기 마련입니다.

조금만 깊이 생각해 보면 우리는 어릴 때부터 지금까지 시와 함께 살아왔습니다. 옛날이나 지금이나 사람들이 즐겨 부르는 좋은 노래는 대부분 깨끗한 우리말로, 누구나 알아듣기 쉬운, 좋은 시로 만든 것입니다. 노래가 시고, 시가 노래인 것이지요. 그러나 괴상한 시인이 쓴 괴상한 시는 노래가 될 수 없습니다.

시가 어렵거나 재미없는 거라고 생각하며 살아온 사람은 다음 시집을 읽어보시기 바랍니다. 《엄마의 런닝구》,《개구리랑 학교에 갔다》,《꼴찌도 상이 많아야 한다》,《아버지 월급 콩알만 하네》,《있는 그대로가 좋아》,《버림받은 성적표》,《까만 손》,《일하는 아이들》,《새들은 시험 안 봐서 좋겠구나》 ─ 모두 초등학생부터 고등학생들이 쓴 시입니다. 시란 이런 것이구나, 이게 바로 시구나, 싶은 마음이 저절로 들 것입니다. 어른들이 알 듯 모를 듯 고상하고 어렵게 써서 펴낸 시집 수백 권 수천 권보다 더 감동스러울 것이며, 어른인 우리가 어찌 살아야 할지 한번만 읽어도 금세 깨달을 수 있을 것입니다.

시험

시험 날인데
나는 오늘도 놀았다.
몇 점이나 나올까?
밖을 내다보았다.
새들은 나무에 앉아 논다.
새들은 시험 안 봐서 좋겠구나.
(강원 동해 남호초등 6학년 이우진)

— 《새들은 시험 안 봐서 좋겠구나》에서

날씨

비가 내린다.
가난한 사람들이 엉엉 우는 것처럼.
(강원 오색초등 6학년 차혜진)

— 《까만 손》에서

내 고치

오줌 누다가
내 고치를 보니
터래기가 쪼끔 나 있다.
곱슬머리처럼
곱실곱실하다.

내가 크니까
꼬치도 같이 큰다.
(경남 밀양 상동초등 6학년 이민혁)

— 《개구리랑 학교에 같이 갔다》에서

아버지

아버지는 광산을 팔년이나 다녔다.
그러나 아직도
세들어 산다.
월급만 나오면 싸움이 벌어진다.
화투를 져서 빚도 지고 온다.
빚을 지고 온 아버지는
어머니에게 죽으라고 빈다.
그래도 어머니는 용서 안 한다.
밤에 잘 때는 언제 싸웠냐는 듯이
오손도손 잔다.
그땐
누나와 나도 꼭 껴안고 잔다.
(강원 사북초등 5학년 김명희)

— 《아버지 월급 콩알만 하네》에서

아버지 월급

아버지 월급 콩알만 하네.
아버지 월급 쓸 것도 없네.
(강원 사북초등 6학년 정재욱)

— 《아버지 월급 콩알만 하네》에서

장학 검열

장학 검열이 오늘
오늘은 누구를 막론하고 수업에 열중하네.
하지만 나는 이것이 싫어.

평소의 수업 분위기가 나쁘면 어때
있는 그대로가 좋아!
누가 있으면 하고 없으면 안 하는 이중인격자는 싫어.
있는 그대로가 좋아.
(부산 대양중학교 2학년 양익범)

— 《있는 그대로가 좋아》에서

엄마 지갑

누나는 맨날 엄마에게
옷을 사달라고 조른다.
엄마는 대꾸도 안 하고
그냥 방으로 들어간다.
누나는 화를 내며
자기 방문을 '꽝' 닫고 들어간다.
살짝 열린 방문 틈으로
엄마를 보았다.
엄마는 지갑을 꺼내 보며
돈이 얼마나 남았나,
한숨을 쉰다.
(부산 상업고등학교 1학년 최재훈)

— 《버림받은 성적표》에서

아이들은 시인이 되려고 시를 쓴 것이 아닙니다. 그러나 시를 쓰면서 생각이 깊어지고 뜻을 올바르게 세워 사람다운 마음을 지니게 되겠지요. 돈이나 명예를 유산으로 물려주기보다, 서툴더라도 진솔한 마음으로 쓴 시를 후손들한테 물려주면 좋겠다는 생각이 듭니다. 우리는 머지않아 흙으로 돌아갈 것입니다. 그러나 우리가 좋아했던 시나 우리가 쓴 시는 오래도록 아이들 가슴속에 살아 있을 것입니다. 그럼 살아 있는 시란 무엇일까요? 이오덕 선생님은 다음과 같이 말씀하셨습니다.

시란 '마음의 소리', '자연이나 인간의 삶에서 얻은 감동을 짧게 나타낸 글', '사람의 마음을 울려 놓거나, 놀라움을 주거나, 새로운 것을 발견하게 하거나, 높은 곳으로 우리들 마음을 끌어올려 주는 짧은 글', '참 그렇구나! 참! 하고 느끼는 것', 좀더 쉽게 말하면, 읽는 사람으로서 보면 ①시는 우리의 마음을 따뜻하게 해주는 것이다. ②시는 우리를 기쁘게 해주는 것이다. ③시는 새로운 세계를 열어 보여 주는 것이다. ④시는 자유롭게 살아가는 마음을 갖게 해주는 것이다. ⑤시는 우리의 마음을 깨끗하게 해주거나, 높은 곳으로 끌어올려 주는 것이다. ⑥시는 참된 것을 찾아낸 것이다. ⑦시는 희망을 주는 것이다.

이 밖에도 더 말할 수 있지만, 이 여섯 가지만 해도 따지고 보면 어느 것이나 서로 통하는 말이 될 듯도 하니, 대강 이쯤으로 느껴서 알면 되겠습니다. 시는 또 쓰는 사람 쪽에서 보면 ①새로운 것을 찾아낸 것, ②아, 아름답구나, 참 그렇지, 하고 느낀 것, ③참다가 참다가 그래도 참을 수 없는 말을 토해낸 것 — 이런 것이라고 할 수도 있습니다.

— 이오덕 글쓰기 교실 《우리 모두 시를 써요》에서

다음은 외국 어린이가 쓴 시입니다. 시란 무엇인가, 설명하지 않아도 누구나 알 수 있습니다.

내가 쓴 시를

내가 쓴 시인데
내가 읽을 때
눈물이 날 때가 있다.

아버지란 시를 쓸 때
나는
연필을 살짝 책상 위에 놓고
노점에서 과자 팔고 계실
아버지를 생각한다.
그리고 입 속에서 중얼중얼
"아버지, 아버지…" 부른다.

어머니란 시를 쓸 때
지금쯤 엄만
어디서 일하고 계실까?
점심을
길 한복판에서 잡수고 계실까?
모래 나를 때
큰 돌이
발 위에 떨어지지나 않을까?

나는 결코 울지 않는다.
그러나
시를 읽으면서
내가 쓴 시를 읽으면서
나는 눈물이 날 때가 있다.

노점에서 그리고 공사장에서 일하시는 아버지와 어머니를 생각하며 쓴

시입니다. 있는 그대로 꾸밈없이 쓴 시입니다. 이 땅에서 "내가 쓴 시인
데 / 내가 읽을 때 / 눈물이 날 때가 있"는 시인이 많아졌으면 좋겠습니
다. 이렇게 진솔한 어린이 마음이 곧 시라면, 땀 흘려 일하며 정직하게 살
아가는 사람들의 마음도 역시 시입니다. 그렇다면 자연의 순리에 따라 땀
흘려 일하며 정직하게 살아가는 농부들이야말로 가장 훌륭한 시를 쓸 수
있을 거라는 생각이 듭니다. 머지않아 일하는 사람들이 쓴 시가 교과서에
실려, 우리 아이들이 일하지 않고 편하게 먹고살려는 헛꿈을 꾸지 않고,
땀 흘려 일하며 사는 진짜 '일꾼의 꿈'을 키워가기를 간절히 바랍니다.

농부는 자연의 신비 속에서 늘 하느님과 만납니다.
그래서 농부는 하느님을 너무도 잘 알고 있으며, 하
느님에 관해서 다른 사람들에게 쉽게 말할 수 있습니다. 농
부는 자신과 땅과 성장하는 모든 것들을 존중함으로써 하느
님과 친밀하게 사귑니다. 그렇기 때문에 농부는 매일의 노동
과 삶을 통해서 쉽게 만나는 하느님을 다른 사람들에게 전할
수 있는 것입니다.

캐나다 사도직 공동체 마돈나하우스 창립자 캐서린 도허티

삶을 가꾸는 시 쓰기

지상 강연 1

　오늘 제가 이 자리에 선 것은 여러분과 생각을 나누기 위해섭니다. 생각을 서로 나누다 보면 삶이 깊어지고 행복해질 테니까요. 여러분은 모두 이 세상에서 가장 소중한 존재입니다. 권력과 돈과 외모 따위가 행복의 잣대가 될 수 없습니다. 들에 나가면 키가 큰 해바라기나 코스모스도 아름답지만, 그 아래 키 작은 풀꽃들에도 제각각의 아름다움이 있습니다. 잘 살펴보면 아름답지 않은 게 없지요. 다르기 때문에 다 아름다운 겁니다. 우리는 다르기 때문에 서로 존중해야 하고, 다르기 때문에 서로 도와가며 살아야 합니다. 서로 다르다고 싸우거나 미워하는 짓은 사람이 절대 해서는 안 됩니다.

　제가 여러분보다 잘났거나 똑똑하거나 돈이 많아서 이 자리에 선 것이 아닙니다. 다만 여러분과 다르기 때문입니다. 우리는 모두 다릅니다. 똑같은 일을 겪고도 생각과 느낌이 다릅니다. 제가 이런 이야기를 먼저 드리는 까닭은 남의 흉내를 내면 결코 좋은 글을 쓸 수 없기 때문입니다.

　시인이란 별거 아닙니다. 날마다 떠오르는 아침 해를 보고, 바람에 흔들리는 나뭇가지를 보고, 시멘트 틈 사이에 뿌리를 내리고 사는 민들레를 바라보고, 때론 사람들의 숨소리를 듣고도 마음이 설레는 사람입니다.

어릴 때나 지금이나 저는 사람을 만나기로 약속을 정하고 나면, 그날부터 마음이 설렙니다. 오늘도 설레는 마음으로 먼 길을 단숨에 달려왔습니다. 10년 전이나 지금이나 사람을 만나면 저절로 신바람이 납니다. 혹시 〈직녀에게〉라는 노래를 아십니까?

　　이별이 너무 길─다 슬픔이 너무 길─다 선 채로 기다리기─엔 세월이 너무 길다 말라붙은 은하─수 눈─물로 녹이─고 가슴과 가슴─에 노─둣돌을 놓아 그대 손짓하는 연─인─아 은하수 건너 오작교 없어도 노둣돌이 없어도 가슴 딛고 다시 만날 우─리들 연인아 연인─아 이별은 끝나야 한─다 슬픔은 끝나야 한─다 우리는 만나야 한다

문병란 시인이 쓴 시를 가사로 만든 노래입니다. 어디선가 한두 번쯤은 들어보셨을 겁니다. 저는 끝부분 '우리는 만나야 한다'라는 부분을 좋아합니다. 누기 제게 가장 소중한 일이 뭐냐고 물으면, 10~20년 전이나 지금이나 사람을 만나는 일이라고 합니다. 이익이 되는 일이건 손해가 되는 일이건 사람을 만나는 일만큼 소중한 일은 없으니까요. 좋은 사람을 자주 만나면 좋은 사람이 되기 쉽고, 나쁜 사람을 자주 만나면 나쁜 사람이 되기 쉽습니다. 그래서 어떤 사람을 만나고 헤어지느냐에 따라 삶이 달라질 수 있는 것입니다.

저는 사람이 살아가면서 인생이 바뀔 기회가 두 번쯤은 있다고 생각합니다. 한번은 좋은 책을 만나는 것이고, 한번은 좋은 사람을 만나는 것입니다. 책이든 사람이든 아무튼 만나야 합니다. 좋은 책도 따지고 보면 좋은 사람이 쓴 것이니까, 결국은 좋은 사람을 만나야 좋은 뜻을 세우고 사람답게 살 수 있는 것이지요.

초등학교를 졸업하고 방황을 거듭하며 머슴, 이발소 보조원, 광원으로 일하다가, 1985년부터 경북 울진군 쌍전리에서 유기농업을 실천하고 있

는 강문필 선생이 쓴《하느님, 개구리를 주서서 감사합니다》라는 책을 읽었습니다. 그 책을 읽으면서 괜스레 부끄러워지기도 하고, 가슴이 아프기도 하고, 때론 웃음이 나오기도 했습니다.

> 교회 청년들이 개구리를 잡아와 개구리 파티를 하잔다. 껍질을 홀라당 벗긴 개구리에 밀가루옷을 입혀 튀김을 만들었다. 한 접시 듬뿍 차려 놓고 둘러앉은 다음, "아무개 집사님, 기도하시지요" 했더니 이 청년 집사는 난처한 표정으로 한참 망설이더니 "하느님, 개구리를 주서서 감사합니다…" 하다가 키득키득 웃고 말았다.
>
> — 〈하느님, 개구리를 주서서 감사합니다〉 중에서

> 한 상에 쌀 몇 가마 이상의 수십, 수백만 원짜리 술값을 쉽게 쓰는 사람들이 여전히 존재하고 있을 것이다. 그러나 농사꾼의 온갖 애환이 서린 소중한 낟알들은 싸네 비싸네 하며 천대를 받는 것이 지금의 세상이다. 우리 매형의 손바닥을 1분만 보더라도 그런 소리는 나오지 못할 터인데 말이다.
>
> — 〈착한 우리 매형의 썩은 손바닥〉 중에서

강문필 선생은 우리나라에서 처음으로 국립농산물검사소로부터 '무농약 고추 품질인증'을 받으신 분입니다. 저는 그분을 눈앞에서 뵙지는 못했지만 글을 통해서 만났습니다. 많이 배워서 똑똑한 사람이 '잘난 척' 하는 책이 아닙니다. 못 배우고 가난한 농사꾼이 하고 싶은 말을 가슴에 차곡차곡 담아 두었다가 지친 몸으로 써낸 귀한 책입니다. 저는 이 책을 읽으며 말로 나타낼 수 없는 기쁨을 맛보았습니다. 그리고 농사꾼이 어떻게 살아야 하는가를 알게 되었습니다.

시를 쓰기 전에

어느 날부턴가 남들이 저를 '노동자 시인'이라 부르더니, 이제는 '농부

시인'이라 불러줍니다. 저는 시인이란 말 앞에 노동자나 농부가 붙는 게 참 좋습니다. 노동 현장에서 시를 쓸 때는 노동자시인이라 불렸고, 지금은 농사지으며 시를 쓰니 모두들 농부시인이라 부릅니다. 어쨌든 20년 전부터 '시인'이라는 이름이 무거운 짐처럼 저를 따라다닙니다. 시인이라는 이름이 무겁게 느껴지는 것은 아직 제게 시인다운 삶과 철학이 모자라기 때문이겠지요. 그래서 누가 저를 시인이라 부르면 아직도 낯설답니다.

저는 요즘 농사지으며 '생명공동체운동(도시 생활공동체와 농촌 생산공동체가 함께 어울려 자연과 사람과 모든 생명을 살리는 일)'을 하고 있습니다. 여러 학교와 시민사회단체에 강연을 다니기도 하고, 글을 쓰기도 합니다. 얼마 전에는 학교에서 학부모 교육 때에도 '농업과 환경'을 주제로 강연을 해달라고 할 만큼 많은 사람들이 '생명공동체운동'에 관심을 보이고 있습니다. 그만큼 우리가 날마다 먹는 음식과 주위 환경이 오염된 것이라고 생각합니다.

보통 사람들은 시인은 시만 쓰는 사람인 줄 아는데, 시 쓰는 사람들은 거의 다른 직업을 갖고 있습니다. 사람들과 어울려 땀 흘려 일하지 않고서는 시 한 편 쓸 수가 없으니까요. 그래서 저도 일을 하면서 시를 씁니다. 그래야만 사는 맛이 나거든요. 저는 여태 우리말우리글살리는모임, 우리밀살리기운동본부, 우리농촌살리기운동본부와 같이, 20년 남짓을 '살리는 운동'에만 줄곧 매달려 왔습니다.

큰아들 녀석이 초등학교 다닐 때, 잘 아는 후배한테서 전화가 왔어요. 마침 아들 녀석이 전화를 받았습니다.

"여보세요, 서영교입니다."

"영교야 잘 지냈냐? 아버지 계시냐? 참, 아버지 좋아하시는 거 없니?"

"우리 아버지는 우리말만 좋아해요."

"우리말말고, 음식 가운데 무어 좋아하시는 거 없냐?"

"우리말말고는 우리밀만 좋아해요."

옆에서 듣고 있던 아내와 나는 한바탕 웃었습니다.

왜 제가 이런 이야기를 하는가 하면, 시인이 어떤 데에 관심을 두고, 어떤 일을 하느냐에 따라 글도 달라질 수 있다는 걸 말하고 싶기 때문입니다. 저는 시를 쓰기 전에, 우선 아이들 앞에 부끄럽지 않은 삶을 살아야 한다고 늘 생각했습니다. 그래서 돈벌이보다는 아이들에게 꿈을 줄 수 있는 일을 하려고 애를 썼습니다. 그러나 애만 썼을 뿐이지, 이룬 게 별로 없습니다.

시를 쓰게 된 까닭

그럼 지금부터 제가 왜 일을 하면서 시를 쓰게 되었는지 말씀드리겠습니다. 제 경험이 여러분들이 시를 쓰는 데 작은 보탬이 되기를 바랍니다.

1987~88년 민주화운동이 들불처럼 타오를 때, 저는 창원공단에서 일했습니다. 그때는 아무리 큰 회사라도 거의 어용노조라, 집안에 아무리 큰 일이 생겨도 먼저 회사 일부터 해야 할 만큼 힘겨운 노동과 억압에 시달렸습니다. 자본가들은 현장 노동자들을 자기 집 개보다도 못하게 대접을 하던 때였으니까요. 차별과 억압을 무너뜨리기 위해 가난한 노동자들이 손에 손을 잡고 일어났습니다. 언론들이 "들불처럼 일어났다"고 썼는데, 정말 그랬어요.

그때 제가 다니던 회사에 현장 노동자들이 1,500명 남짓 되었습니다. 자본가들이 시키는 대로 알랑방귀를 뀌며 굽실거리던 어용노조를 갈아치우고 노동자들이 주인이 되는 민주노조를 만들기 위해 모두 일손을 놓고 회사 운동장에 모였습니다. 사람들은 그걸 '파업'이라 했습니다. 모두들 태어나서 처음 해보는 파업이라 무엇을 해야 할지 몰랐지요. 그때 누가 나서서 노래자랑을 하자고 제안을 했습니다. 사람 마음을 한데 모으는 데는 노래만큼 큰 힘이 되는 게 없습니다. 함께 손뼉을 치며 노래를 부르다 보면 없던 힘까지 절로 나오니까요.

파업 첫날, 그때 제가 가장 먼저 손 들고 나가서 노래를 불렀습니다. 저는 어릴 때부터 부끄럼이 많아 남 앞에 나서기를 꺼렸습니다. 내 앞에 서너 명만 있어도 말을 못할 만큼 수줍음이 많았지요. 그런데 그날은 누가 시키지도 않았는데 제 스스로 손을 들고 나갔습니다. 가슴속에 나도 모르게 쌓이고 쌓인 분노와 슬픔이 저를 일으켜 세운 것이지요.

그날 불렀던 노래가 〈아침이슬〉이었습니다. 얼마나 힘차게 불렀으면 등에 땀이 주룩주룩 흘렀겠습니까. 그때부터 사람들은 나를 '아침이슬'이라 불렀습니다. 태어나서 처음으로 별명이 생긴 것입니다. 아침이슬! 참 좋은 별명이지요.

그때부터 저는 자본가들한테 '찍히기' 시작했습니다. 좋은 별명을 얻은 대가로 말입니다. 파업이 이어지면서 뜻있는 사람들이 자주 모였습니다. 내게 첫 번째 주어진 일은 유인물을 만드는 것이었습니다. 어용노조를 몰아내고 민주노조를 만들기 위해서는 우리의 뜻을 많은 이들에게 알려야 하니까요.

초등학교 다닐 때 쓴 일기장말고는 내가 쓴 글을 남한테 내보인 적이 없습니다. 일기 다음으로 남한테 내보인 글이 민주노조를 만들기 위해 쓴 유인물입니다. 그만큼 글을 쓰지 않았던 거지요. 글을 쓰겠다고 마음먹은 적도 없었습니다. 좋은 글을 쓰려면 학교 선생이 시키는 대로 아름다우면서 어려운 말을 많이 써야 한다고 배웠기 때문입니다. 그래서 글은 아무나 쓰는 게 아닌 줄 알았지요.

유인물을 쓰면서 세상에 하고 싶은 말이 가슴에 많이 쌓였다는 걸 처음 알았습니다. "이렇게 하고 싶은 말이 많았는데 어찌 여태 참고 있었단 말인가" 싶을 정도로 말입니다. 글을 쓴 게 아닙니다. 오래 묵은 분노와 울분을 토해낸 것이지요. 글을 쓰면서 마음이 조금씩 가라앉는 걸 느꼈습니다. 어찌나 속이 시원한지 새처럼 날아갈 것 같았습니다.

태어나서 처음으로 노보(노동조합 소식지)에 시를 썼습니다. 시가 뭔지도 몰랐습니다. 그냥 하고 싶은 말을 짧게 쓰면 시가 되고, 길게 쓰면 산문이라 생각했습니다. 그 뒤로 '마창노련 1주년 기념 축시'와 '전노협 1주년 기념 축시' 들을 썼으며, 행사나 집회 때마다 '여는 시'를 써서 거리에서 낭독을 하기도 했습니다.

틈을 내어 산업재해 노동자들의 삶을 다룬 시도 많이 썼습니다. 현장에서 산업재해를 당해 손가락이나 손목이 잘려 나간 동지들이 보상은커녕 마음 편하게 치료조차 받지 못하고, 자본가들이 시키는 대로 죄인처럼 살아가는 모습을 보면서 화가 났습니다. 노동자들이 건강할 때는 돈 벌어 주는 '산업역군'이라 하고, 일하다 다쳐 쓸모없어지면 '산업쓰레기' 취급을 하는 자본가들과 그 아래 빌붙어 살아가는 간부들을 보면서 글을 쓰지 않고는 잠을 잘 수가 없었습니다. 저도 산업재해를 당해서 1년 넘도록 입원을 한 경험이 있어 그런 실정을 잘 안답니다.

그때 쓴 시들을 지금 읽어 봐도, 투박하지만 힘이 막 넘쳐흐르는 느낌을 받습니다. 글을 쓰면서 글이 세상을 만들어간다는 생각이 들었습니다. 여러분도 알듯이 지금 이 시대는 글이 없으면 사람 마음을 움직이는 영화도 연극도 연속극도 책도 노래도 만들지 못합니다. 그러니 글이 이 세상을 지배한다고 해도 지나친 말이 아니라 생각합니다.

일하는 사람이 글을 써야

오래전에는 글이 없어도 얼마든지 사람이 살 수 있었지요. 어머니가 아이들한테 불러주는 자장가도 훌륭한 시였고 노래였지요. 모를 심을 때 부르던 노래, 가을걷이 때 부르던 노래, 밥을 하면서 부르던 노래, 아궁이에 불을 때면서 부르던 노래들이 모두 시였습니다. 아무도 흉내 낼 수 없는 훌륭한 시였지요.

요즘 텔레비전 연속극을 보면 10~20년 전이나 지금이나 별로 달라진 게 없는 것 같아요. 만날 삼각관계에 놀아나는 그렇고 그런 이야기지요. 그날그날 볼 때는 무슨 깊은 뜻이 있는 것 같은데, 보고 나면 남는 게 하나도 없는 몹쓸 이야기가 판을 치지요. 제 이름을 알리거나 돈을 벌기 위해서 글을 쓰는 사람이 있다는 거지요.

이 세상에는 일하는 사람들의 감동스런 이야기가 얼마든지 있습니다. 그걸 발로 뛰며 찾아다니지 않고 방구석에 앉아 머리로만 글을 쓰는 작가들이 늘어나면 나라 꼴이 어떻게 되겠습니까? 이런 작가들이 발붙일 데가 없도록 일하는 사람들이 자기 삶을 글로 써서 스스로 역사를 만들어가야 합니다. 그러나 일하는 사람들은 날마다 길고 고된 노동에 지쳐 글을 쓸 수 없으니, 참 안타까운 일이지요. 더구나 글은 아무나 쓰는 게 아니라고 생각하는 게 더 큰 문제입니다.

일하는 사람이 글을 쓰지 않을 때 역사는 일하는 사람들의 것이 아닙니다. 일하지 않는 사람들이 글을 써서 역사를 만들어간다면, 역사도 일하지 않는 사람들의 것이 되지요. 그러니 일하는 사람들이 글을 써야 합니다.

우리나라 월간지 가운데 일하는 사람을 귀하게 여기고, 일하는 사람들이 글을 써서 만들어가는 '세상을 바꾸는 따뜻한 이야기'《작은책》이 있어요.《작은책》에 글을 쓰는 분 가운데 버스 기사를 하시는 안건모 씨(지금은《작은책》편집인 겸 발행인)가 있답니다. 인기 있는 분이지요. 나는 몇 년 동안 이분이 쓴 글을 가장 먼저 읽었습니다.

안건모 씨는 20년 동안 버스 운전을 하며 글을 써서 전태일문학상을 받은 글과, 신문과 잡지에 쓴 글을 모아《거꾸로 가는 시내버스》라는 책을 내기도 했습니다. 남들이 다 쉬는 명절이나 공휴일에도 일을 해야 하고, 정해진 시간을 맞추기 위해 위험한 줄 뻔히 알면서도 빨리 달려야 하고, 조금이라도 바른 말 하면 미움을 사서 언제 쫓겨날지 알 수 없는 버스 기사들의 일터 이야기를 읽으면 누구에게나 진한 감동과 안타까움과 슬픔이 밀려올 것입니다. 제가 만일 그분이 쓴 글을 읽지 않았더라면 아마 버스 기사를 함부로 낮추어 보고, 조금이라도 친절하지 않으면 마음속으로 욕을 했을 겁니다. 그 글을 읽고 저는 버스 기사를 존중하게 되었으며, 늘 고마운 마음으로 살아야겠다고 다짐했습니다. 이렇듯이 글쓰기는 삶을 나누는 것이고, 삶을 이해하는 것이고, 삶을 받아들이며 서로 섬길 수 있는 지름길입니다.

버스 기사뿐만 아니라 일하는 사람 모두 글을 써야 세상이 바뀝니다. 일하는 사람을 귀하게 여기는 세상을 우리 손으로 만들어야 합니다. 일하는 사람을 귀하게 여기면 저절로 자유와 평화가 우리 곁으로 다가옵니다. 무너진 농업이 다시 살아나 젊은이들이 농촌으로 돌아가서 농사를 짓고, 공장마다 기쁜 마음으로 일하게 되고, 오염된 환경이 저절로 살아나게 될 것입니다. 일하는 사람을 귀하게 여기면 전쟁도 사라질 것이고, 온갖 부정부패도 저절로 없어질 것입니다.

일하는 사람마다 자기가 살아온 이야기를 써 두었다가 유산으로 남겨 두면 좋겠습니다. 권력이나 재산은 물거품처럼 사라지는 것이지만 시련과 어려움을 딛고 살아온 이야기는 훌륭한 유산이 되리라 믿기 때문입니다. '일하는 사람들의 글쓰기'는 세상을 바꿀 수 있는 큰 힘이 될 뿐 아니라 역사가 되기도 합니다.

가끔 노동조합이나 시민사회단체에서 강의를 할 때, 이런 질문을 받습니다.

"노동자나 농민들은 밤늦도록 일하고 돌아오면 밥 먹기조차 귀찮을 때도 많은데, 왜 피곤하게시리 글까지 써야 합니까? 글은 쓰고 싶은 사람이나 쓰면 되지요. 우리는 읽어만 주면 안 되나요?"

저는 이런 질문을 하는 사람들에게 이오덕 선생님이 평범한 노동자를 위한 문예잡지 《노동문학》에 쓰신 글을 꼭 읽어드립니다.

우리나라의 모든 사람들은 똑같은 교과서로 글을 배웠다. 그 글은 일하면서 가난하게 살아가는 사람들의 눈으로 세상을 보고 생각한 글이 아니다. 교과서는 몸으로 일을 하지 않는 사람들의 머리로 만들어 낸 글로만 짜여 있다. 거기 설사 일하는 사람이 나온다고 하더라도 그것은 일하지 않는 사람의 눈으로 본 노동자이거나 하나의 풍경거리로 되어 있는 농민에 지나지 않는다. 이런 글만 읽고, 또 이런 글만 따라서 쓰도록 한 것이 우리가 받은 교육이었다.

그 결과는 어찌 되었는가? 책에도 텔레비전에도 나올 수 없는 사람들의 가난한 삶은 부끄럽게 여기고 덮어 감추게 되었다. 그 대신 높은 자리에 앉은 사람들, 팔자 좋게 잘 먹고 잘 입고 구경이나 하면서 살아가는 사람들을 높이 보고 부러워하여 자기도 그런 사람이 되기만 꿈꾼다. 가난하게 살아가는 부모들과 형제들, 이웃과 겨레를 멸시하는 노예의 감정을 가지게 된 것도 이 때문이다.

이렇게 해서 잘못된 교육과 사회 환경으로 말미암아 우리나라의 거의 모든 사람들은 — 적어도 사람답게 살아가려고 애쓰는 깨어난 일부 사람들을 제쳐 놓고는 — 어른이고 아이고 그 정도의 차이는 있겠지만 모두 정신이 분열된 환자같이 되어 있다고 본다. 자기의 삶을 멸시하고 열등시하면서 전혀 용납될 수 없는 이질적인 꿈만 쫓고 살아가는 허망한 정신병자들!

그렇다. 이제 일하는 사람들은 글을 써서 사람 노릇을 해야 한다. 일하는 사람도 얼마든지 글을 쓸 수 있다는 것을 보여 주어야 한다. 아니, 일하는 사람이 쓴 글이야말로 진짜 살아 있는 글임을 보여야 한다. 그리고 일하는 사람이 쓰는 글은 글에서 배운 글이 아니라 삶에서 나온 글, 살아 있는 말로 씌어진 글, 말과 글이 하나로 된 글임을 보여 주어야 한다. 그래서 글을 따라 끌려 다니다가 짓밟혀 시들어 가는 우리의 말을 살려야 한다. 그래서 우리 겨레의 말을 살릴 뿐 아니라 우리의 글로 문학도 살려야 한다.

문학을 살린다고 했는데, 이것은 헛소리가 아니다. 앞에서 소설가들, 시인들이 밤낮 책상에 앉아 남의 삶을 대신 표현하는 글을 쓴다고 했는데, 이제 문인들이 그런 대리 표현의 수고를 좀 덜 해도 되도록, 안 해도 되도록 일하는 사람들 스스로 자기 표현을 해야 한다. 일하는 사람의 삶과 그 삶의 감정은 누구보다도 그 당자인 일하는 사람들이 가장 자세하고 정확하게 나타낼 수 있다. 그래서 지난날의 소설 문학이나 시 문학이 전반적으로 빠져 있었던 제멋대로의 값싼 상상이나 겉

멋 부리는 글재주에서 우리의 문학을 살려낼 수 있을 것이다.

　이 땅에 진짜 민주주의를 뿌리내리게 할 수 있는 사람은 일하는 사람들이다. 그리고 우리 말과 글을 살려낼 사람도 일하는 사람들이다. 일하는 사람이야말로 하고 싶은 이야기를 감당할 수 없도록 많이 가졌고, 살아 있는 말을 쓰는 이 땅의 주인이기 때문이다.

왜 일하는 사람이 글을 써야 하는지 더 이상 설명하지 않아도 되리라 생각합니다. 일하는 사람들의 가슴속에 그동안 하고 싶었던 말이 얼마나 많이 쌓여 있겠습니까? 일터에서 일어나는 억압과 간섭과 부조리들, 이웃과 동료들 이야기, 식구들 이야기, 살아온 이야기, 아이들한테 꼭 들려 주고 싶은 이야기, 늙고 병든 부모님에 대한 생각, 앞으로 하고자 하는 일과 남모르게 쌓인 고민들까지 다 풀어내고 나면 속이 얼마나 시원하겠습니까?

　서로 하고 싶은 이야기를 나누다 보면 '좋은 길'이 보이고 살아가는 데 큰 힘이 되지 않겠습니까? 생각과 삶을 나누다 보면 서로 존중하게 될 것이고, 존중하며 살다 보면 서로 사랑하게 될 것입니다. 이렇게 마음과 마음이 이어지면 가정이 살고, 사회가 살고, 나라와 겨레가 삽니다. 그런 좋은 세상이 오면 우리 모두 행복한 삶을 누릴 수 있지 않겠습니까?

　'삶을 가꾸는 글쓰기'는 돈 한 푼 들이지 않고 흐트러진 마음을 하나로 이어 주고 행복을 누리게 해줍니다. 혼자만의 시간을 가질 수 있는 용기 있는 사람은 누구나 글을 쓸 수 있습니다.

삶을 가꾸어준 시

여러분들도 어릴 때 좋아하던 시가 있겠지요. 아무리 시를 모르는(?) 사람이라 할지라도 한두 편 정도는 외울 수 있으리라 믿습니다. 제가 초등학교 때부터 좋아했던 시는 윤동주 시인이 쓴 〈서시〉입니다. 그때부터 지금까지 제게 가장 큰 영향을 준 시입니다. 세상 욕심에 마음이 흔들릴 때마다 〈서시〉를 외우며 부끄럼 없이 살자고 다짐을 했습니다.

몇년 전, 아들 녀석들과 시에 대한 이야기를 나누었습니다. 아버지는 어릴 때 어떤 시를 가장 좋아했느냐고 묻기에 윤동주 시인이 쓴 〈서시〉라고 말했습니다. 그리고 시를 천천히 읽어주면서 한 자도 안 틀리고 외우면 특별용돈을 주겠다고 했더니 아이들은 금세 다 외웠습니다.

　　죽는 날까지 하늘을 우러러
　　한 점 부끄럼이 없기를,
　　잎새에 이는 바람에도
　　나는 괴로워했다.
　　별을 노래하는 마음으로
　　모든 죽어가는 것을 사랑해야지.
　　그리고 나한테 주어진 길을
　　걸어가야겠다.

　　오늘밤에도 별이 바람에 스치운다.

그로부터 3~4년 뒤, 아들 녀석이 초등학교 졸업 낙서장에다가 "친구들아! 졸업 기념으로 우리 아버지가 좋아하는 시 한 편 남기고 갈란다" 하고는 〈서시〉를 한 자도 틀리지 않게 써 놓았답니다. 그때 일을 떠올리면 아직도 가슴이 따뜻해져 옵니다. '언젠가 이 애비가 늙어 죽어도, 애비가 좋아하던 시 한 편은 가슴에 지니고 살겠구나' 하고 생각해 봅니다. 시 한 편이 오랜 세월 남아서 아버지와 아들 사이를 이어줄 수 있다면, 그 어떤 유산보다도 값지지 않겠습니까?

여러분들도 틈이 나면 좋아하는 시를 아이들에게 들려 주시기 바랍니다. 시를 쓴 시인이 이 세상 사람이 아니라면, 어떤 시대에 태어나 어떤 삶을 살다 돌아가셨는지, 시 한 구절 한 구절마다 어떤 뜻을 담고 있는지도 알려 주면 더 좋겠지요. 먼 훗날 부모는 죽어 흙이 되어도, 후손들이 부모가 좋아하던 시 한 편을 떠올리며 삶을 가꾸어 나갈 수 있다면 그보다 더 아름다운 일이 어디 있겠습니까.

두 번째로 제 삶에 영향을 끼친 시는 37세로 세상을 떠난 알렉산더 푸슈킨이 쓴 〈삶이 그대를 속일지라도〉입니다.

삶이 그대를 속일지라도
슬퍼하거나 노여워하지 말라.
슬픈 날을 참고 견디면
즐거운 날이 찾아오리라.

마음은 미래를 바라니
스쳐가는 슬픔은 끝이 있으리라.
모든 것은 순식간에 사라지고
기쁨이 내일 돌아오리라.

이 시를 마음속에 지니고 살 때는 집집마다 밥조차 먹고 살기 어려웠던 시절(1960~80년)이었습니다. 문방구, 액자 가게, 거울 가게, 유리 가게, 철물점, 구멍가게까지 이 시가 들어 있는 액자를 팔았습니다. 이 액자를 사서 결혼선물, 개업선물, 생일선물 들을 했으니까요. 굶주리지 않고 사는 것만으로도 큰 행복이라 여겼던 힘겨운 시절에, 많은 사람들이 이 시를 외우며 힘과 용기를 얻었습니다. 스쳐가는 슬픔은 끝이 있을 거라고, 머지않아 즐거운 날이 오리라고….

저는 그때 "삶이 그대를 속일지라도 / 슬퍼하거나 노여워하지 말라 / 슬픈 날을 참고 견디면 / 즐거운 날이 찾아오리라"라는 부분을 "삶이 그대를 속이면 / 슬퍼하고 노여워하라 / 슬픈 날을 함께 떨쳐 일어나면 / 즐거운 날이 찾아오리라"라고 바꾸어 읽기도 했습니다.

세 번째로 제 삶에 영향을 끼친 시는 박노해 시인이 쓴 〈이불을 꿰매면서〉입니다.

이불호청을 꿰매면서
속옷 빨래를 하면서
나는 부끄러움의 가슴을 친다

똑같이 공장에서 돌아와 자정이 넘도록
설거지에 방청소에 고추장단지 뚜껑까지
마무리하는 아내에게
나는 그저 밥달라 물달라 옷달라 시켰었다

동료들과 노조일을 하고부터
거만하고 전제적인 기업주의 짓거리가
대접받는 남편의 이름으로
아내에게 자행되고 있음을 아프게 직시한다

명령하는 남자, 순종하는 여자라고
세상이 가르쳐준 대로
아내를 야금야금 갉아먹으면서
나는 성실한 모범근로자였다

노조를 만들면서
저들의 칭찬과 모범표창이
고양이 꼬리에 매단 방울소리임을,
근로자를 가족처럼 사랑하는 보살핌이
허울좋은 솜사탕임을 똑똑히 깨달았다

편리한 이론과 절대적 권위와 상식으로 포장된
몸서리쳐지는 이윤추구처럼
나 역시 아내를 착취하고
가정의 독재자가 되었었다

투쟁이 깊어갈수록 실천 속에서
나는 저들의 찌꺼기를 배설해낸다

노동자는 이윤 낳는 기계가 아닌 것처럼
아내는 나의 몸종이 아니고
평등하게 사랑하는 친구이며 부부라는 것을
우리의 모든 관계는 신뢰와 존중과
민주주의적이어야 한다는 것을
잔업 끝내고 돌아올 아내를 기다리며
이불호청을 꿰매면서
아픈 각성의 바늘을 찌른다

잔업을 마치고 돌아올 아내를 기다리며 남편이 이불호청을 꿰맨다는
시입니다. 그냥 심심해서 이불호청 꿰맨다는 시가 아니고 "아픈 각성의
바늘을 찌른다"는 시입니다.

저는 삼남 삼녀 가운데 다섯 번째입니다. 위로 형님 한 분과 누님 세 분
이 있고 그 다음에 제가 태어났습니다. 딸 셋을 줄줄이 낳은 다음에 제가
태어났지요. 그 다음에도 딸이 태어나면 내다버릴 거라 말했다는 무서운
(?) 아버지 밑에서 자랐습니다. 여자들은 남자들과 밥상에 함께 앉지도 못
하고, 남자들은 부엌에 얼씬거리지도 못했던 시절이었어요.

"제 버릇 개 주기 어렵다"고, 저는 혼인을 하고 부엌에 한 번도 들어가
지 않았습니다. 바느질 한번 해본 적도 없었지요. 집안일은 마땅히 여자
인 아내가 해야 한다고 배웠고, 그렇게 살아왔습니다. 그런 제가 〈이불을
꿰매면서〉란 시를 읽고 '아, 남자도 이불호청을 꿰매는구나!' 싶더군요.

그때부터 제 생각과 행동이 많이 바뀌었습니다. 친구들이나 일터 동료
들이 찾아올 때, 아내가 피곤하면 쉬게 하고 제 손으로 술상을 차리기도
하고, 방을 닦고, 옷을 빨기도 했습니다. 처음엔 아내를 도와준다는 마음
으로 하다가, 이제는 마땅히 한 식구로서 해야 할 일을 한다는 생각을 하
게 되었으니 그때에 견주면 철이 많이 든 셈이지요. 시 한 편이 자신도 모
르게 비뚤어진 제 삶을 돌아보게 했습니다.

그 다음으로 김남주 시인이 쓴 시를 좋아했습니다. 1987년부터 최루탄 쏟아지는 거리에 나가 군부독재와 맞서 싸우면서, 그분이 쓴 시를 읽으면 없던 힘까지 생겼습니다. 20년이 훨씬 지난 지금도 그분이 쓴 시를 읽으면 '자라나는 아이들에게 좋은 세상을 물려주려면 이래 살아서는 안 되지' 하는 생각에 정신이 번쩍번쩍 듭니다.

제가 1992년에 전태일문학상을 받을 때 김남주 시인이 심사를 하셨는데, 2년 뒤인 1994년 2월 13일, 마흔여덟 젊은 나이에 긴 투옥생활의 후유증과 지병으로 돌아가셨습니다. 자주 만나 이야기를 나누지는 못했지만 어찌나 마음이 아픈지 며칠 동안 밥이 목으로 넘어가지 않았습니다. 김남주 시인은 제게 마음의 스승이며 동지고 벗이었기 때문입니다. 김남주 시인이 쓴 〈함께 가자 우리 이 길을〉이란 시는 모르는 사람이 없을 만큼 널리 알려진 시입니다. 이 시는 노래로 만들어져 시민사회단체나 천주교회에서도 학생들에게 가르치고 있답니다.

함께 가자 우리 이 길을
셋이라면 더욱 좋고 둘이라도 함께 가자
앞서가며 나중에 오란 말일랑 하지 말자
뒤에 남아 먼저 가란 말일랑 하지 말자
둘이면 둘 셋이면 셋 어깨동무하고 가자
투쟁 속에 동지 모아 손을 맞잡고 가자
열이면 열 천이면 천 생사를 같이하자
둘이라도 떨어져서 가지 말자
가로질러 들판 산이라면 어기여차 넘어주고
사나운 파도 바다라면 어기여차 건너주자
고개 너머 마을에서 목마르면 쉬었다 가자
서산낙일 해 떨어진다 어서 가자 이 길을
해 떨어져 어두운 길
네가 넘어지면 내가 가서 일으켜주고

내가 넘어지면 네가 와서 일으켜주고

산 넘고 물 건너 언젠가는 가야 할 길 시련의 길 하얀 길

가로질러 들판 산이라면 누군가는 이르러야 할 길

해방의 길 통일의 길 가시밭길 하얀 길

가다 못 가면 쉬었다 가자

아픈 다리 서로 기대며

독재 권력이 미친 듯이 최루탄을 퍼붓던 거리에서 외롭고 힘들 때마다, 사람들과 부대끼고 치여 스스로 무너질 때마다, 그 시 한 편이 저를 일으켜 세웠습니다. "가다 못 가면 쉬었다 가자"며 제 손을 잡아주었습니다.

살아 있는 우리말

1990년 봄, 저는 오랫동안 살던 창원에서 진주로 이사를 갔습니다. 그때 진주에는 '책마을'이란 책방이 있었습니다. '책마을'은 여태훈 선생이 운영하던, 진주에서 하나밖에 없는 열린 책방이었지요. 돈이 없어도 누구나 하루 내내 책을 볼 수 있도록 헌책을 모아 꽂아 두었습니다. 새로 나온 책들 가운데 좋은 책만 가려 팔기도 하는 좋은 책방이었지요. 모두 돈벌이에 눈먼 세상에 이런 책방이 도시에 있다는 게 큰 힘이었습니다.

그 책방에서 제가 처음으로 돈을 주고 산 책이 《우리글 바로쓰기 1》입니다. 여러분 가운데도 그 책을 읽은 분이 있을 겁니다. 이오덕 선생님이 오랜 노력 끝에 펴낸 귀한 책이지요. 그 책 속에 이런 글이 있었습니다.

우리말은 5천 년 전 농경시대에 생겨난 말이다. 우리 선조들은 농사 일을 하는 가운데 우리말을 만들었고, 농업의 발달과 함께 겨레말은 발달한 것이다. 농민이 쓰는 말은 우리 겨레말의 뿌리요 둥치요 가지요 잎이요 꽃이요 열매다.

이 농민의 말, 곧 겨레의 말은 조선조 초기에 우리 글자를 창제함에 따라 비로소 글로 옮겨 쓸 수 있게 되었다. 겨레말이 겨레의 글로 될

수 있는 역사가 시작된 것이다.

　그러나 농사일을 몸으로 하지 않고 살던 왕조시대의 벼슬아치와 양반들은 우리 글자가 생겨나기 전부터 중국글자를 익혀서 썼다. 중국글자로 책을 읽고, 시문을 짓고, 자녀교육을 하고, 관청의 모든 문서를 중국글자로 쓰고, 편지까지 중국글자로 썼다. 그래서 중국글을 모르는 사람들, 우리말밖에 모르는 농민들 위에 올라앉았다. 한글이 생겨난 이후에는 그 한글을 천시하고, 한글을 쓰는 농민들이나 부녀자들을 멸시하였다.

　어렴풋이 알고는 있었지만, 선생님이 쓴 글을 읽고 나서 우리말을 왜 살려 써야 하는지 깊이 깨달았습니다. '내가 여태 신문이나 잡지에 쓴 글이 얼마나 엉망진창이었을까' 하고 생각하니 부끄러워 쥐구멍이라도 있으면 들어가고 싶었습니다. 그래서 앞으로 농부들이 하는 말씀을 잘 듣고 적어서, 그 말씀을 배우고 익혀야겠다고 마음먹었습니다. 그래야 살아 있는 글을 쓸 수 있을 테니까요.

　사람들은 제가 쓴 시는 술술 잘 읽힌다고 합니다. 진주에 살 때 뜻있는 분들과 몇년 동안 '우리말우리글살리는모임'을 하며《우리글 바로쓰기》,《우리 문장 쓰기》,《우리말과 글에 쏟아진 사랑》,《우리말·글은 우리 얼을 담는 그릇이니》,《부끄러운 아리랑》과 같은 책을 읽고 배운 '덕'이라 생각합니다. 그리고 우리말 공부를 하면서부터 글을 쓸 때마다《국어사전》과《고치고 더한 쉬운 말 사전》을 늘 곁에 두고, 서로 견주어 보았습니다.

　그때, 〈편지 한 장〉이라는 시를 쓰면서 '지독히도 가난한 시집살이'를 '찢어지게 가난한 시집살이'로 바꾸었던 기억이 납니다. 입에 풀칠하기도 어려운 가난을 옛날에는 '똥구멍 찢어지게 가난했다'고 하더군요. 이런 살아 있는 말은 학교 공부를 가장 적게 한 농촌 할머니들이 잘 알고 계시더군요. 낱말 하나 바꾸고 나니 죽었던 시가 펄펄 살아나는 것 같았습니다. 더구나 시를 쓸 때는 백성들이 가장 즐겨 쓰는 말을 써야 감동이 있구나 싶었습니다.

프랑스에서 공부하는 친구는 담당 교수가 다섯 번이나 논문을 고쳐오라고 하기에 까닭을 물었더니, 논문을 초등학생도 이해할 수 있도록 쉽게 써오라고 하더랍니다. 모든 글을 초등학생이 이해할 수 있도록 쓸 수는 없습니다만, 다음은 그런 마음가짐으로 글을 써야 한다는 걸 그때 깨닫고 쓴 시입니다.

우리말 사랑 1

자고 일어나
달리기를 하면 발목 삘까 봐
조깅을 한다.
땀이 나
찬물로 씻으면 피부병 걸릴까 봐
냉수로 샤워만 한다.
아침밥은 먹지 못하고
식사만 하고
달걀은 부쳐 먹지 않고
계란 후라이만 해 먹는다.

일옷은 입지 않고
작업복만 골라 입고
일터로 가지 않고
직장으로 가서
일거리가 쌓여 밤샘일은 하지 않고
작업량이 산적해 철야 작업을 하고
핏발 선 눈은
충혈된 눈이 되어 집으로 돌아가면

아내는 반찬을 사러
가게로 가지 않고
슈퍼에 간다.

실컷 먹고 뒤가 마려우면
뒷간으로 가지 않고
화장실에 가서
똥오줌은 누지 않고
대소변만 보고 돌아와
오랜만에 아내와 마주 앉아
얘기를 나누다 잠이 들면 될 텐데
와이프와 마주 앉아
대화를 나누다 잠이 든다.

우리말 사랑 4

가난하고 못 배운 사람들 죽으면
사망했다 하고
넉넉하고 잘 배운 사람들 죽으면
타계했다
별세했다
운명을 달리했다 하고
높은 사람 죽으면
서거했다
붕어했다
승하했다 한다.

죽었으면 죽은 거지
죽었다는 말도
이렇게 달리 쓴다, 우리는

나이 어린 사람이면 죽었다
나이 든 사람이면 돌아가셨다
이러면 될 걸.

처음엔 시라고 쓴 게 아닌데, 많은 사람들이 읽고 좋아하더군요. 한글날에는 여러 학교와 단체에서 이 시를 복사하여 사람들에게 나누어 주거나 대자보를 만들어 벽에 붙였다고 합니다.

우리가 읽는 글 가운데 일하지 않는 사람들이 쓴 글이 얼마나 많은지 모릅니다. 일하지 않는 사람들은 가슴으로 글을 쓰지 않고 머리(지식)로 글을 쓰기 때문에 글이 어렵습니다. 그래서 일하는 사람들이 읽기가 어렵습니다. 그렇다면 누가 글을 써야 하겠습니까? 말씀드리지 않아도 답은 이미 나와 있지 않습니까?

여러분 가운데서도 시를 쓰거나 앞으로 쓰고 싶은 분들이 있지요? 아무리 바쁘게 살아가는 분이라도 시는 누구나 쓸 수 있습니다. 시는 소설처럼 그렇게 많은 시간이 필요한 것이 아니기 때문입니다.

삶과 시

언젠가 식구들과 동무들에게 앞으로 일하면서 시를 써야겠다고 했더니 "너는 어찌 하고 싶은 일마다 돈이 안 되는 일이냐" 하고 놀려댔습니다. 그러나 저는 누구보다 잘 알고 있습니다. 사람이 한평생 살면서 하고 싶은 일을 하고 산다는 것이 얼마나 행복한지 말입니다. 그리고 젊은 시절부터 제 나름대로 신념이 있습니다. 저는 부모형제와 동무들이 모두 두 손 들고 반대하는 일이, 이 사회에서 없어서는 안 될 소중한 직업이라 생각하며 살아왔습니다. 열네 살 때부터 노동 현장에서 그리고 지금은 농촌 들녘에서 땀 흘려 일하며 살고 있습니다. 누가 시켜서 그렇게 살아온 것이 아닙니다. 모든 일은 스스로 선택한 것입니다.

사람들이 서로 하려는 직업을 가만히 살펴보면 뻔히 속이 보이지요. 위험하지 않고, 땀 흘리지 않고, 깨끗하고, 돈 많이 벌 수 있고, 편하고, 안정된 삶을 보장해 주는 직업이지요. 이 사회에서 참으로 소중하고 없어서는 안 될 농부와 노동자는 부모나 교사들도 되도록이면 되지 말라고 합니다. 돈 없고 못 배운 사람들이나 하는 일이라면서 말입니다. 이야기가 엉뚱한 곳으로 흘렀습니다. 어쨌든 조금 삐딱하게 살아야 자기가 가고자 하는 길을 당당하게 갈 수 있다는 말씀을 드리고 싶습니다.

삐딱하게 살았던 동무가 있었습니다. 가난한 집안에서 어렵게 공부해서 교사가 된 동무가 '전국교직원노동조합(전교조)'에 가입을 했습니다. 그날 이후로 교장에게 찍혀 온갖 욕설과 모욕을 당하면서도 참교사의 길을 걷기 위해 참아냈답니다. 그 어려운 고비를 넘기기 위해 밤마다 교장에게 욕을 퍼부었습니다. 말로 퍼부은 것이 아니라 공책에 하고 싶은 욕을 쓴 것이지요. '욕 공책'이 한 해에 세 권이나 되었답니다. 스스로 마음을 다스리기 위해 글(욕)을 쓴 것이지요.

날이 갈수록 자살하는 사람들이 늘어난다고 합니다. 마음을 터놓고 얘기할 데가 없으니 자살하는 것이겠지요. 자기 마음을 솔직하게 드러내 놓고 얘기할 데가 없으니 기가 차고 기가 막혀 자살하는 것이지요. 어릴 때부터 자기 마음을 다스리는 글쓰기를 했더라면, 그래서 맺힌 마음을 풀었다면 어땠을까요? 글쓰기는 유명 작가가 되어 돈을 버는 게 목적이 아니라, 첫째도 둘째도 자기 삶을 가꾸기 위한 것입니다. 시인이 되고 소설가가 되는 것은 그 다음 문제인 것이지요.

우리는 여태 얼마나 엉터리 교육을 받았는지 모릅니다. 보기를 들면 미술시간에 집을 그릴 때, 우리도 모르게 지붕부터 그렸습니다. 그런데 집을 짓는 사람들은 지붕부터 그리지도 않을 뿐더러, 지붕부터 짓지도 않습니다.

글쓰기를 어려워하는 까닭이 무엇이라고 생각합니까? 일기를 쓸 때도 한바닥 가득 채워야 '수'를 받고 동그라미 다섯 개를 받던 기억이 날 것입니다. 하고 싶은 이야기를 쓰지 못하고 늘 지어내는 글을 배우고 썼습니다. 선생님이나 어른들의 마음에 드는 글을 잘 꾸며서 억지로 쓰는 버릇이 들어 어른이 된 지금도 글쓰기가 두려운 것입니다. 제가 쓴 시 가운데 학생들이 좋아하는 시 한 편을 읽어보겠습니다.

기다리는 시간

나는
사람을 기다리는 시간이 좋다.

사람을 기다리다 보면
설레는 마음
시간 가는 줄 모른다.

만나기로 한 사람이 오지 않으면
여러 가지 까닭이 있겠지 생각한다.

내가 사람들에게
마음 놓고 베풀 수 있는 것은
사람을 기다려 주는 일

내가 사람들에게
마음 놓고 베풀 수 있는 것은
다음에 또 기다려 주는 일

나는
사람을 만나는 일보다
사람을 기다리는 시간이 좋다.

저는 마산시 월영동 아주 가난한 산골 마을에서 살았답니다. 사람들이 '달동네'라고 부를 만큼 가난한 동네였지요. 집안이 워낙 가난하여 열네 살 때부터 낮에는 공장에 다니고 밤에는 야간학교를 다녔답니다. 공장에서 일할 때 마침 나이가 같은 '송치성'이란 동무와 참 친하게 지냈지요. 그 동무도 저처럼 집안이 가난하여 공장에서 일을 했습니다. 비슷한 처지라 우린 한 형제처럼 잘 지냈습니다.

어느 날 그 동무가 여러 가지 까닭으로 고향인 부산으로 가버렸답니다. 이 세상에서 진실되고 정직한 동무를 만난다는 게 그리 쉬운 일이 아니지요. 외로울 때나 무슨 고민이 있을 때에도 늘 가까이 있던 동무라, 헤어지고 나서도 편지를 주고받으며 지냈습니다. 그 시절에는 삐삐도 없고 휴대폰이나 컴퓨터도 없던 때라 편지말고는 주고받을 게 없었지요. 몇년 동안 주고받은 편지가 큰 가방에 가득했어요. 참 아름다운 시절이었지요.

저는 그 동무 덕에 가끔 부산 구경을 했습니다. 어느 겨울, 함박눈이 펑펑 쏟아지는 날이었어요. 하필 그 동무와 만나기로 약속한 날이었지요. 미리 편지로 약속한 날이라 안 갈 수도 없어 버스를 타고 마산에서 부산으로 갔답니다. 그런데 눈이 많이 내리는 바람에 길이 미끄러워 약속 시간보다 세 시간이나 늦게 닿았답니다. 우리가 만나기로 한 곳이 시외버스 주차장 옆 전봇대 앞이었어요. 다방에서 만나는 것을 싫어했거든요. 다방에는 마치 놈팽이나 가는 것처럼 생각했으니까요.

동무를 만나러 가는 버스 안에서 저는 이런 생각을 했답니다. '약속 시간보다 세 시간이나 늦었으니 기다리다 지쳐서 돌아갔겠지, 약속도 제대로 지키지 못하는 놈이라고 툴툴거리며 돌아갔을 거야.' 그런데 창밖을 보니 동무가 눈을 펄펄 맞으며 기다리고 있었어요. 그것도 아주 밝은 얼굴로.

"어, 기다리다 지쳐 돌아간 줄 알았는데?"

"돌아가긴 왜 돌아가. 정홍이 너 기다리면서 얼마나 즐거웠는데. 걱정도 하면서."

"그래도 그렇지, 어찌 세 시간이나 기다릴 수 있냐? 나 같으면 벌써 돌아갔을 텐데."

"기다리는 데 돈이 드는 것도 아니잖아. 그리고 말이야, 나는 같은 도시에 사는 사람은 한 시간 남짓 기분 좋게 기다릴 수 있고, 다른 도시에서 오는 사람은 세 시간 남짓 기분 좋게 기다릴 수 있어. 너도 알듯이 내가 잘하는 게 없잖아, 베풀 만큼 가진 것도 없고, 이렇게 기다려주는 거말고 는."

이런 동무의 여유롭고 아름다운 마음을 담아서 쓴 시가 바로 〈기다리 는 시간〉이예요. 이 시를 읽은 독자들이 가끔 편지도 보내주고 전화를 하기도 해요. 어떤 사람은 사람을 기다리는 시간이 어찌 즐거울 수 있냐고 말하기도 하고, 어떤 사람은 그 시를 읽고 사람 기다리며 짜증을 냈던 자신이 부끄러웠다고 말했답니다. 앞으로는 사람을 기다릴 때는 기쁜 마음으로 기다려야겠다고 하더군요.

저도 그 시를 쓰면서 제 삶을 뒤돌아보게 되었습니다. 사람을 소중하게 여기고 기쁜 마음으로 만나고 헤어지자고 다짐을 하기도 했지요. 30년이 훨씬 지난 지금도 저는 그 동무를 떠올리면 마음이 평화롭고 느긋해져요. 이렇게 작고 평범한 삶 속에 기쁨이 있고, 그 기쁨 속에 시가 있는 것이지요.

첫 시집을 낸 뒤에

첫 번째 시집 《58년 개띠》(보리)는 노동현장에서 15년 남짓 틈틈이 쓴 시를 모은 시집입니다. 그다음 해에 자녀교육 이야기 《아무리 바빠도 아버지 노릇은 해야지요》(보리)를 냈습니다. 늘 바쁘다는 핑계로 아버지 노릇을 제대로 하지 못해서 뉘우치는 마음으로 쓴 글이지요.

그리고 두 번째 시집 《아내에게 미안하다》(실천문학사)는 제목 그대로 아내에게 미안해서 쓴 시들입니다. 혼인하고 20년이 지난 지금까지 생활비 한번 넉넉하게 준 일이 없고, 틈만 나면 사람들 데리고 와서 밥상과 술상을 차리게 만들었어요. 그래서 '공식적으로' 미안하다고 말해 놓아야 덜 미안할 것 같았지요. 예나 지금이나 아버지 노릇, 남편 노릇, 사람 노릇, 무엇 한 가지라도 제대로 잘하는 게 없으니 무어라 할 말이 없습니다.

2008년에 펴낸 세 번째 시집 《내가 가장 착해질 때》(나라말)는 10년 남짓 생명공동체운동을 하며 틈틈이 농사지으며 펴낸 시집입니다. 도시에서 노동자로 살다가 농부가 되어 쓴 첫 시집이라 첫 번째 시집과 두 번째 시집과는 내용이 다릅니다. 처참하게 무너지는 우리 농촌 마을이 그대로 들어 있으니까요.

누구나 제 시를 읽으면 부끄럽게 살아온 제 모습을 훤히 볼 수 있을 것입니다. 글쓰기는 자신의 잘난 데를 드러내는 것이 아니라, 부끄러운 데를 드러내는 것이지요. 그러니 글쓰기는 마음을 다스려, 한 발 한 발 세상 속으로 나아가기 위한 훈련이라는 생각이 듭니다.

제가 운이 좋은지 복이 많은지 모르겠습니다만, 뜻밖에도 많은 독자들한테서 편지와 전화를 받았습니다. 그 가운데 어느 아주머니와 전화로 주고받은 이야기를 들려드리겠습니다.

"여보세요, 서정홍 시인입니까?"

"예, 그렇습니다만….."

"저는 시인님과 같은 58년 개띠입니다. 한평생 시집을 사본 적이 없었는데요. 어제 처음으로 시집을 샀습니다. 시집 제목이 얼른 눈에 들어와 샀습니다."

"보잘것없는 시집을 돈을 주고 사주셔서 고맙습니다."

"보잘것없다니요? 시집을 사서 어젯밤부터 오늘 새벽까지 몇 번을 읽었습니다. 어찌나 눈물이 흐르던지, 겨우 읽었습니다."

"……."

"저는 혼인한 지 올해 15년째입니다. 아들딸도 있고요. 10년을 하루같이 남편과 혼인한 것을 후회만 하고 살았습니다."

"왜 그렇게 후회만 하고 사셨습니까?"

"제 말씀 좀 들어보십시오. 맞선을 볼 때 남편 될 사람이 대기업에 다닌다고 하기에 옳거니, 먹고사는 데 큰 걱정하지 않아도 되겠구나 싶었지요. 그보다는 대기업에 다닌다니까 하얀 와이셔츠에 넥타이를 매고 출퇴

162

근하는 줄 알았어요. 그런데 혼인하고 일주일 만에 남편이 가져온 작업복은 기름때와 땀내가 그득하고 여기저기 용접불똥에 구멍이 숭숭 뚫려 있었습니다. 그 작업복을 보는 순간 '내가 속아서 혼인을 했구나!' 하는 생각이 들더군요. 그래서 그날부터 이날까지 속았다는 마음으로 살았습니다."

"아니, 용접공이 어때서요? 그리고 하얀 와이셔츠에 넥타이를 매고 출퇴근하는 신랑을 만났으면 날마다 와이셔츠 빨고 다리느라 얼마나 힘이 들었겠어요."

"여태 살면서 그런 생각을 한 번도 한 적이 없어요."

"왜요?"

"제 꿈은 하얀 와이셔츠에 넥타이를 매고 출퇴근하는 사람과 혼인하는 거였으니까요."

"그래서 여태 후회만 하고 사셨군요."

"맞아요. 남의 집 옥상에 널어놓은 와이셔츠만 보면 이런 생각을 했어요. '나는 언제쯤 내 남편 하얀 와이셔츠를 빨아 옥상 빨랫줄에 널어보나' 하고요. 후회해 봤자 헛일이란 걸 잘 알지요. 아이도 낳고, 이혼할 처지도 못되고 하니 그냥 그럭저럭 살다가 이날까지 왔답니다."

"참, 제게 전화를 거신 까닭이…."

"아 참, 저는 서울에 사는 진석이 엄마예요. 어제 교보문고 들렀다가 《58년 개띠》 시집을 사서 읽고 용기를 내어 전화를 걸었습니다."

"제 전화번호를 어떻게 아셨습니까?"

"출판사에 전화를 걸어 사정사정해서 알아냈어요. 그 시집을 읽고 내가 정말 헛살았다는 생각이 들어 이렇게 전화를 드리는 거예요."

"여태 참고 살아오시느라 얼마나 애를 쓰셨는데, 헛살긴 왜 헛살아요."

"그 시집을 읽고 기름때와 땀내가 그득하고 여기저기 용접불똥에 구멍이 숭숭 뚫린 남편 작업복이 얼마나 소중한지 처음 깨달았어요. 오늘 아침에 일터로 가는 남편의 거친 손을 잡고 펑펑 울고 싶었어요. 그리고 잘

못했다고 빌고 싶었어요. 남의 집 옥상 빨랫줄에 널린 하얀 와이셔츠를
바라보며 헛꿈만 꾸고 살아온 지난 세월이 부끄럽고 또 부끄러웠어요."

"울지 마세요, 아주머니. 다 지난 일인 걸요."

"서정홍 시인에게 전화를 걸어 제가 다시 태어났으니 고맙다는 인사를
드리고 싶어 실례를 무릅쓰고 이렇게 전화를 드리는 거예요."

"보잘것없는 시집을 읽고 이렇게 전화까지 해주시다니요. 제가 고맙지
요."

아주머니의 전화를 받고, 시인이 되길 참 잘했다는 생각이 들었습니다.
내 못나고 서툰 시 한 편이 어느 누군가의 가슴에 닿아 맺힌 마음이 풀어
진다면 얼마나 신나는 일입니까. 이런 마음이 담긴 전화와 편지를 받으면
아무리 힘들어도 시를 써야겠다는 생각이 들고 힘이 불쑥불쑥 납니다.
참, 그 아주머니가 《58년 개띠》 시집 속에서 가장 좋아하는 시는 〈아들에
게 2〉랍니다.

아들아
아비의 손을 보아라.
마디마다, 지문 속까지
기계 기름에 얼룩진 손이란다.

예전에는
아비 스스로
이 손이 싫어서
남에게 드러내기를
싫어했단다.

내 손을 보면
까무잡잡한 농촌 아가씨마저
얼굴을 돌리고

사람대접 한번 받지 못했단다.

아들아
아비의 손을 보아라.
이제는
이 손이 자랑스러워
남에게 드러내기를
즐긴단다.

노동자의 손이
세상을 움직인다는 것을
알고, 실천하고부터란다.

아들아
가난하지만 티끌 없는
아비의 손을 보아라.

늘 옳은 일에 주리고
마음만 먹으면
못할 일이 없는
힘있는 손이란다.

아비의 손을 부끄러워 말아라.
사랑하는 내 아들아.

이 시는 공장에 다닐 때 쓴 시입니다. 이 시를 쓰던 날이 생각납니다.
그날따라 밤늦도록 공장에서 일하고 돌아온 아내는 지쳐서 얼굴 씻기도
귀찮다며 그냥 자리에 누웠습니다. 아내는 눕자마자 금세 잠이 들었습니
다. 지쳐 잠든 아내의 얼굴을 바라보면서 나는 문득 오래전에 돌아가신
어머니 얼굴이 떠올랐습니다. 가난한 사내를 만나 여태껏 셋방살이를 벗
어나지 못하고 사는 아내와 어머니는 많이 닮았구나 싶었습니다.

이날까지 가난은 한번도 나를 떠나지 않았습니다. 저는 가난한 아버지를 닮아 가난하게 살고, 우리 아이들은 나를 닮아 가난하게 살고 있습니다. 가난을 벗어나기 위해 시를 쓴 것은 아닙니다. 가난을 벗어나려면 돈을 벌어야지, 시를 써서는 안 된다는 것쯤은 잘 알고 있으니까요.

저는 시를 쓰면서 돈보다 귀한 것을 깨닫게 되었습니다. 사람은 혼자서는 살 수 없다는 것을 알았고, 사람이 스스로 가난하게 살려는 마음이 없으면 남을 헐뜯고 속이며 살 수밖에 없다는 것을 알았습니다. 그리고 사람이 어떻게 살다가 어떻게 죽어야 하는지 조금이나마 깨닫게 되었고, '사람의 길'을 보게 되었습니다.

제가 시를 쓰는 까닭은 평등과 자유가 넘실거리는 아름다운 세상을 바라기 때문입니다. 아무도 가난하지 않고 아무도 부유하지 않고, 모두가 가난하면서도 모두가 부유한 세상을 바라기 때문입니다.

마을 들머리를 밝히는 가로등처럼

끝으로 여러분들에게 꼭 말씀드리고 싶은 게 있습니다. 얼마 전에 양파 값이 폭락했을 때, 어느 할머니가 양파를 캐다가 잠시 나무 그늘에 누워 계셨습니다. 양파 값이 똥값이라 먹을 것만 조금 캐고 다 갈아엎을 거라면서, 농사일에 지치고 화가 나서 누워 있다고 하더군요.

할머니가 누워 계신 양파밭 위에는 따가운 햇살을 막아주는 나무 한 그루가 서 있었습니다. 할머니가 잠시나마 쉴 수 있었던 건 나무가 온몸으로 만들어낸 그늘 덕분이었습니다. 저는 그 나무 아래 누워 계신 할머니와 얘기를 나누다가 '나는 죽어서 다시 태어나면 나무로 태어나고 싶다'는 생각이 들더군요. 그래서 어느 한 사람을 위한 그늘이라도 만들어줄 수만 있다면 얼마나 좋겠습니까?

사람으로 태어나 알게 모르게 얼마나 많은 죄를 짓고 사는지, 하루하루 살면서 얼마나 많은 생명을 죽이고 오염시키는지, 또 얼마나 많은 사람들의 마음을 아프게 하고 사는지, 생각하면 생각할수록 사람으로 태어난 게 부끄러울 때가 많습니다.

할머니와 헤어지던 그날 밤, 잠자리에 누웠는데 밤늦도록 잠이 오지 않았습니다. 자리에서 벌떡 일어나 마을 길을 걸었습니다. 마을 들머리를 밝혀주는 가로등에 수천수만 마리의 하루살이들이 불빛 아래 몰려들어 춤을 추고 있었습니다. 문득 이런 생각이 들었습니다. '나는 어느 누구한테 작은 불빛이라도 되었을까?' 참 부질없는 생각이지요.

욕심 같지만 여러분들과 제가 뜨거운 여름날에 그늘을 만들어주는 나무 한 그루가 되고, 마을 들머리에 홀로 서서 어둠을 밝히는 가로등이 되면 좋겠습니다. 사람만이 문제라 하지만 사람만이 희망입니다. 고맙습니다.

삶을 가꾸는 동시 쓰기

지상 강연 2

옷깃만 스쳐도 인연이라 하는데, 이렇게 얼굴을 마주보고 이야기를 나눌 수 있으니, 우리는 전생에 깊은 인연이 있었나 봅니다. 귀한 인연을 오래도록 이어갔으면 좋겠습니다.

강연을 하기 전에 같이 노래를 한 곡 불러보면 좋겠습니다. 노래를 부르다 보면 마음이 따뜻해지고 편안해지리라 생각합니다. 1926년 4월에 발표된 이원수 선생이 쓴 시 〈고향의 봄〉, 다 알고 계시지요?

내가 살던 고향은 꽃피는 산골
복숭아꽃 살구꽃 아기진달래
울긋불긋 꽃대궐 차리인 동리
그 속에서 놀던 때가 그립습니다.

꽃동리 새 동리 나의 옛 고향
파란 들 남쪽에서 바람이 불면
냇가의 수양버들 춤추는 동리
그 속에서 놀던 때가 그립습니다.

우리나라 백성이면 어린이고 어른이고 모르는 사람이 없을 만큼 널리 알려진 시입니다. 고향을 그리는 간절한 마음이 어찌 이리도 잘 나타나 있는지 가슴이 찡하지요. 지금은 많은 이들이 도시에서 살고 있습니다. 거룩한 흙을 만지던 손들이 공장에서 기계를 만지거나, 여기저기 발 디딜 틈도 없이 깔려 있는 은행, 병원, 교회, 가게, 학교, 학원, 식당, 술집, 노래방, 노래주점, 주유소 따위에서 돈을 만지며 돈에 빠져 있습니다.

날이 갈수록 세상이 메말라 간다는데, 그나마 우리 마음속에 이런 노래라도 남아 있으니 얼마나 큰 축복입니까. 이 노래를 부르면 가난했지만 아름다웠던 옛 동네가 떠오릅니다. 어찌 "복숭아꽃 살구꽃 아기진달래" 뿐이겠습니까. 높고 맑은 하늘, 바가지만 있으면 마음 놓고 퍼 마시던 샘물, 장독대 옆에 핀 키 작은 채송화와 맨드라미, 마당 앞에 서 있던 석류나무와 감나무, 동무들과 뛰놀던 낮은 언덕, 밤하늘에 빛나는 별들, 초가지붕과 돌담들 ― 다 어디로 사라졌을까요? 왜 사라져 버렸을까요? 거대한 콘크리트 숲인 도시가 흔적도 없이 삼켜 버렸지요.

날이 갈수록 농촌 마을은 하나 둘 사라지고 있습니다. 그나마 축산업과 특수작물 재배로 돈벌이에 '재미'를 붙였거나 아니면 대부분 오갈 데가 없는 사람들만 어쩔 수 없이 남아 있지요. 지금 우리나라 농촌은 농촌대로 독한 농약과 화학비료 때문에 물 한 방울, 과일 한 개 마음 놓고 먹을 수가 없게 되었고, 도시는 도시대로 자동차 매연과 가정폐수와 공장에서 쏟아내는 오염물질들 때문에 자연은 숨쉬기조차 힘든 실정이 된 지 수십 년이 지났습니다.

우리는 지금 기름 값보다 물 값이 더 비싼 시대에 살고 있습니다. 환경학자들이 물을 돈 주고 사 먹는 나라는 두 번 다시 환경을 살릴 수 있는 가능성이 없다고 하는데도, 사람들은 이것을 마치 달나라 일처럼 생각합니다. 늘 돈벌이에 바빠서 환경이니 생명이니 농촌이니 그따위 말이 귀에 들어오지 않습니다. 아이고 어른이고 오직 돈만 있으면 뭐든지 다 할 수 있다고 여깁니다. 그러나 아무리 돈이 많아도 '고향의 봄'을 살릴 수 없는 때가 곧 온다고 합니다.

동시를 좋아하게 된 까닭

어쨌든 저 때문에 귀한 시간을 내주셔서 고맙습니다. 고마운 마음을 담아 노래 한 곡 선물로 불러드리겠습니다. 〈고향의 봄〉은 같이 불렀지만 이 노래는 저 혼자 부르겠습니다. 잠시 눈을 감고 들어보시기 바랍니다.

> 엄마야 누나야 강변 살자.
> 뜰에는 반짝이는 금모래빛,
> 뒷문 밖에는 갈잎의 노래
> 엄마야 누나야 강변 살자.

자, 이제 눈을 뜨셔도 좋습니다. 이 곡은 김소월 시인이 쓴 〈엄마야 누나야〉라는 시로 만든 노래입니다. 외국의 시나 당시의 유행을 따르지 않고 우리 민요의 가락을 잘 살려 쓴 시지요. 일제에 억눌려 있던 우리 겨레의 간절한 바람이 담겨 있으니 어찌 가슴이 찡하지 않겠습니까.

눈을 감고 이 노래를 들으면서 여러분들은 어떤 생각이 떠올랐습니까? 어떤 분은 돌아가신 어머니가 생각나기도 할 것이고, 어떤 분은 살아계신 형이나 누나가 생각나기도 할 것이고, 어떤 분은 어린 시절에 보았던 맑은 가을 하늘과 장독대 옆에 핀 분꽃이 생각나기도 할 것입니다.

오늘, 여러분과 이야기를 나누기 전에 한 가지 묻겠습니다. 여러분 가운데 시를 읽는 것도 재미없고, 시를 쓰는 것은 더욱더 재미없고, 그래서 나하고 시하고는 아무런 인연이 없다고 생각하는 사람 있습니까? 아무도 없지요. 아무도 없을 거라 생각해요. 왜냐하면 우리는 어릴 적부터 시와 함께 살아왔고, 옛날이나 지금이나 사람들이 즐겨 부르는 좋은 노래는 대부분 시로 만든 것이니까요.

사람마다 좋아하는 시가 있고 노래가 있겠지요. 저마다 좋아하게 된 까닭도 있으리라 생각합니다. 저는 남다르게 김소월 시인이 쓴 〈엄마야 누나야〉를 좋아합니다. 제가 이 시를 좋아하게 된 까닭은 슬픈 사연이 있기 때문입니다.

가난했던 어린 시절, 목장에 일하러 간 어머니를 기다리며 초가지붕 담벼락 아래 앉아서 이 노래를 불렀습니다. 배가 고파서, 때론 기다림에 지쳐 울면서 불렀습니다. 노래를 부르고 나면 맺힌 가슴이 시원하게 뚫리는 것 같았습니다. 지금도 이 노래를 부르면 눈물이 납니다. 그리고 저는 어릴 때에 〈과꽃〉이란 노래도 좋아했습니다. 누나가 셋인데, 집안이 가난해서 굶기를 밥 먹듯이 하여 쫓기듯이 시집간 누나들이 그리울 때마다 이 노래를 불렀습니다.

"올해도 과꽃이 피었습니다. 꽃밭 가득 예쁘게 피었습니다. … 시집간 지 온 3년 소식이 없는 누나가 가을이면 더 생각나요." 이 노래(2절)를 부르며 보고 싶은 누나를 생각했습니다. 어린 나이지만 시집가서 밥은 제때 먹고사는지, 그게 늘 걱정이었습니다. 걱정을 하다 보면 저절로 눈물이 흘렀습니다. 그 눈물이 저를 이 자리까지 데려온 게 아닐까 하는 생각이 듭니다. 지난날을 뒤돌아보니 시와 노래는 늘 하나였구나 싶습니다.

저는 동화도 좋아하지만 시를 더 좋아합니다. 그 가운데서도 어린이들이 쓴 시나 어른들이 쓴 동시를 좋아합니다. 제 영혼이 더럽혀지는 걸 막아주고 깨끗하게 해주기 때문입니다. 어린이 시나 동시는 아이들만 읽을 것이 아니라 어른들이 더 많이 읽고, 아이들에게 읽어주면 좋겠습니다. 시는 죽은 사물에 가장 자연스럽게 숨결을 불어넣을 수도 있습니다. 시는 영화나 음악처럼 당장 기쁨이나 즐거움을 주지는 못하지만, 우리 영혼을 더없이 맑고 깊은 곳으로 이끌기도 하니까요.

동시를 쓰게 된 까닭

나는 가끔 책방에 들러 서너 시간씩 시간을 보내곤 합니다. 1992년 늦가을, 그날도 내가 자주 가는 책방에 들러서 여러 책을 보다가 《어린이를 위한 민족 시인들의 시 모음 시 꾸러미》란 시집을 샀습니다. 서너 시간 만에 한 권 고른 시집이었지요. 그 시집에 들어 있는 여러 시 가운데, 다음 시는 저를 눈물짓게 했던 시입니다.

해바라기 얼굴

누나의 얼굴은
해바라기 얼굴
해가 금방 뜨자
일터에 간다.

해바라기 얼굴은
누나의 얼굴
얼굴이 숙이들이
집으로 온다.

이 시는 1938년 무렵, 우리 겨레가 일본에게 나라를 빼앗기고 서럽게 살아갈 때에 윤동주 시인이 쓴 시입니다. 이른 아침부터 일터로 나가 하루 종일 힘든 일을 하는 누나를 안쓰럽게 지켜보는 아이의 마음이 얼마나 아팠을까요? 〈해바라기 얼굴〉을 읽으면서 공장에 다니는 우리 누나 생각이 났습니다. 토요일과 일요일도 잊은 채 밤늦도록 공장에서 일을 하며 살아가는 누나가 생각나서 눈물이 저절로 흘렀습니다.

수십 년 전이나 지금이나 힘겨운 일에 지쳐 해바라기처럼 고개를 숙이고 집으로 들어오는 누나들이 많습니다. '왜 노동자들은 일밖에 모르는데 가난하게 살아야 할까? 왜 우리나라에는 노동자들의 삶을 담은 시를 찾기가 어려울까?' 혼자 이런저런 생각을 하다가 문득, 부모형제가 노동자인 아이들이 기죽지 않고 떳떳하게 살아갈 수 있도록 참 용기를 주는 시를 써야겠다고 마음먹었습니다. 그런 마음으로 쓴 시가 한 편 두 편 모여서 첫 동시집《윗몸 일으키기》에 실렸습니다. "내가 아니면 쓸 수 없는 이야기들을 써보자" 하고 쓴 시들입니다.

《윗몸 일으키기》는 처음으로 노동자가 쓴 동시집이라며 많은 분들이 관심을 가져주어 어린이도서연구회 추천도서, 책 교실 추천도서, 부산시 해운대교육청 추천도서에 선정되기도 했습니다. 책이 몇 권이나 팔렸냐고요? 참, 이런 이야기는 비밀인데 그냥 말씀드리지요. 13쇄를 찍고 지난해 개정판을 냈으니 2만 권쯤 팔렸나 봅니다. 글쓴이야 애써 펴낸 시집이 많이 팔리면 좋겠지만, 그것은 욕심이지요. 다만 펴낸 지 15년이나 지난 시집을 아직도 잊지 않고 사주는 독자들이 있으니 그저 고마울 따름입니다.

여러분들도 하고 싶은 이야기를 아이들한테 들려준다 생각하고 동시를 써보지 않으시렵니까? 동시를 쓰다 보면 어린 시절이 떠올라 저절로 마음이 맑아질 것입니다. 시집을 내어 이름이 조금 알려지고 인세를 받는 일은 덤으로 따라오는 것이니, 욕심 내지 말고 써보시면 좋겠습니다. 다음 시는 제가 처음으로 쓴 동시입니다.

나는 무엇이 될까

반장 영철이는
높은 대통령이 되고 싶단다.
부반장 덕배는
힘센 장군이 되고 싶단다.
지도 위원 민수는
장군보다 힘세고
대통령보다 높은
사람이 되고 싶단다.

철거 마을 수영이는
크고 멋진 집을 짓는
사람이 되고 싶단다.
달동네 정현이는
넓은 서울에 가서
돈 많이 버는 사장이 되고 싶단다.

내 짝지 수진이는
의사가 될까, 교수가 될까 망설이다
이름 날리는 박사가 되고 싶단다.

선생님은 노력만 하면
무엇이든지 마음먹은 대로
될 수 있다는데
나는 커서 무엇이 될까?

우리 반 아이들
대통령, 장군 되고
사장, 의사, 박사 되고 나면
외할머니댁 산밭에
감자는 누가 심나.
아버지 다니시는 공장에서
일은 누가 하나.

나는 무엇이 되고 싶다 할까
농부가 되고 싶다 할까
노동자가 되고 싶다 할까

모두들 어물쩍거리는 나를
빤히 보는 것 같아,
나는 커서

아버지 닮은 노동자가
되고 싶다고 말했다.

우리 반 아이들은
노동자가 뭔지도 모르고
자꾸 웃어대지만
오늘도 땀 흘리며 일하고 계실
아버지를 떠올리며
하고 싶은 말을 하고 나니
속이 후련했다.

　세상 사람들은 여러 가지 일을 하면서 살아가고 있습니다. 사람과 자연을 해치지 않고 정직하게 살아가는 사람은 다 소중합니다만, 그 가운데서도 '꼭 필요한 사람'은 농사를 지어 사람들의 목숨을 이어주는 농부입니다. 그리고 우리가 일을 마치고 편히 쉴 수 있도록 집을 지어주는 사람이고, 살아가는 데 없어서는 안 되는 옷과 신발과 온갖 물건들을 만들어 주는 사람입니다. 힘든 일을 하는 농부와 노동자가 있어야만 우리가 살 수 있기 때문입니다.

　그런데 이렇게 소중한 농부와 노동자들이 옛날이나 지금이나 정당한 대접을 받지 못하고 있습니다. 그러다 보니 농부와 노동자가 되고 싶어 하는 사람도 자꾸 줄어듭니다. 아니, 거의 없습니다.

　여태 우리는 일하지 않는 사람이 쓴 글을 읽고 배우며 살아왔으며, 그래서 일하는 사람들이 일하지 않는 사람의 생각에 놀아나게 되었습니다. 자기도 모르게 그 생각들에 중독이 되어 '어떻게 하면 일하지 않고 떵떵거리며 살 수 있을까?' 머릿속에 그리며 살았습니다.

　이따위 어리석고 비겁한 생각을 지니며 여태 살아왔고, 지금도 그런 생각으로 살아가고 있으니 어찌 땀 흘려 일을 한다는 것이 신나고 즐겁겠습니까. 땀 흘려 일하지 않고 먹고사는 법을 배우기 위해 학교에 들어가서 공부를 했기 때문입니다. 졸업식 날, 교장선생님이나 담임선생님이 '꼭 필요한 사람'이 되라고 했을 때도, 땀 흘려 일하지 말고 '높은 자리'에 앉아 편안하게 사는 사람이 되라고 하는구나 싶었습니다. 이 얼마나 어리석은 생각입니까. 그래서 우리 역사는 일하지 않는 사람이 일하는 사람 위에 앉아 마음대로 짓밟고 부려먹으면서 오늘까지 왔습니다.

이제부터라도 일하는 사람들이 세상을 이끌어 가야 합니다. 그래서 학교 안이나 밖이나 일하는 사람이 쓴 살아 있는 글을 읽고 배워야 합니다. 이 세상에서 먹지 않고 살 수 있는 사람이 없는데 왜 힘든 농사일은 노인들만 해야 하는지, 집을 지어주는 사람은 왜 자기 집은 짓지 못하고 남의 집만 지어주다가 죽어야 하는지, 공장에서 해로운 먼지와 냄새를 맡으며 온갖 물건을 만드는 노동자는 왜 가난에 찌들어 살아야 하는지, 왜 일하는 사람들이 이런 어려움을 겪으면서 살아야 하는지, 제대로 알아야 합니다. 그래야만 비뚤어진 세상을 바로잡아 아름다운 세상을 만들 수 있으니까요.

동시란 무엇인가

동아 새국어사전에는 동시란 "어린이를 위한 시, 동심의 세계를 표현한 시"라 하고 《글쓰기교육의 이론과 실제》에는 "시는 어른들만 쓰는 것이 아니고 아이들도 쓰고, 또 당연히 쓰도록 해야 한다. 아이들이 쓰는 시를 아이들의 시·어린이 시·아동 시 등으로 말할 수가 있다. 그러나 '동시'는 어른들만 쓰는 시다. 어른이 아이들에게 읽히기 위해서 쓰는 시, 곧 아동문학의 한 장르다. 따라서 아이들이 쓰는 시를 동시라고 말해서는 안되며, 어른들이 쓰는 동시를 아이들에게 쓰게 해서도 안 된다"라고 쓰여 있습니다.

동시는 말 그대로 어른들이 어린이를 위해 쓴 시지요. 그러니 동시를 읽고 시인이나 문학평론가가 어쩌고저쩌고 평을 늘어놓는 것도 좋지만, 어린이들이 읽고 스스로 삶을 가꾸어갈 수 있으면 좋은 동시라 생각합니다. 아이들을 정직하게 살아갈 수 있도록 하고, 더구나 모든 생명(사람과 자연)을 소중하게 여기고 아름다운 마음을 잃지 않도록 해주는 동시라면 더욱 좋겠지요.

동시를 쓰려면

동시를 쓰려면 어린이들이 어떤 생각을 가지고 있으며, 어떻게 살고 있는지 눈여겨보아야 합니다. 어떤 형식이 중요한 게 아니라 아이들의 삶을 제대로 이해하고 함께 느낄 수 있어야 합니다. 그리고 맑고 깊은 눈으로 세상을 보고 아이들을 만나야 합니다. 아이들의 삶을 제대로 알지 못하고서는 동시를 쓸 수 없으니까요. 더구나 아이들을 가르치려 하지 말고, 아이들에게 늘 배우는 마음으로 동시를 쓰면 좋겠습니다.

얼마 전에 권오삼 선생님이 펴낸 동시집《도토리나무가 부르는 슬픈 노래》에 실린 머리말을 다시 한번 새겨 봅니다.

어린이들이 시에서 멀어지고 있다고 합니다. 그렇더라도 시를 좋아하는 어린이가 하나라도 있다면 그 어린이를 위해 동시를 쓰겠습니다. … 또한 동시를 사랑하는 어른이 한 사람이라도 있다면 그 어른을 위해서도 동시를 쓰겠습니다. 저는 그런 마음으로 동시를 써왔고 앞으로도 그럴 것입니다.

지금 아이들은 '공부 귀신' 아니면 '게임 귀신'이 되어 틈만 나면 문제지와 컴퓨터에 빠져 정신이 없습니다. 가난한 어른들은 먹고사느라 바빠서 정신이 없고, 부유한 어른들은 돈놀이 할 곳을 찾느라 정신이 없습니다. 이런 시대에 누가 시를 읽겠습니까. 아이들이고 어른들이고 모두 시를 읽지 않습니다. 괜찮은 시인이 시집을 내도 고작 관심 있는 몇몇 사람들만 사 보고 서로 이야기를 나눌 정도입니다.

그러나 시집이 팔리지 않는 시대에도 시를 쓰는 일은 매우 소중합니다.

돈과 편리함에 미쳐 사람이고 자연이고 돌볼 새도 없이 살아가는 사람들을 위해서라도 시인들은 '진짜 시'를 써야 합니다. 그들이 '사람의 길'을 찾을 수 있도록 길을 열어야 하지 않겠습니까. 아름다운 자연 속에서 이웃과 더불어 자유롭고 행복한 삶을 누릴 수 있도록 말입니다. 다음은 제가 일하는 틈틈이 쓴 동시입니다.

울지 마라, 누나야

성적표 엉망이라고
어머니한테 야단맞고
아버지한테 야단맞고
밤늦도록 우는 누나야.

나도 겁난다.
누나처럼 혼날까 봐.

울지 마라, 누나야.
자꾸 울면
나도 눈물이 나올라* 한다.

(＊나올라 : 나오려고)

배추밭에 앉아

우리 식구들
이른 아침부터
비탈진 배추밭에 한 줄로 앉아
배추벌레 잡는다.

배추벌레는
잡히지 않으려고

배추 빛깔로
꼭꼭 숨어 있다.

집게로 잡으려고 하면
까만 눈으로
나를 빤히 쳐다본다.

그 까만 눈과 마주치면
잡을까 말까
자꾸만 망설여진다.

눈 질끈 감고 잡자.
잡지 않으면
우리 식구들 먹을 배추
다 먹어 치울 거야.

아니다, 아니야.
우리 식구들도 먹고살아야 하지만
배추벌레도 먹고살아야 한다.

배추밭에 앉아
이러지도 못하고
저러지도 못하고….

장날

완행버스 타고
오 분이면 갈 수 있는 장터에
마을 할머니들은
한 시간 동안 걸어서 걸어서 간다.

빈손으로 가도

멀고 다리 아픈 길을
머리에는 마늘종대 이고
손에는 산나물 들고
꼬부라진 허리 펴고 간다.

걸어서 갈 수 있는 길은
걸어서 간다.

고무신 두 짝처럼

아버지 밥상 펴시면
어머니 밥 푸시고
아버지 밥상 치우시면
어머니 설거지하시고
아버지 괭이 들고 나가시면
어머니 호미 들고 나가시고
아버지가 산밭에 옥수수 심자 하면
옥수수 심고
어머니가 골짝밭에 감자 심자 하면
감자 심고
고무신 두 짝처럼
나란히 나가셨다가
나란히 돌아오시는
우리 어머니 아버지.

알 수 없는 내 마음

텔레비전 위에 아버지 지갑이 있다.
아버지가 깜박하고 놓고 가신 거다.

천 원만 빼낼까,
천 원 가지고 뭐 해.
이천 원만, 아니 삼천 원만…
빼내도 아무도 모를 거야.
아버지가 돈을 세 놓았으면 어쩌지.

아버지 지갑 속에 든 돈이
나를 따라다니며 못살게 군다.

어머니

어머니는
연속극 보다가도 울고
뉴스 듣다가도 울고
책을 읽다가도 울고

내가 말을 잘 안 듣고
애먹일 때도 울고
시집간 정숙이 이모가 보낸
편지 읽다가 울고
혼자 사는 갓골 할머니
많이 아프다고 울고

그러나
어머니 때문에는
울지 않습니다.

닳지 않는 손

날마다 논밭에서 일하는

아버지, 어머니 손.

무슨 물건이든
쓰면 쓸수록
닳고 작아지는 법인데
일하는 손은 왜 닳지 않을까요?

나무로 만든
숟가락과 젓가락도 닳고
쇠로 만든
괭이와 호미도 닳는데
일하는 손은 왜 닳지 않을까요?

나무보다 쇠보다 강한
아버지, 어머니 손.

시는 언제 쓰는가

산밭에서 고구마 싹을 심다가 잠시 쉴 틈에 쓰기도 하고, 논에 모를 심다가 바람이 하도 시원하고 고마워서 쓰기도 하고, 잠자리에 들다가 갑자기 돌아가신 어머니가 보고 싶어서 쓰기도 하고, 정자나무 아래 혼자 앉아 쓰기도 하고, 동무들과 하루 일을 끝내고 밥을 나누어 먹으면서 쓰기도 하고, 완행버스를 기다리면서 쓰기도 했습니다.

긴 여름 내내 감자밭, 옥수수밭, 콩밭, 고추밭마다 쑥쑥 자라는 지섬(잡풀)을 매고 손목이 아파 연필을 잡을 수 없을 때도, 저는 시를 쓰지 않으면 살 수가 없었습니다. 그래서 손목에 붕대를 감고 시를 쓰기도 했습니다. 하루라도 시를 읽거나 쓰지 않고는 살 수 없을 만큼, 시는 제게 목숨만큼 소중했습니다.

지친 몸으로 시를 읽다가 그대로 쓰러져 자기도 하고, 시를 쓰다가 연필을 잡은 채 새벽을 맞기도 했습니다. 제가 시를 쓰는 손을 멈출 수 없는 까닭은 들꽃보다 아름답게 살아가야 할 우리 아이들이 늘 제 곁에 있기 때문입니다.

누가 제게 '삶이란 혼자라는 것을 깨닫는 과정'이라고 하더군요. 저는 그 말을 들으면서 '아, 그렇구나' 싶다가도 '아니야, 삶이란 함께 살 수밖에 없는 존재라는 것을 깨닫는 과정'이라는 생각이 들더군요.

사람은 누구나 혼자 있고 싶을 때가 있겠지요. 사람들 속에서 부대끼며 살다가 가끔 혼자 있고 싶을 때, 저는 마을 뒷산에 앉아 사람 사는 마을을 내려다본답니다. 어른들이 만들어 놓은 저 세상 속에서 자유를 빼앗기고 살아가는 우리 아이들을 생각합니다. 아름다운 자연 속에서 살아가야 할 아이들이, 어른들이 만든 시멘트 건물에 갇혀 공부와 컴퓨터에 빠져 있다는 것을 생각하면 가슴이 미어집니다.

욕심으로 가득 찬 어리석고 못난 어른들 속에 갇혀 날개 한번 펴지 못하고 살아가는 아이들에게 저는 무릎이 닳도록 빌고 또 빌고 싶습니다. 그 어른들 속에 저도 끼여 있으니까요. 그 죄를 조금이라도 씻는 마음으로 시를 씁니다. 아름다운 자연 속에서 즐겁게 뛰놀고 기쁜 마음으로 살아갈 수 있는 세상을 아이들한테 물려주지 못하고, 온갖 부정부패와 폭력과 오염된 환경을 물려주게 되었으니 입이 열 개라도 할 말이 없습니다. 우리는 수십 년 동안 눈앞에 보이는 경제적 풍요로움과 편리함에 몸과 마음을 빼앗겨 아이들의 앞날을 제대로 생각하지 못했습니다. 어른으로서 참 잘못 살아왔습니다. 이제부터라도 '이렇게 살면 안 되겠다' 싶어 부끄러운 마음으로 시를 씁니다. 여태까지 저지른 몹쓸 죄를 뉘우치는 마음으로, 산골 마을에서 농사지으며 시를 씁니다.

제가 쓴 서툴고 보잘것없는 시를 읽고 '아, 그렇구나. 그렇지. 내 마음하고 똑같은 시가 있네' 하는 생각이 들면 얼마나 좋을까요. 그래서 바쁘고 힘겹게 살아가는 어린이들과 어른들이 조금이나마 자유롭고 행복해질 수 있다면 얼마나 좋을까요.

사람들이 시를 읽지 않는 까닭

사람들이 시를 잘 읽지 않는 까닭은 시에서 쓰는 말이 하도 고상하고 어려워서 무슨 말인지조차 알아듣기 힘들기 때문입니다. 아니면 시를 읽어도 아무런 감동이 없기 때문이겠지요. 그래서 시를 쓰는 사람은, 내가 쓴 시를 누가 읽을 것인가를 먼저 생각해야 합니다. 이름난 시인이나 평론가들이 읽을 것인가, 똑똑한 사람들이 읽을 것인가, 땀 흘려 일하는 사람들이 읽을 것인가, 어린이들이 읽을 것인가, 아니면 어른들과 어린이들이 함께 읽을 것인가를 먼저 생각해야만 좋은 시를 쓸 수 있겠지요.

시가 똑똑하고 잘난 사람들의 것이 아니라면, 우리가 늘 주고받는 깨끗하고 쉬운 우리말을 잘 살려 써야 합니다. 그리고 한글을 아는 사람이면 누구나 쉽게 읽을 수 있어야 합니다.

바람이 불지 않는데 나뭇가지가 흔들릴 수 없듯이, 사람들이 시를 잘 읽지 않는 까닭이 분명히 있을 것입니다. 어른들이 쓴 동시가 아이들 삶 속에 제대로 파고들지 못하고, 제 기분에 제가 취해서 '말장난' 따위나 하고 있다면 누가, 무슨 재미로, 시를 읽겠습니까.

책방에 가서 잘 살펴보면 참고서나 문제집을 사주는 부모는 많아도 동시집을 사주는 부모는 두 눈 뜨고 보아도 찾기 어렵습니다. 이름난 출판사에서도 '유명한' 사람이 쓴 것이 아니면 동시집을 잘 내지도 않습니다. 모든 것을 돈으로 따지는 잘못된 사회구조도 한몫을 했으리라 생각합니다.

> 좋은 어린이 시는 가슴에 선뜻 다가오는데, 어른이 쓴 동시는 왜 그것만큼 다가오지 못하나. 아이들도 어린이 시를 읽어주면 모두들 좋아하는데, 어째서 동시는 그렇지 않은가.

얼마 전에 원종찬 선생이 펴낸 《아동문학과 비평정신》이란 평론집에 실린 글입니다.

저는 이 책을 읽으면서 '어린이문학'을 걱정하는 사람은 한번쯤 읽어

볼 만한 책이구나 싶었습니다. 겉으로만 어린이를 사랑한 것은 아닌지, 스스로 생각할 수 있도록 길을 열어 주는 책이지요. 어린이를 아끼고 사랑하는 사람만이 어린이들이 읽을 수 있는 좋은 글을 쓸 수 있습니다. 그 사람이야말로 참 시인입니다.

어린이처럼 맑고 깨끗하게 살고 싶어 동시를 쓰는 사람들이 있습니다. 좋은 동시는 아이들뿐만 아니라 어른들의 삶도 가꾸어 줍니다. 동시를 쓰는 사람들은 스스로 자신을 낮추고, 아이들과 함께 희망을 노래하는 사람들입니다. 그러나 어린이처럼 깨끗한 마음으로 산다는 것은 쉬운 일이 아닙니다. 쉬운 일이 아니기에 할만한 가치가 있는 것입니다. 그래서 성경에도 "너희가 생각을 바꾸어 어린이와 같이 되지 않으면 결코 하늘나라에 들어가지 못한다"는 말씀이 있지 않겠습니까!

시인의 길

문학은 바다이다. 그런데 모두들 파도치는 바닷가에서 놀고 있다. 바다로 나아간 사람은 없다. 문학의 바다로 헤엄쳐 나가야 한다. 싸구려 연애소설로는 문학의 바다로 나아갈 수 없다.

이 글은 일본 문단의 기인 마루야마 겐지의 자전 에세이 《산 자의 길》이란 책에 실린 글입니다.

나는 '싸구려 연애소설'이란 부분을 읽으면서 문득 이런 생각이 들었습니다. 나는 지금까지 어린이들을 위한다는 핑계로 '싸구려 동시'를 쓴 것은 아닌지…. 생각만 해도 가슴이 철렁 내려앉았습니다. 그렇지만 이 모자람과 두려움도 '문학의 바다'로 나아가는 데 보탬이 되리라 생각합니다. 태어날 때부터 모든 걸 알고 태어나는 사람은 아무도 없으니까요.

어떤 사람은 가수가 되기 위해서, 자고 일어나서 잠 잘 때까지 노래만 생각하고 목에서 피를 토하도록 연습을 한다더군요. 어린이들을 위해 시를 쓰려면, 먼저 얼마나 뜨거운 가슴으로 어린이를 사랑하는지 스스로 묻고 또 물어 보아야 합니다. 뜨거운 가슴으로 쓰지 않은 시는 모두 '죽은 시'가 될 테니까요.

저녁을 먹으면 머리가 둔해져 글쓰기에 방해될까 봐 저녁 대신 종합비타민을 먹고, 날마다 머리를 깎았다는 어느 소설가의 각오를 말하지 않더라도 우리 모두 살아 있는 시를 쓰면 좋겠습니다. 어린이들을 위해서, 자신의 삶을 가꾸기 위해서, 시가 '밥'이 되는 세상을 위해서 말입니다.

좋은 시를 쓰려면

천천히 가그라. 꼴찌두 괜찮여. 서둘다 자빠지면 너만 다쳐. 암만 늦게 가두 네 몫은 거기 있능겨. 앞서 간 애들이 다 골라 간 것 같어두, 남은 네 몫이 의외루 실속 있을 수 있능겨.

몇 년 전에 펴낸 월간 《어린이문학》 표지에 실린 글을 읽으면서 여러 가지 생각이 떠올랐습니다. 저는 신문이나 잡지에 실린 책 광고를 볼 때마다 가장 먼저 눈에 들어오는 것은 표지 그림과 제목이고, 그 다음은 글쓴이와 출판사 이름입니다. 그리고 끝으로 책 속에 있는 내용을 뽑아서 실은 홍보 글입니다. 이 글만 읽어도 이 책이 무엇을 말하고자 하는지 느낄 수 있으니까요. 위에 홍보 글을 옮겨 적은 까닭은 시를 쓰는 사람들에게 잘 어울릴 것 같다는 생각이 들었기 때문입니다.

좋은 시를 쓰기 위해서는 서둘지 말고 천천히 가야 합니다. 그래야만 '자기 몫'이 무엇인지 깨닫게 됩니다. 앞서 간 사람들이 다 쓴 이야기 같지만 '자기 몫'은 따로 있다는 것을 느낄 때, 비로소 좋은 글을 쓸 수 있으리라 생각합니다.

만약 세계 인구가 70억이라면 이 순간에도 70억 가지의 다른 생각이 있습니다. 어느 한 가지라도 똑같은 것은 없습니다. 부부는 살아가면서 닮는다고 하지만, 죽는 날까지 닮아갈 뿐이지 똑같지는 않습니다. 하루라도, 한 시간이라도, 아니 단 몇 분이라도 같을 수가 없습니다. 어느 한 곳을 바라보거나 어떤 일을 겪더라도 생각과 느낌이 다르고 말과 움직임이 다릅니다.

시인은 어느 누구보다 자신을 사랑하는 사람입니다. 그 사랑을 바탕으로 '길'을 열어가는 사람입니다. 그러니 남의 글을 흉내 내지 말고 자기만의 생각과 느낌을 써야 하는 것이지요. 사람은 누구나 자기가 가진 것만을 남에게 줄 수 있으니까요.

벌써 여러분들과 헤어질 시간이 되었습니다. 귀한 시간을 내어주신 여러분들께 머리 숙여 인사를 드립니다. 어린아이처럼 늘 배우는 마음으로, 사람을 만나고, 땀 흘려 일하며, 뜨거운 가슴으로 시를 쓰면서 살고 싶습니다. 끝으로 시를 쓰려는 사람들에게 남기고 싶은 말이 있습니다. "삶이 아름다워야 시가 아름답습니다."

 후진국이 공업화로 선진국이 될 수 있지만, 농업과 농촌의 발전 없이는 선진국이 될 수 없다.

노벨 경제학상을 탄 사이먼 쿠즈네츠 전 하버드대 교수

어떻게 하시겠습니까

얼마 전에 부산대학교 밀양캠퍼스에서 '2008년도 여름 경남울산부산 국어교사모임 연수'가 있었습니다. 나는 그날 저녁에 있었던 '작가와의 만남' 시간에 강연을 맡아서 물어 물어 찾아갔습니다. 농사꾼이 어디 가서 강연한다고 해봐야 농사짓고 살아가는 이야기말고 무슨 말을 할 수 있겠습니까. 그날도 다른 강연 때처럼 교사들에게 말했습니다.

"다른 교사들은 내가 어찌할 수 없지만, 오늘 저를 만난 여러분은 학교 방학이 끝나면 농촌 학교로 발령을 내달라고 미리 신청을 하면 좋겠습니다. 농촌 지역마다 젊은이들이 없어 큰일입니다. 우선 용기 있는 사람부터 농촌으로 돌아와야 합니다.

농촌이 얼마나 버림받았기에 노인들만 남아 있는지, 왜 사람과 자연을 병들게 하는 농약과 화학비료와 비닐 따위가 없으면 농사를 지을 수 없는지, 공기와 물과 먹을거리가 얼마나 오염되었기에 아이들이 온갖 병으로 고통받고 있는지, 앞으로 식량문제가 얼마나 심각하게 될 것인지, 지구온난화로 앞으로 얼마나 무서운 자연재해가 일어날지, 잘 알고 걱정하는 사람부터 농촌으로 돌아와야 합니다.

지금 현실은 대통령이나 국회의원보다, 장관이나 무슨 무슨 보좌관과 공무원보다, 교사나 교수보다, 판검사나 변호사보다 농사꾼이 더 필요한 시대입니다. 그렇다고 대책도 없이 당장 교사를 그만두고 농사를 지어야 한다고 말하지는 않겠습니다. 그러나 늦기 전에 농촌으로 돌아와야 합니다. 젊은 교사일수록 좋습니다. 농촌 학교가 다 문 닫기 전에 젊은 교사들이 돌아와 학교를 살리고, 마을 공동체를 살리고, 아이들을 살려야 하지 않겠습니까?

어떻게 하시겠습니까? 용기를 내어 보시겠습니까? '힘들고 돈이 안 된다'는 까닭으로 아무도 농사를 지으려고 하지 않는데, 누가 농사지어 우리 겨레를 먹여 살리겠습니까? 누가 자라나는 우리 아이들의 밥상을 차려 줄 수 있겠습니까? 언제까지 농약에 방부제 범벅인 수입농산물을 사 먹어야 한단 말입니까?

분명히 얼마 가지 않아 돈이 아무리 많아도 식량을 수입할 수 없을 때가 올 것입니다. 그것은 지금 현재 일어나는 가뭄과 홍수, 큰 지진과 해일, 폭염 따위를 보면 잘 알 수 있습니다. 지금 이 순간에도 자연재해가 얼마나 많은 사람들의 목숨을 앗아가고 있는지요. 머뭇거리기엔 너무 늦었다는 생각이 들지 않습니까?

남을 가르치기 전에 나를 가르쳐야 합니다. 도시에서 온갖 편리함을 다 누리면서 입으로만 아이들 앞에서 환경을 살리자고, 우리 농산물을 먹자고, 농촌을 살리자고 해봐야 그 말을 마음에 담을 아이는 하나도 없습니다. 아이들이 선생님들보다 더 잘 알고 있습니다. 아이들은 선생님들한테 좋은 말을 듣고는 돌아서서 속으로 이런 말을 할 것입니다.

'선생님은 좋은 옷을 입고 고급 승용차를 타고 다니면서 환경을 살리자 하고, 선생님은 농부가 되지 않으면서 만날 우리한테만 농부가 가장 소중하다며 떠들어대니 누굴 믿고 사나.'

어찌하시겠습니까? 도시에서 이대로 머물다 늙어 가시겠습니까? 아니면 한 살이라도 젊었을 때 농촌으로 돌아오시겠습니까?

수천 번 수만 번 이야기해도 자연만큼 위대한 스승은 없습니다. 이렇게 위대한 스승이 있는 자연으로 마땅히 돌아와야 합니다. 아이들을 사랑하는 교사라면 당연히 그래야 하지 않겠습니까? 도시 속에서 아이들에게 물려줄 것은 아무것도 없습니다. 어른들의 온갖 횡포와 폭력을 말없이 견디는 도시 아이들의 가슴은 말을 안 했을 뿐이지, 시커멓게 탈 대로 다 타 버렸습니다. 날이 갈수록 메말라가는 사람살이에 아이들도 꼭 그만큼의 무게로 힘들어하고 있습니다. 아니 어쩌면 열 배 백 배 어른들보다 더 힘들어하고 있을지 모릅니다.

이제 아이들을 그만 괴롭혀야 합니다. 세상이 이렇게 비틀어졌는데 공부라는 이름을 빌려 여태까지 무사히 '월급쟁이' 노릇을 했다는 것은, 이오덕 선생님 말씀처럼 아이들에게 죄를 짓지 않고는 불가능한 일입니다. 이대로 아이들에게 온갖 간섭을 해대며, 자유를 빼앗고, 월급쟁이 노릇을 하시렵니까? 용기 있는 선생님들부터 한 분 한 분 농촌 학교로 돌아와야 합니다.

만약 어떤 까닭으로 당장 농촌으로 돌아오지 못하는 분은, 아무리 교사 생활이 바쁘고 힘들더라도 제 손으로 텃밭 상자라도 만들어 남새라도 심고 가꾸어야 하지 않겠습니까. '주말농장'이라도 빌려 아이들과 함께, 아이들이 좋아하는 고구마와 옥수수 농사라도 지어야 하지 않겠습니까?"

강연이 끝나고 며칠 뒤, 교사들의 반응이 두 가지로 갈렸다는 소식을 들었습니다. 첫 번째는 다 맞는 말이긴 한데 용기가 없어 못 간다는 것이고, 두 번째는 요즘 제 먹고살기도 바쁜데 그런 생각을 하고 사는 사람이 몇이나 있냐는 것이었습니다.

누가 어떤 말을 하더라도 나는 젊은 교사들을 믿습니다. 늘 아이들에게 희망을 불어넣어 주고 싶어 하는 젊은 교사들을 믿지 않고서 누굴 믿겠습니까. 어쩌면 억지로라도 믿고 싶은지도 모릅니다. '젊은 교사'란 나이만을 말하는 것이 아닙니다. 나이를 떠나 옳은 일에 주리는 뜨거운 마음을 지닌 사람을 말하는 것입니다. 이 뜨거운 마음은 아무리 많은 돈을 주고서도 살 수 없습니다.

한국글쓰기교육연구회 서정오 선생님 말씀처럼 교사들의 꿈은 아이들을 한번 열심히, 제대로, 온 힘을 다해 가르쳐 보는 것입니다. 그런데 아이들을 가르치는 데 써야 할 힘을 죄다 그것과는 전혀 상관없는 '잡일'에 쏟고 있다고 합니다. 공문서 쓰고 서류 만들고 출장 가고 통계 내느라 진땀을 빼고 있답니다. 그래서 아이들 가르치는 일은 '잡일'이 다 끝난 뒤에야 할 수 있답니다. 공문서 쓰고 서류 만드는 일 따위가 '본일'이요 아이들 가르치는 일은 '잡일'이라고 하는 것이 정확할 것이라 합니다.

서정오 선생님 말씀처럼, 학교 사정을 잘 모르는 사람들은 '잡일이 많긴 많은가 보다. 저렇게까지 허풍을 치는 걸 보니' 하고 생각할지도 모릅니다. 그런데 교사들을 괴롭히는 게 또 있다고 합니다. '위'에서 내려오는 온갖 부당한 지시와 간섭, 통제와 모욕도 참고 견뎌야 한답니다. 그렇지 않으면 그 길로 '목이 잘린'답니다. 조금도 부풀려서 하는 말이 아니랍니다. 차라리 부풀려서 하신 말씀이라면 마음이나 편할 텐데 말입니다. 대한민국 많은 교사들의 현실이 이렇다고 하니 안타까울 뿐입니다.

아래 글은 한국글쓰기교육연구회에서 달마다 펴내는 《우리 말과 삶을 가꾸는 글쓰기》(2009년 12월호)에 실린 서정오 선생님 글입니다. 교사들과 학부모들이 함께 읽고 함께 희망을 만들어가자는 마음으로 그대로 옮깁니다.

교사가 교육 주체인 것과 똑같은 무게로 학생·학부모도 교육 주체들이다. 그러니 교사와 학생·학부모는 함께 가야 한다. 지금 당장은 힘들겠지만, 한 사람 한 사람씩 마음을 합하고 손을 잡으며 서로 힘을 북돋운다면 이 절망스런 현실도 바뀔 날이 올 것이다. 희망은 오로지 여기에 있다.

아무리 어려운 처지에서도 희망을 갖는다는 것은 절망하는 것보다 훨씬 낫습니다. 그 희망을 아스팔트뿐인 도시가 아닌 마음의 고향인 농촌에서 찾아보는 게 좋을 듯합니다. 자연 속에서 일과 놀이와 공부가 하나가 되어 아이들이 마음껏 뛰놀고 땀 흘리며 쑥쑥 자라는 모습을 그려보시기 바랍니다. 바보가 아니면 우리가 어디에서 희망을 찾아야 할지 금세 알 수 있습니다.

작업장이나 일터에서 땀 흘려 일하면서 삶의 보람을 찾으려는 마음가짐이 되어 있을 때 비로소 참 공부가 시작된다고 본다. 이 말은 농사꾼으로 살아온 지난 한 해 동안 내가 배운 것이, 교수로서 15년 동안 책상 앞에서 얻은 것보다 훨씬 더 많음을 느끼기에 스스럼없이 하는 말이다.

농사꾼이 된 철학 교수 윤구병 선생이 쓴 《잡초는 없다》 중에서

4부 농부와 희망

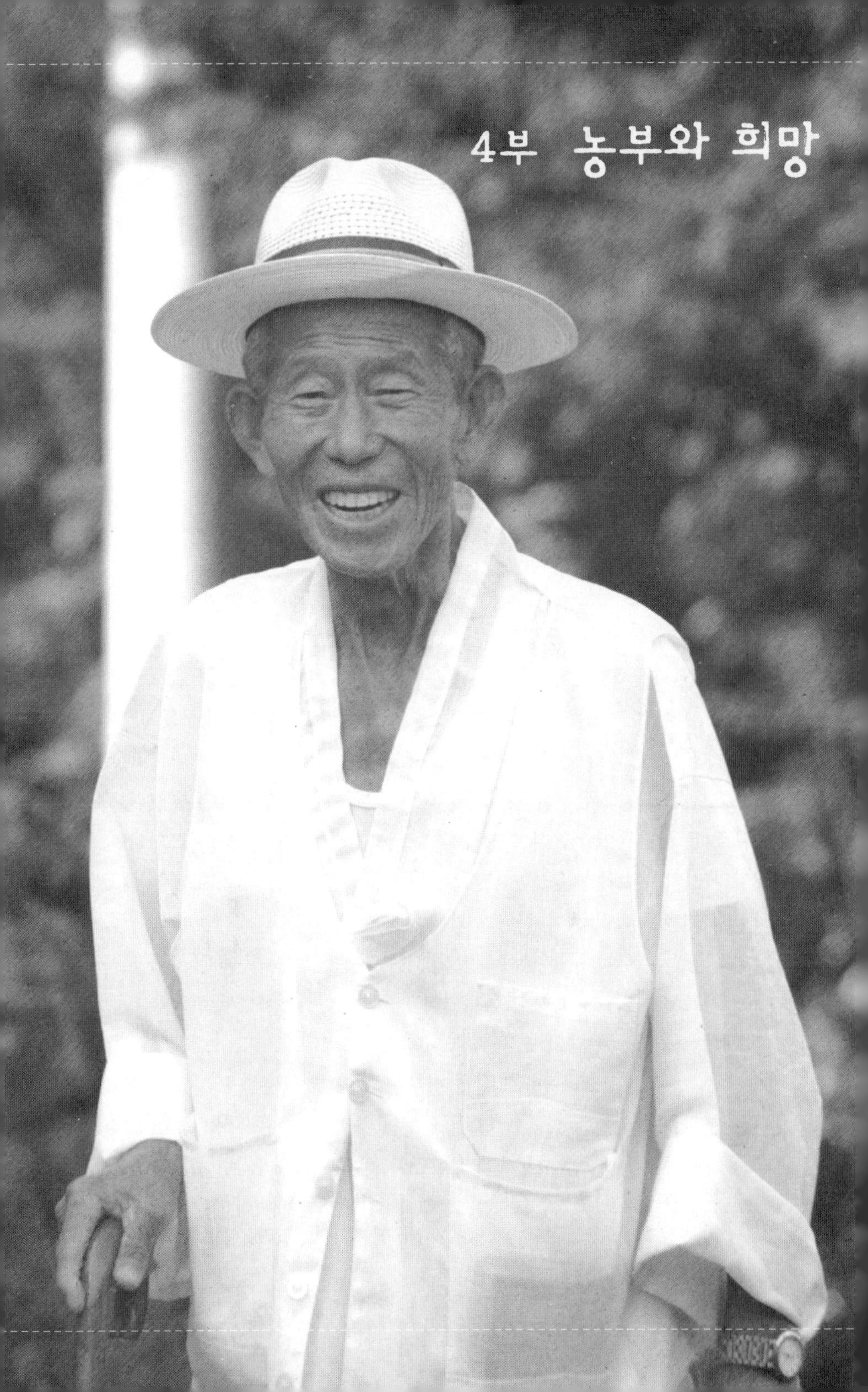

참꽃이 필 때

　일하지 않는 사람은 밥도 먹지 말고 글도 쓰지 말라고 하신 분, 제멋대로 된 값싼 상상이나 겉멋 부리는 글재주에서 우리 문학을 살려내기 위해서는 일하는 사람들이 글을 써서 사람 노릇을 해야 한다고 가르쳐 주신 분, 소설이고 시고 수필이고 의무교육을 마친 사람이라면 누구든지 "어렵구나" 하는 느낌을 가지지 않고 쉽게 읽을 수 있도록 써야 한다고 가르쳐 주신 분, 학교 공부를 가장 적게 한 사람들, 아니 학교 공부를 전혀 하지 않은 사람들이 읽는다고 생각해서 쓰는 것이 가장 훌륭한 글쓰기의 태도라고 가르쳐 주신 분, 한자말, 일본말, 서양말로 더럽혀지지 않은 깨끗한 우리말을 살려 써야 한다고 가르쳐 주신 분, 내 생각과 내 삶을 써야 하는 것이지 남의 삶을 남의 말로 써서는 거짓 글이 되고 죽은 글이 된다고 가르쳐 주신 분. 그분이 아니었더라면 나는 지금 어디서 무엇을 하고 있을까요? 스스로 묻고 또 물어 봅니다.

　이날까지 철없고 못난 제 삶을 이끌어 주신 많은 분들 가운데 그분을 나는 한평생 잊지 못할 것입니다. 일하는 사람을 귀하게 여기시고, 일하는 사람이 쓴 서툰 글을 눈여겨 보아주시고 때론 나무라기도 하시면서 늘 일하는 사람들 곁에 계시던 분, 선생은 많아도 참스승이 없는 시대라고 하지만 제게는 참스승이 한 분 계십니다.

1925년에 농사꾼의 아들로 태어나 교육자로서, 아동문학가로서 아이들을 정직하고 진실한 사람으로 키우는 일에 온 힘을 쏟으신 분, 교사들이 아이들을 가르치는 모습이 참 보기 좋아 교사가 되었다는 분, 1986년 2월에 독재정권의 강압에 못 이겨 불명예퇴직으로 학교를 떠날 때까지 마흔세 해 동안 아이들과 함께 지내며 교육 운동, 글쓰기 운동, 어린이문학 비평을 하는 가운데 동시와 동화도 쓰신 분, 아이들이 착하고 맑은 마음으로 세상과 자기 삶을 있는 그대로 보고 느끼도록 '글짓기'를 몰아내고 '글쓰기'를 새로 만들어내신 분, 교사를 그만둔 뒤부터 "아이들을 살리는 길이 우리말에 있다"고 느껴 '우리말 바로 쓰기 운동'을 펼치시다 2003년 8월 25일 6시 50분쯤에 충청북도 충주시 신니면 무너미 마을 고든박골에서 돌아가신 분. 그분이 누구냐고요? 이오덕 선생님이십니다.

1993년 어느 겨울, 첫 시집을 내기 위해 원고를 들고 과천에 있는 우리말연구소를 찾아갔습니다. 이오덕 선생님은 아무도 없는 썰렁한 사무실에서 〈우리말 우리글〉 회지를 접고 계셨습니다. 회지를 보니 컴퓨터로 쓴 것이 아니라 손수 손으로 또박또박 정성스레 쓴 것이었습니다. 참 놀랐습니다. 젊은 나이도 아니신데….

"선생님, 저는 진주에 살고 있는 서정홍이라 합니다. 20년 남짓 노동자로 살면서 틈틈이 써둔 시가 있어 선생님께 보여드리고 좋은 말씀을 듣고 싶어 찾아왔습니다."

"먼 길을 오시느라 얼마나 고생이 많으셨습니까? 내 잠시 다녀올 테니 기다리고 계십시오."

"선생님이 오실 동안 저는 회지 접는 일을 해도 괜찮겠습니까?"

"아이구, 그래 주시면 고맙지요."

회지를 접는 나를 한참 내려다보시던 선생님이 회지는 그렇게 함부로 접으면 안 된다며 시범을 보여주셨습니다. 양쪽 끝을 잘 맞추어서 정성껏 접어야 한다고 일러주시고는 나가셨습니다. 한 삼십 분 남짓 기다렸더니 선생님이 손에 무엇을 들고 돌아오셨습니다.

"먼 데서 손님이 왔는데, 시장에 가서 귤을 조금 사 왔습니다. 드시면서 이야기를 나누지요."

"선생님, 날씨가 이렇게 추운데 그 먼 길을 걸어서…."

선생님과의 첫 만남이었습니다. 이름도 없는 나 같은 사람까지 이렇게 소중하게 반겨주시니 얼마나 사람을 귀하게 여기실까, 생각하면서 선생님을 바라보니 저절로 고개가 숙여졌습니다.

다가오는 8월 25일은 선생님이 돌아가신 지 벌써 5년째 되는 날입니다. 선생님은 돌아가셨지만, 선생님 말씀이 이 땅에 살아 있으니 돌아가신 게 아닙니다. 지금도 이 땅 곳곳에서 많은 사람들이 그리움 한 움큼씩 안고 모여 선생님을 생각하며 밥을 나누어 먹고, 우리말과 삶을 가꾸는 글쓰기 공부를 하고 있는데 어찌 돌아가셨다고 할 수 있겠습니까.

이오덕 선생님은 일하는 사람들한테 이렇게 말씀하셨습니다. "첫째, 노동에 대한 믿음이 있는가? 둘째, 무식한 사람이 하는 말, 그 말이 진짜 우리말이다. 이런 우리말에 대한 믿음이 있는가? 셋째, 세상을 바르게 살아가려는 결심이 서 있는가? 그렇다면 글을 쓸 것이다. 글이 역사를 만들어가는 세상이니까." 그리고 또 말씀하셨습니다. "이 땅에 진짜 민주주의를 뿌리내리게 할 수 있는 사람은 일하는 사람들이다. 그리고 우리 말과 글을 살려낼 사람도 일하는 사람들이다. 일하는 사람들이야말로 하고 싶은 이야기를 감당할 수 없도록 많이 가졌고, 살아 있는 말을 하는 이 땅의 주인이기 때문이다."

글을 왜 써야 할까? 입이 있으니 생각을 말로 하면 그만인데 왜 하필 글을 써야 하나? 이런 생각을 가진 분들은 이오덕 선생님의 《삶을 가꾸는 글쓰기 교육》을 읽어보는 것도 도움이 되리라 생각합니다. 책을 다 읽고 나면 저처럼 글이 쓰고 싶어 잠을 이루지 못할지도 모릅니다. 우리는 지금 텔레비전이나 신문, 잡지들이 우리 삶과는 전혀 다른 엉뚱한 것을 보여주고 들려주어도 그것을 보고 듣는 재미에 깊이 빠져 깨어날 줄을 모릅니다. 이런 안타까운 현실을 생각할 때마다 이오덕 선생님이 그립습니다. 그리운 사람이 있다는 것은 그나마 자신을 곧게 지켜나가는 데 큰 힘이 되리라 믿으며 나는 '오늘'을 삽니다. 그리고 범우사에서 펴낸 《거꾸로 사는 재미》에 실린 선생님의 글을 다시 읽습니다.

해방이 되어 잠시 꿈같은 세월을 보냈지만, 일제의 망령은 모든 학교 교육에서 조금씩 되살아났다. 우선 학교 이름부터 일제가 황국식민화 교육을 강화하기 위해 1941년 소학교를 국민학교로 바꾸었던 것을 해방 뒤에도 미군정이 다른 말로 고치지 않고 일제 식민지 잔재인 학교 이름을 그대로 쓰게 하였고, 아동 중심이니 민주교육이니 하는 것은 입으로만 부르짖는 겉치레 말이었다. 그 당시 교육계에서는 모범 교사가 되는 조건이 세 가지가 있다고 했는데, 첫째는 돈을 잘 걷어 내는 일이고, 둘째는 청소를 깨끗이 하는 일이고, 셋째는 환경정리를 잘 하는 것이다. 이런 역사에서 무사히 월급쟁이 노릇을 하여 왔다는 것은 아이들에게 죄를 짓지 않고는 불가능한 일이다.

2~3년 전 여름, 전국 초등 국어교사 연수 때 두 시간 남짓 강의를 했습니다. 나는 그때, 이오덕 선생님 말씀을 생각하며 교사들에게 이렇게 물었습니다.

"이 세상에는 수십만 가지 직업이 있습니다. 그 가운데 자연과 사람을 괴롭히지 않는 직업은 다 소중한 직업입니다. 그 가운데 없어서는 안 될 소중한 직업이 있는데, 무엇일까요?"

300명 남짓 많은 교사들이 모였는데도 아무도, 아무도 제대로 대답하지 않았습니다. 대답은 안 해도 다 알고 있었겠지요. 그래서 나는 이렇게 말했습니다.

"첫 번째는 농사짓는 사람이요, 두 번째는 남의 집을 지어주는 사람이요, 세 번째는 살아가는 데 없어서는 안 되는 옷과 신발과 온갖 물건을 만들어주는 사람입니다. 사람은 먹지 않고 살아갈 수 없으며, 잠을 자지 않고 살 수도 없습니다. 그리고 옷이나 신발 들이 있어야 일을 하면서 자기 몸을 보호하고 살 수 있습니다. 그런데 여러분들은 제자들한테 자라서 무엇이 되라고 가르치고 있습니까? 생명을 살리는 농사꾼이 되라고, 집을 지어주는 목수가 되라고, 옷과 신발 들을 만들어주는 노동자가 되라고 가르친 적이 있습니까? 이렇게 없어서는 안 될 소중한 일을 서로 하지 않으려고 하니 세상이 날이 갈수록 어지럽습니다.

땀 흘려 일하지 않고 쉽게 재산을 모은 사람들이 일하는 사람을 업신여기고, 한평생 일하는 사람들 덕에 살면서 온갖 '쓰레기 문화'를 만들어내고 있습니다. 전쟁도 결국은 일하지 않는 사람들, 곧 머리로 살아가는 사람들이 만들어내는 것입니다. 땀 흘려 일하는 사람을 소중하게 여기는 마음이 누구한테나 있다면 세상은 평화로워질 것입니다."

강의를 끝내고 '시집 사인'을 해주었는데 한참 동안이나 옆에 서서 울고 있는 젊은 여교사가 있었습니다. 사인을 끝내고 일어서려는데 그 여교사가 울면서 이렇게 말했습니다.

"서정홍 선생님, 오늘 강의를 듣고 처음으로 아버지를 존경하게 되었습니다. 우리 아버지는 남의 집을 지어주는 목수입니다. 남의 집을 지어주는 일이 세상에서 두 번째로 소중한 일이란 것을 오늘 처음 알았습니다. 하릴없이 자주 술을 드시고 들어오는 아버지를 여태껏 한번도 이해하려고 하지 않은 나 자신이 얼마나 부끄러운지…. 남의 집을 지어준 대가로, 온갖 힘들고 위험한 일을 다 해가며 일한 대가로, 저를 이날까지 길러주셨는데 그것도 모르고 아버지를 원망만 하고 살았습니다. 아버지 직업을 누가 물으면 거짓말을 하고, 속으로 무능한 아버지라고 욕까지 했으니…. 서정홍 선생님, 고맙습니다. 내일 집으로 돌아가면 아버지 앞에 무릎 꿇고 용서해 달라고 말할 것입니다."

우리는 여태 그렇게 살아왔습니다. 편하게 잘 먹고 잘살겠다고 발버둥치며, 부모고 형제고 이웃이고 돌아볼 새도 없이 그저 바쁘게 살아온 것입니다. 시간에 쫓겨 늘 바쁘게 다니는 버스 기사들을 위해, 고무냄새 본드냄새 가득한 공장에서 일하는 신발공장 노동자를 위해, 농사지을수록 빚만 늘어가는 안타까운 농민을 위해, 한평생 남의 집을 지어주고도 자기 집 한 채 짓지 못하는 가난한 목수를 위해, 무거운 그릇을 하루 내내 들고 다니며 손님 밥상을 차리는 식당 아주머니를 위해, 언제 우리가 기도 한 번 드린 적이 있습니까? 따뜻한 눈길 한번 보내준 적이 있습니까? 돈이면 다 되는 줄 알고 살아왔지 않습니까?

세상이 이렇게 비틀어졌는데 여태까지 "무사히 월급쟁이 노릇을 하여왔다는 것은 아이들에게, 아니 사람들에게 죄를 짓지 않고는 불가능한 일"이 아니겠습니까? 산골 마을에서 농사짓고 사는 저도 무엇 하나 모자람 없이 살고 있으니, 이런 편안함을 어찌 죄를 짓지 않고 누릴 수 있겠습니까? 부끄럽고 또 부끄러울 뿐입니다.

먹고사는 일에 목을 매고 밤낮도 잊은 채 일만 하던, 일밖에 모르던 내가 일을 하면서 시를 쓰게 되었습니다. 시를 쓰는 일이 무어 대단한 일은 아닙니다. 그러나 시를 쓰면서 내 부끄러운 삶을 가꿀 수 있었으며, 이웃과 자연과 세상을 조금 더 넓고 깊게 보는 눈을 가지게 되었습니다. 슬픔이 기쁨으로 바뀌고, 절망이 희망으로, 노동이 고통이 아니라 즐거움으로 바뀌었습니다.

일하는 사람이 글을 써야 세상을 아름답게 바꿀 수 있다고 가르쳐 주신 이오덕 선생님은 "우리나라가 통일되면 나라 이름을 '참꽃 나라'라고 하면 얼마나 좋겠나 하고 어린애 같은 생각을" 하시기도 하고 "내가 죽으면 다른 어떤 꽃보다도 참꽃이 온 산을 물들여 피는 그 나라에 다시 태어나 살고 싶다"고 하셨습니다. 이오덕 선생님은 돌아가셨지만 해마다 참꽃이 피면 다시 살아나실 것입니다. 살아서, 끝끝내 살아서, 지켜보실 것입니다. 사람이 땀 흘리며 일은 하지 않고, 무슨 학문이고 철학이고 예술이고 문학이고 종교고 떠벌리면서 거짓과 속임수로 살지 말고, 저 풀숲에서 우는 벌레만큼 고운 울림으로 자연 속에서 어울려 사는 날을….

지금 농사가 돈은 안 되고 힘만 드는 것은 시장에 의해 교환가치가 조작되고 부가가치를 빼앗겼기 때문이다. 농사를 시장의 손에 맡겨두고 가는 진보나 개혁, 그리고 민주주의는 전부 가짜 진보, 가짜 민주주의다. 소농민과 그들의 농사를 외면하고 가는 진보는 십 리도 못 가 발병 날 것이다. 발병뿐이겠나? 속병까지 나리라.

천규석 선생이 쓴 《소농 버리고 가는 진보는 십 리도 못 가 발병 난다》 중에서

어둠을 한탄하기보다 촛불을 들자

엇저녁부터 황매산 자락에 눈발이 서더니 아침에 보니 창문 밖 장독 위도, 감나무 가지 위도, 텃밭에 심어둔 시든 상추 위도, 아무도 없는 빈집 쓸쓸한 슬레이트 지붕 위도, 올해부터 갑자기 똥오줌을 잘 가리지 못하시는 아흔두 살 인동 할머니 집 낡은 뒷간도, 수백 년 동안 우리 마을 사람들에게 물을 공급해준 작은 우물가도, 지지난달에 산밭에 심어둔 마늘과 양파 새순도, 모든 일을 다 마치고 편안하게 쉬고 있는 다랑이 논도, 도토리묵 만들었다고 가져오신 이웃 할머니의 머리 위도 온통 하얗습니다. 눈이 내리는 아름다운 아침에, 잊고 있던 시 한 편이 문득 떠오릅니다. 김남주 시인이 쓴 〈똥파리와 인간〉이란 시입니다.

똥파리는 똥이 많이 쌓인 곳에 가서
떼 지어 붕붕거리며 산다 그곳이 어디건
시궁창이건 오물을 뒤집어쓴 두엄더미건 상관 않고

인간은 돈이 많이 쌓인 곳에 가서
무리 지어 웅성거리며 산다 그곳이 어디건
범죄의 소굴이건 아비규환의 생지옥이건 상관 않고

보라고 똥 없이 맑고 깨끗한 데에 가서
이를테면 산골짜기 옹달샘 같은 데라도 가서
아무도 보지 못할 것이다 떼 지어 사는 똥파리를

보라고 돈 없이 가난하고 한적한 데에 가서
이를테면 두메산골 외딴 마을 깊은 데라도 가서
아무도 보지 못할 것이다 무리 지어 사는 인간을

산 좋고 물 좋아 살기 좋은 내 고향이란 옛말은
새빨간 거짓말이다 똥파리에게나 인간에게나
똥파리에게라면 그런 곳은 잠시 쉬었다가
물찌똥이나 한번 찌익 깔기고 돌아서는 곳이고
인간에게라면 그런 곳은 주말이나 행락철에
먹다 남은 찌꺼기나 여기저기 버리고 돌아서는 곳이다

따지고 보면 인간이란 게 별것 아닌 것이다
똥파리와 별로 다를 게 없는 것이다

　　나는 무슨 일을 하려고 마음먹을 때마다 이 시를 떠올립니다. "나는 누구인가? 따지고 보면 나도 별것 아닌 것이다. 똥파리와 별로 다를 게 없는 것이다" 하고 생각합니다. 그래야만 나를 가만히 내려놓고 편안하게 일을 할 수 있습니다. 아는 사람 한 사람 없는 작은 산골 마을에 들어와서 농사지으며 스스로 깨달은 것이 있다면, 남을 들여다보기 전에 나를 먼저 들여다보는 연습을 해야겠다고 마음먹은 것입니다. 농사를 짓든, 집을 짓든, 무슨 일을 하더라도 무엇보다 나 자신을 바로 세우는 일이 먼저라고 여겨졌기 때문입니다.
　　도시에서 월급이란 놈을 받아먹고 살 때에는, 그놈에게 꼬리를 붙잡혀 나를 세우는 일이 쉽지 않았습니다. 밤새 나를 세워 놓으면, 해가 뜨자마자 순식간에 무너져 내렸습니다. 그런데 남의 논밭 빌려 농사짓고 살면서부터 나를 세우는 일이 마음만 먹으면 그렇게 어렵지 않다는 것을 알았습니다. 하루하루 무엇을 할 것인가를 내가 스스로 생각해서 스스로 결정할 수 있기 때문입니다. 내가 월급이란 놈을 받아먹고 살 때에는 남이 시키는 대로 하루를 살았습니다. 내 몸과 마음을 월급이란 놈이 늘 감시하고 짓누르고 있었으니까요.

이제부턴 나를 조금 더 튼튼하게 세우기 위해 '인생의 그림'을 잘 그리고 싶습니다. 혼자서가 아니라, 복잡하고 어지러운 도시에서 살아남기 위해 경쟁하고 다투고 속이며 살 수밖에 없는 사람들과 함께 그리고 싶습니다. 인생의 그림을 잘 그리기 위해서 고민을 함께 나누고 싶습니다.

왜 사람이 도시에 몰려 살아서는 안 될까요? 환경문제, 주택문제, 실업문제, 교통문제, 교육문제, 건강문제, 양심문제, 식량문제, 이런 '문제'란 말만 들어도 머리가 땡합니다. 그밖에도 사람이 도시에 몰려 살아서는 안될 까닭이 많고 많을 것입니다. 왜 이런 문제들이 일어나고 있는 줄 알면서도 사람들은 도시로 도시로 몰려드는 걸까요? 제 나름의 세 가지 생각을 여러분들과 나누고 싶습니다.

첫 번째, 도시에서는 돈이 없으면 불안합니다. 먹고사는 모든 게 돈으로 이루어지기 때문입니다. 엉덩이만 움직여도 돈이 필요할 만큼, 돈이 없으면 꼼짝달싹할 수 없습니다. 돈을 벌기 위해 밥을 먹고 숨을 쉽니다. '사람이 이래 살아서는 안 되는 줄' 뻔히 알면서도 그럴 수밖에 없습니다. 돈이 필요 없다거나 나쁜 것이라 말하는 것은 아닙니다. 다만 행복을 따라가야 하는 줄 알면서도 자기도 모르게 돈을 따라가다가 돈에 매여버리는 게 문제인 것입니다. 돈이 있어야 동무들이 보고 싶지, 돈이 없으면 동무도 만나기 싫습니다. 돈이 있어야 부모님 용돈을 드리고, 아이들 학원도 보내고, 살림살이를 꾸려나갈 수 있습니다. 그래서 돈을 벌기 위해 어릴 때부터 잠마저 설쳐가며 공부를 합니다.

경남청소년종합지원본부가 지난 11월 18일 경남 20개 시·군 중고생 9,107명을 대상으로 청소년 생활실태를 조사해 보니, 중고생의 가장 큰 고민거리는 학업 성적이랍니다. '성적 때문에 나 스스로가 미워질 때가 가끔 있다' 32.4%, '나 자신을 가치 있게 여기지 않는다' 14.5%, '아무도 나를 이해하지 못한다' 13.5%, '나는 불행한 사람이다' 11.8%, '더 이상 희망이 없다' 5.3%라고 대답을 했다 하니, 앞으로 어른들이 어떻게 살아야 할지 걱정이 앞섭니다.

아이들이 어떤 고민을 하고, 얼마나 힘겨운 삶을 이어가고 있는지 어른들은 알면서도 모른 척합니다. 돈의 노예가 되어 너 나 할 것 없이 의사, 약사, 한의사, 변호사, 판사, 검사, 교사, 교수, 운동선수, 영화배우, 공무원, 대기업 노동자, 기업가, 국회의원, 장관 따위가 되라고 미친 듯이 공부를 시키고, 시키는 대로 아이들은 공부를 합니다. 공부하기 싫어도 꼭 두각시처럼 하는 척이라도 하는 것입니다. 돈벌이가 안 된다면 어느 누가 이따위 직업을 선택하기 위해 머리 싸매고 공부를 하겠습니까?

수십만 가지 직업 가운데 사람을 살리는 농사일이 가장 소중하다 해도, 돈이 안 된다는 까닭 하나만으로 아무도 농사일을 선택하지 않습니다. 슬기로운 바보거나 착하디 착한 천사가 아니면 농사일을 선택하지 않습니다. 돈이 있어야만 권력과 명예와 사람이 따라올 것이라 여기기 때문입니다.

몇 년 전부터 귀농하는 사람들이 조금씩 늘어나고 있지만 농사일보다는 '전원생활'에 관심이 더 많습니다. 여러 가지 책과 뉴스를 보고 들으면서 농사일을 소중하게 여기는 사람이 늘어나고 있지만, 스스로 농사일을 선택하는 사람은 그리 많지 않습니다. 이 모두 돈이 안 되기 때문입니다.

농촌이 무너지면 어느 누구도 살 수 없다고 글을 쓰고 떠들어대는 나부터, 농사 수입보다 다른 짓을 해서 버는 돈이 더 많습니다. 한 해 동안 들어오는 시집 인세, 원고료, 강사료 따위를 다 합쳐도 공무원 한두 달 월급 남짓밖에 안 되겠지만, 그래도 농사 수입에 견주면 그게 더 많습니다. 따지고 보면 정홍이란 인간도 별것 아닌 것입니다. 똥파리와 별로 다를 게 없는 것입니다.

그래서 나를 바로 세우기 위해 될 수 있는 대로 글 쓰는 데를 줄이고 강연도 줄여 농사일에 마음을 쏟을 계획입니다. 그렇다고 어떤 유명한 시인처럼 몇 년 동안 시만 쓰겠다고 말할 용기는 없습니다. 그동안 맺은 깊은 인연을 한순간 다 놓아 버리기가 쉽지 않으며, 그리고 신문이나 잡지에 글을 쓰거나 사람을 만나는 일 또한 농사일만큼이나 소중한 가치가 있다고 여기기 때문입니다.

　언제부턴가 '돈이 없어도 살아갈 수 있는 사람이 가장 성공한 사람이 아닐까?' 하는 생각이 들었습니다. 돈과 명예와 향락에서 벗어나야만 참자유인이라 스스로 말할 수 있겠지요. 그러나 이 세 가지 가운데 돈에서 벗어나는 것이 가장 어렵습니다. 농부와 시인은 무슨 특별한 '명예'가 있어야 하는 게 아니니 걱정하지 않아도 됩니다. '향락' 따위도 크게 걱정하지 않아도 됩니다. 향락(享樂)이란 즐거움을 누린다는 뜻입니다. 그런데 칠팔십 노인들밖에 없는 산골 마을이라 함께 즐길 수 있는 놀이도 없습니다. 혼자 팽이 들고 산밭에 이랑을 만들며 흘러간 노래를 부르는 것이 내가 누리는 큰 즐거움입니다.

　나름대로 산골 마을에 둥지를 틀고부터 믿고 따르는 선생님의 칠순잔치 때에도, 후배 출판기념회 때에도, 동무의 자녀 혼인식 때에도, 이런저런 크고 작은 잔치 때에도 봉투에 돈을 넣어 드리지 않고, 그 철에 내가 생산한 농산물(현미, 흑미, 찹쌀, 대추, 감자, 고구마, 감, 송화차 등)을 정성스럽게 포장하여 드립니다. 돈에서 조금이라도 벗어나기 위해서입니다. 선물을 받은 분들은 생각보다 훨씬 기뻐했습니다.

　그래도 사람 사는 데 도시든 농촌이든 돈은 필요합니다. 달마다 전기요금과 수도요금 따위를 돈 대신 감자나 고구마로 낼 수는 없으니까요. 그래도 도시보다는 농촌이 돈에서 몇 배 더 자유롭습니다. 우선 먹을 식량을 스스로 생산하기 때문입니다. 눈에 보이는 숲이 온통 찻집이고, 논둑이든 나무 그늘 아래든 밥만 있으면 밥집이 되고 술만 있으면 술집이 됩니다. 산의 열매든 들의 남새든 눈에 보이는 게 모두 안주가 되니 크게 돈

들어갈 데가 없습니다.

두 번째, 도시는 닫혀 있는 곳입니다. 도시 사람들은 앞집 뒷집에 누가
사는지 몰라도 살아갈 수 있습니다. 도둑이 살든, 강도가 살든, 밤마다 사
람을 토막 내는 살인자가 살든, 두부에 염산을 섞어서 파는 사람이 살든,
묵은 쌀을 햅쌀처럼 보이게 하기 위해 식용유를 뿌리는 사람이 살든, 사
람이 먹어서는 안 되는 농약과 방부제투성이인 수입쌀을 국산쌀이라고
속여서 팔아먹는 사람이 살든, 일반농산물을 유기농산물이라고 속여서
떼돈을 번 사람이 살든, 고무가루를 섞어 당면을 만드는 사람이 살든, 짐
승도 먹지 않는 쓰레기 같은 음식을 넣어 만두를 만드는 사장이 살든, 중
국산 더덕에 황토를 발라 국산 더덕이라 속여 파는 사람이 살든….
　도시 사람들은 이런 무서운 사람이 앞집에 사는지 뒷집에 사는지 몰라
도 살아갈 수 있습니다. 잘 알려고 하지도 않습니다. 서로 모르고 지내는
게 속 편하다고 말하는 사람이 더 많습니다. 도시는 이웃이 어떤 마음으
로 어떤 일을 하는지 몰라도, 나만 잘살면 되는 구조를 갖고 있습니다. 그
래서 내가 잘살기 위해서는, 돈이 되는 일이라면 남한테 조금 피해가 가
더라도 똥파리처럼 달려드는 것입니다. 언제나 닫혀 있는 공간이라 바로
옆집에 혼자 사는 할머니가 돌아가셨는데도, 돌아가신 지 한 달이 지났는
데도, 모르고 삽니다.
　농촌 사람들은 앞집 뒷집에 누가 사는지 모르면 살아갈 수가 없습니다.
할미꽃 피는 무덤은 누구네 무덤인지, 마을 들머리 정자나무 가지는 언제
부러졌는지, 언덕 아래 풀만 자란 저 산밭은 누구네 것인지, 잔칫날 돼지
잡을 때 쓰는 긴 칼은 누구네 집에 있는지, 누구네 소가 일 잘하고 힘이
센지, 누가 화학비료와 농약을 많이 뿌려대는지, 해마다 고추농사는 누가
가장 잘 짓는지, 만식이 아저씨 이마에 상처는 왜 생겼는지, 가장 말조심
해야 할 사람은 누군지, 돈 많으면서 구두쇠 짓을 하는 사람은 누군지, 누
구네 자식이 실직을 했는지, 산청 할아버지 피우는 담배는 몇째 아들이

사준 것인지, 개울에 물이 줄어들면 누구네 논에 물을 대고 있는지, 누구네 똥개가 밤마다 시끄럽게 짖어대는지, 이런 작은 일까지 모르면 살아갈 수 없습니다.

농촌은 이웃이 어떤 마음으로, 어떤 일을 하는지 모르면 함께 살아갈 수 없는 구조를 갖고 있습니다. 늘 열려 있는 공간이라 거짓말을 할 수도 없고, 도둑질을 하거나, 남을 괴롭히거나 해치는 일을 할 수가 없습니다. 그랬다가는 다리 뻗고 잠들 수 없기 때문입니다.

세 번째, 도시에서는 순환 구조가 파괴되어, 삶 자체가 환경을 오염시키는 쓰레기를 만들어낼 수밖에 없습니다. 똥오줌을 물속에 버리게 만든 수세식 변소가 하나의 예입니다. 오랜 옛날부터 자기가 눈 똥오줌을 3년 동안 먹지 않으면 몸과 마음에 큰 병이 생긴다 했습니다. 그 말뜻은 먹고 눈 똥오줌을 다시 흙으로 돌려주고, 그 흙에서 나온 곡식을 먹고살아야 '사람 노릇'을 할 수 있다는 말이지요.

사람은 모두 똥오줌을 먹고산다고 해도 지나친 말이 아닙니다. 농사를 지으려면 거름이 있어야 하는데, 그 거름을 모두 사람, 닭, 돼지, 염소, 개, 소 들이 눈 똥오줌으로 만드니까요. 거름으로 쓰는 쌀겨도 깻묵도 한약 찌꺼기도 모두 거름으로 농사지은 작물에서 나온 것입니다. 민들레 한 송이도, 강아지똥이라도 곁에 있으면 더 아름답게 피는 것이지요.

우리는 수천 년 동안 똥오줌을 귀하게 여겼습니다. 어느 날부턴가, 수세식 변소가 하나둘 늘어나더니 지금은 도시든 농촌이든 대부분 수세식 변소에서 똥오줌을 눕니다. 똥오줌이 물과 섞여 수세식 변소로 내려가면 사람과 자연을 살리는 데 아무런 도움이 안 되겠지만, 흙과 섞이면 사람과 자연을 살리는 훌륭한 거름이 되지 않겠습니까? 도시에서 살면, 더구나 아파트에서 살면 수세식 변소를 쓰지 않고는 살 수가 없습니다. 그래서 좌변기에 앉아 똥오줌을 눌 때마다 "내가 또 큰 죄를 짓는구나!" 하는 것이지요. 자기가 눈 똥오줌조차 다시 흙으로 돌려주지 못하는 도시에서 어떻게 환경운동이니 생명운동이니, 이따위를 신명나게 할 수 있단 말입니까.

사람은 흙에서 태어나, 흙에서 난 것을 먹고삽니다. 우리가 먹는 쌀, 보리, 밀, 고구마, 감자, 배추, 상추, 사과, 포도 들은 모두 흙에서 나온 것입니다. 돼지고기도 쇠고기도 오리고기도 물고기도 따지고 보면 모두 흙에서 나온 것입니다. 흙이 없으면 들판의 참새나 물고기도, 어떠한 목숨붙이도 살아갈 수 없습니다.

흙이란 지구의 외각을 이루는 가루나 토양을 말하기도 하지만, '동물이 죽어서 썩어지는 것'을 이르는 말이기도 합니다. 사람뿐만 아니라 살아 있는 모든 식물이나 동물은 흙에서 태어나, 흙에서 난 것을 먹고살다 흙으로 돌아갑니다. '돌아간다'는 말은 참 아름다운 말입니다. 더구나 자연에 기대어 살면서 자연을 괴롭히며 살아온 몹쓸 사람이, 죽어 다시 돌아갈 곳이 있다니 얼마나 다행스러운 일입니까. 태어난 곳으로 다시 돌아가, 썩어서 한 줌 흙이 되어 다른 목숨붙이들을 살릴 수 있다면 얼마나 기쁜 일입니까.

그러나 날이 갈수록 흙은 사람들 곁에서 멀어져 갔습니다. "한국 온실가스 배출, 17년 새 2배 늘어", "초등생 13% 시험 끝난 뒤 '죽고 싶다', 41% 손떨림, 39% 식은땀 등 몸에 이상"(《한겨레》, 2007년 12월 5일자)과 같은 기사들이 계속 나오고 있습니다. 어찌 돌아온 것이 이것뿐이겠습니까. 이혼, 자살, 교통사고, 알콜 중독, 온갖 범죄와 무서운 질병 따위가 이 나라를 뒤덮고 있습니다. 사람이 흙을 떠나 살고부터 '사람의 마음'을 잃어버렸기 때문입니다.

노자는 "물은 모든 것을 이롭게 하고 다투지 않는다"고 하더군요. 그러나 물처럼 한세상 사는 것이 말처럼 그리 쉽지 않은 까닭은, 우리네 삶이 늘 잘못과 실수투성이기 때문이겠지요. 물은 흐르면서 꼭 자기 길을 고집하지 않는다지요. 흐르면서 스스로 제 길을 만들어 간다지요. 사람들의 마음은 언제쯤 물처럼 낮은 곳으로 흘러서 스스로 '길'을 만들어갈 수 있을까요.

　덕유산 자락에서 여기 황매산 자락으로 옮겨 앉은 지 벌써 몇 년이 바람처럼 지나갔습니다. 뒤돌아보면 도시 가운데서 서성거리고 살던 지난 내 모습이 우습기도 하고 서글프기도 하지만, 그 또한 내 모습이라 사랑하고 싶습니다. 농사짓는다는 게 이렇게 기쁘고 보람된 일인 줄 진작 알았더라면 지금쯤 '멋진 농사꾼'이 되었을 텐데 싶지만, 지금도 늦지 않다는 걸 잘 압니다.

　하루하루가 다르게 세상이 바뀌다 보니 모두 불안합니다. 불안하다 보니 사람을 겁주는 온갖 말들이 유령처럼 떠돌아다닙니다. 2012년에 지구가 어찌 된다는 둥, 2040년도에는 지구에 사람이 살 수 없다는 둥, 그따위 말에 마음 쓸 겨를이 있으면 지구를 살리는 실천 한 가지라도 하는 게 훨씬 더 낫지 않겠습니까. 어둠을 한탄하기보다 작은 촛불 한 자루라도 들어야 하지 않겠습니까.

삶과 죽음을 넘나들며

　2005년 12월 29일 12시에 진행된 범대위 비상 대표자회의 결과에
따라 돌아가신 전용철, 홍덕표 농민열사 공동 장례를 31일 진행하기로
했습니다. 31일 오전 9시에는 진용철 농민의 발인이 서울대병원에서
있으며, 홍덕표 농민은 오전 7시 김제에서 발인할 예정입니다. 두 분
의 영결식은 오전 11시 광화문 일대에서 진행되며 노제는 지난 11월
15일 전국농민대회장인 여의도 문화공원에서 1시 30분에 진행될 예정
입니다. 두 분이 편안히 잠들 수 있도록 장례와 장례 일정을 알리는 검
은색 현수막을 붙여주시고 많은 분들이 영결식에 참여할 수 있도록…

　한국가톨릭농민회에서 급하게 보내온 공문을 읽었습니다. 늦게나마 진
실이 밝혀지고 노무현 대통령이 대국민 사과(12월 27일)를 하고 허준영 경
찰청장이 사퇴(12월 29일)를 하는 '덕'에, 이제라도 장례를 치를 수 있구나
싶어, 안타깝지만 다행이라 여겼습니다. 시민사회단체 회원들과 어질고
착한 백성들의 정성과 땀방울이 이루어낸 '진실과 정의의 힘'이라 믿었
습니다.
　그러나 내 마음 한쪽에서는 알 수 없는 깊은 분노가 치밀어 올랐습니
다. 시위 현장에서 장관이나 국회의원 아들이 죽거나, 아니 대학생 한 명

만 죽었어도 온 나라가 떠들썩할 텐데, 힘없고 가난한 농민이 죽었다고 죽은 지 한 달이 넘도록 잘못했다는 놈 하나 없으니…. 그것도 헌법 제1조가 "대한민국은 민주공화국이다"라는 나라에서, 훤한 대낮에 서울 한복판에서 손자 같은 젊은 경찰한테 맞아 두 명씩이나 죽었는데 말입니다.

생각할수록 가슴이 아프고 부끄러웠습니다. 내가 부끄러운 까닭은 조금 더 낮은 곳으로 내려가서 살지 못하고 내 편안함을 위해 많은 날을 보냈기 때문입니다. 그리고 돌아가신 두 분은 11월 15일 전국농민대회장인 여의도 문화공원에서 저와 함께 있었기 때문입니다. 그날을 생각하면 나는 아직도 온몸이 바르르 떨립니다. 세월이 지났지만 지금까지 까닭도 없이 자다가 벌떡 일어나기도 하고, 무서운 꿈을 꾸기도 합니다. 얼마나 끔찍한지 두 번 다시 생각하고 싶지 않지만, 이런 일이 다시는 일어나지 않도록 하기 위해 안타깝고 슬픈 마음으로 아래 글을 썼습니다.

아스팔트 농사

11월 15일, 새벽 다섯 시에 잠에서 깼습니다. '고 정용품 동지 추모와 쌀협상 국회비준 저지 전국농민대회'에 참석하기 위해서입니다. 서울 여의도 문화마당에서 오후 한 시부터 행사를 한다고 하니 첫 기차를 타야 합니다. 짐을 챙기고, 오늘 하루 끼니로 내 손으로 일군 땅에서 캔 고구마를 씻어 가방에 넣었습니다. 고구마를 챙긴 까닭은 농사짓는 농사꾼이 돈을 주고 무얼 사 먹는다는 게 마음에 걸렸기 때문입니다. 식당에서 사 먹는 음식들은 수입농산물이 많으니까요. 오늘뿐만 아니라 다른 지역에서 회의나 집회가 있을 때에도 주먹밥을 싸거나 고구마, 감자, 옥수수 따위를 삶아서 도시락 대신 간편하게 끼니를 때울 때가 많습니다.

이것저것 다 챙기고도 자투리 시간이 남아 걸레를 빨아 마루를 닦았습니다. 아내가 아침에 일어나면 깨끗해진 마루를 보고 기뻐하리라 생각하니 저절로 신바람이 났습니다. "행복하게 살고 싶으면 남을 행복하게 해 주는 법부터 배워야 한다." 나 때문에 누군가 잠시나마 행복해질 수 있다면 얼마나 기쁜 일입니까.

이른 아침, 오랜만에 집을 나섰더니 거리마다 사람들이 바쁘게 움직이는 모습이 보였습니다. 그 모습을 보면서 내가 살아 있다는 게 어쩌나 고마운지 괜스레 마음이 설레었습니다. 살아 있는 것은 늘 움직이는 것입니다. 그래서 오늘 바쁜 일거리 제쳐두고 '아스팔트 농사' 지으러 서울로 갑니다. 농사꾼이 사람답게 살 수 있는 세상이 언제쯤 올까? 그런 세상이 오기는 오는 것일까? 그저 앉아서 기다리기보다 스스로 길을 찾아 나서면, 그 길에서 뜻있는 사람을 만날 것이고, 만나서 절망보다는 희망을 나누게 되리라는 믿음 하나를 품고 서울로 갑니다.

낮 열두 시 조금 지나서 닿은 여의도 문화마당에는 벌써부터 전국 곳곳에서 올라온 농민 형제들이 여기저기 모여 있었습니다. 행사장 앞에 담양군 남면 인암리 정용품 이장이 쓴 유서가 가장 먼저 눈에 띄었습니다.

> 정말 열심히 일하는 사람이
> 대접받을 수 있는 사회가 되어야 한다.
> 꼭 이루어져야 한다고 생각하고
> 위에 계신 분들이 솔선수범하여야 한다.

젊고 팔팔한 나이에, 그것도 나라에서 정한 '농업인의 날(11월 11일)'에, 우리나라 농업을 걱정하며 농부가 스스로 목숨을 끊을 수밖에 없는 현실이 안타까워 마음이 미어졌습니다. 어찌 나만 이런 마음이 들겠습니까? 유서를 읽은 사람이라면 그냥 지나칠 수는 없을 것입니다.

낮 한 시가 지나자 여의도 문화마당은 농민 형제들로 가득 찼습니다. 거의 1만 명 남짓 모였습니다. 농민 형제들이 늘어날수록 전투경찰(전경)도 늘어났습니다. 노래와 구호가 늦가을 하늘을 울리고, 노란 은행잎이 농민 형제들의 서러움을 아는지 모르는지 뚝뚝 떨어져 바람에 날렸습니다.

1부 '고 정용품 농민 형제 추모식'이 이어졌습니다. "한 송이 꽃이 되어 갔네. 그대 흘린 피 위에 우리의 맹세는 … 조국의 논과 밭 지켜내리니 동지여 먼저 가시게, 해방의 나라로." 눈물 없이 들을 수 없는 슬픈 추모곡이 끝나고 여러 단체 대표가 한 분씩 차례차례 나와서 목이 터져라 부르짖었습니다. 우리 농업과 농촌을 살리는 것이 도시를 살리는 길이라고, 우리 겨레를 살리는 길이라고, 농촌을 지키는 것은 우리 부모형제와 이웃을 지키는 거라고, 식량을 외국에 맡긴다는 것은 아이들 목숨을 외국에 맡기는 거라고, 열심히 일하는데도 왜 농민들은 날이 갈수록 가난해지는지 꼭 밝혀 달라고, 고 정용품 동지는 한 해 내내 자랑삼아 집 앞에 태극기를 걸어 두었는데 국가는 그이한테 희망이 아니라 절망과 죽음만을 안겨주었다고, 농산물 시장이 개방되면 우리 논과 밭이 사라질 텐데 '농업인의 날'을 정해서 무얼 하겠느냐고, 차라리 '농업인의 날'을 없애버리자고, 아무리 분노가 치밀어 올라도 자라나는 아이들을 위해서 기죽지 말고 당당하게 싸워서 우리 농업과 농촌을 지켜내자는 말씀들이 가슴 깊이 들어왔습니다.

2부 행사가 끝나고 우리는 전경들이 막고 있는 국회 앞으로 나갔습니다. 서러움과 울분에 가득 찬 노래와 구호가 이어지고 몇몇 젊은 농민 형제들이 길을 트기 위해 전경들과 실랑이를 벌였습니다. 갑자기 전경들이 물대포를 마구 쏘아댔습니다. 정부가 시키는 대로 농사짓고 살아온 죄밖에 없는 어진 농민들은 물대포를 맞으면서도 물러설 줄 몰랐습니다. "쌀만큼은 꼭 지켜야 한다"는 각오로 전국 농민들이 하나로 뭉쳤기 때문입니다.

늦가을, 벌써 찬바람에 옷깃을 여미는 때입니다. 가슴속에 얼마나 깊은 절망과 분노가 쌓였기에 고향을 떠나 이 머나먼 서울까지 왔단 말입니까. 그 뜨거운 여름 땡볕 아래서도 묵묵히 논밭을 일구어, 온 겨레의 목숨을 이어주는 농민들이 서울에 왔으면 대통령, 장관, 국회의원, 담당 공무원들이 나와서 "먼 길 오시느라 얼마나 애쓰셨습니까? 애써 지어주신 곡식으로 우리 식구들 건강한 몸으로 편안하게 잘 살고 있습니다" 이렇게 머리 숙여 인사하고 따뜻한 국밥이라도 끓여 내놓아야 '사람 도리'가 아니겠습니까. 그런데 시간이 흐를수록 돌아오는 것은 폭력뿐이었습니다. 물대포와 군홧발로 짓밟아 두 번 다시는 국회 앞에 얼씬거리지 못하도록 농민들을 쫓아냈습니다.

삶과 죽음을 넘나들며

이런저런 생각에 잠겨 있는 내 곁을 어떤 농민이 피범벅이 되어 비틀거리며 지나갔습니다. 얼른 다가가서 손수건을 꺼내 얼굴을 닦아주고 돌아서는데 갑자기 전경들이 몰려오고 있었습니다. 좁은 길에서 많은 사람들이 한꺼번에 쫓기는 바람에 한 사람이라도 넘어지면 수십 명이 깔려 죽을 것 같아 크게 소리를 질렀습니다(80년대부터 나는 시위대 안전 담당을 맡은 적이 많았습니다). "자아 자, 밀지 말고 앞을 잘 보고 갑시다. 밀면 큰일 납니다." 이런 말을 하면서 옆을 보니 농민회 일꾼인 유영일 신부님이 있었습니다. "신부님, 뒤를 보십시오. 전경들이 밀려옵니다. 얼른 피해야…." 내 말이 채 끝나기도 전에 뒤에서 '픽' 소리가 났습니다. 그 소리를 듣고 잠시 머리가 어질어질했습니다. 그리고 오 분쯤 지났을까요? 누군가 내 팔짱을 끼고 외쳤습니다. "비켜주세요. 부상잡니다. 급합니다. 조금씩 비켜주세요." 얼마나 시간이 흘렀을까? 내 머리에서 얼굴로 피가 흘러내리고 있었습니다. 그제야 내 머리가 방패에 찍혔다는 것을 알았고, 나를 살리기 위해 팔짱을 끼고 달린 사람이 천주교 서울대교구 우리농촌살리기운동본부에서 일하는 맹주형 아우란 것도 알았습니다.

시위대를 뚫고 십 분쯤 달렸을 무렵, 마침 신호등에 걸린 경찰차를 잡아타고 닿은 곳이 여의도 성모병원 응급실이었습니다. 닿아서 이삼십 분쯤 지나자 응급실은 부상당한 농민 형제들이 밀어닥쳐 말 그대로 '피바다'였습니다. 나는 얼마나 피를 흘렸는지 속옷까지 피에 젖어 있었습니다. 그리고 머리가 얼마나 깊이 찢어졌는지 아무리 수건으로 눌러도 피가 멈출 줄 몰랐습니다. 그래도 정신이 살아 있으니 얼마나 다행인가 싶었습니다. 그리고 문득 이런 생각이 스쳐 지나갔습니다. 조금이나마 젊고 건강한 내가 다쳤으니 또 얼마나 큰 다행인가, 아버지같이 늙은 농민이 이렇게 맞았더라면 죽을 수도 있었을 것을.

여의도 성모병원 응급실 안에서는 작은 기적이 일어났습니다. 아들 같고 손자 같은 전경들한테 맞고 짓밟혀 눈이 찢어지고 입술이 터지고 머리가 깨진 농민 형제들이 서로 피에 젖은 옷을 벗겨주기도 하고, 서로 손을 잡고 위로하면서 수술 시간을 기다렸습니다. 심한 고통 속에서도 어느 누구도 나부터 치료를 해달라며 억지를 부리는 사람이 없었습니다. 이게 기적이 아니고 무엇이겠습니까?

나는 한참을 기다렸다가 겨우 수술을 했습니다. "소독할 시간이 없어서 그냥 집었으니, 내일 다른 병원에 가서 소독하십시오"라는 의사 선생 말을 듣고 병원을 빠져나왔습니다. 찬바람이 얼굴을 스쳐 지나갔습니다. 문득 '사람 일은 내일을 모른다'는 말이 떠올랐습니다. 늘 몸과 마음을 비워 두어야겠구나 싶었습니다. 그래야 편안하게 눈을 감을 수 있을 것 같았습니다.

어느덧 낯선 서울 거리에 어둠이 깔렸습니다. 마음 같아서는 다시 시위 장소로 가고 싶었지만, 나를 살려준 주형이 아우한테 쉽게 그 말을 꺼내지 못하고 영등포에 마련된 숙소로 돌아왔습니다. 돌아오자마자 텔레비전 뉴스를 보았습니다. 헤아릴 수 없이 많은 농민들이 전경들의 방패에 찍히고 짓밟혀 정신을 잃었다는데, 뉴스는 고작 농민들의 '과격 시위'만을 보여주는 것 같았습니다. 늙은 농민들이, 이 바쁜 농사철에, 왜 서울까지 와서 이 고생을 하는지 이해하려는 말 따위는 한마디도 없었습니다. 그저 옆에서 구경하듯이 찍은 화면들만 스쳐 지나갔습니다.

나는 폭력을 싫어합니다. 폭력을 좋아할 사람이 어디 있겠습니까. 만일 있다면 사람이 아니라 괴물이겠지요. 시위 중에 아무리 화가 나도 돌을 손에 집었다가 놓고, 다시 집었다가 놓기를 되풀이하다가 한 번도 돌을 던져보지 못했습니다. 내가 던진 이 돌에 맞아 누군가가 다치거나 죽을 수 있다는 생각이 들어 도저히 던질 수가 없었습니다. 모두 우리 겨레고, 이웃이며 형제이기 때문입니다.

   11월 15일, 하루 내내 고구마 두세 개로 끼니를 때우고도 배고픈 줄 모르고, 삶과 죽음을 넘나들며 숨 가쁘게 지냈습니다. 그날 밤, 나는 방패에 찢어진 머리가 어찌나 욱신욱신하던지 뜬눈으로 밤을 새웠습니다. 다음날 고향에 내려와 병원에 가서 다시 소독을 하고 붕대를 감았습니다. 찢어진 머리보다 마음이 더 아팠습니다. 산골 마을에서 가장 젊은 나는, 젊은 만큼 더 심한 몸살을 앓았습니다. '언제쯤 부시니 정치니 뭐니 이따위에 마음 쓰지 않고 농사일에 온 정성을 쏟으며 살 수 있을까? 그런 날이 오기는 오는 것일까?' 이런저런 생각을 하고 있는 지금도, 한 뼘 남짓 찢어진 머리에 아무렇게나 쇠로 박아 놓은 부분이 욱신거립니다. 이 아픔은 우리나라, 우리 겨레의 아픔이고 슬픔입니다.
   전라도에서 경상도에서 충청도에서 강원도에서 여기저기서 농민대회 왔다가 나처럼 피투성이가 되어 고향으로 돌아간 할아버지와 할머니, 아버지와 어머니, 형과 아우들은 지금쯤 어디에서 어떤 생각을 하고 있을까요? 얼른 나아 밥이라도 제때 드셔야 할 텐데 말입니다.

참스승인 농부

   11월 11일 : 전남 담양 정용품 농민, 쌀 협상안 국회비준 규탄하며 농약 먹고 자살
   11월 13일 : 경북 성주 오추옥 여성 농민, 쌀개방 반대하며 농약 먹고 자살
   11월 15일 : 전북 김제 하신호 농민, 농민대회 귀가 후 사망
   11월 17일 : 경기 농민, 농가부채 상환 압박에 농약 먹고 자살

11월 23일 : 경남 의령 진성규 농민, 국회비준 강행처리 규탄하며 분신
11월 24일 : 충남 보령 전용철 농민, 11월 15일 전국농민대회 때 경찰들한테 맞아 쓰러진 뒤 사망
12월 18일 : 전북 김제 홍덕표 농민, 11월 15일 전국농민대회 때 경찰들한테 맞아 중태에 빠져 있다 끝내 사망

나라에서 이렇게 농민들을 죽이지 않아도 농민들은 숨만 내쉬고 있을 뿐이지, 이미 오래전에 죽었습니다. 늙은 농민들의 '필수품'이 청산가리라는 말이 장날 시장바닥에 떠돌고 있을 정도니 더 이상 무슨 말을 할 수 있겠습니까. 농촌 들녘에서 일을 하다 다치거나 병이 들면 스스로 목숨을 끊겠다는 어르신들이 많습니다. 제 몸 움직이기 어려우면 어느 자식이 돌볼 것이며, 돌볼 자식이 있다 해도 자식 고생시킬까 봐 스스로 목숨을 끊겠다는 것이지요. 나는 그런 말을 들을 때마다 이 땅에 살아있다는 게 얼마나 부끄러운지 쥐구멍이라도 있으면 얼른 들어가고 싶습니다. 자랑스러운 '대한민국'이 이 정도밖에 안 되는 나라였습니까?

350만 농민들이 바라는 것은 무어 그리 대단한 것이 아닙니다. 거저 집을 지어달라는 것도 아니고, 거저 돈을 달라는 것도 아닙니다. 다만 애써 농사지은 곡식을 제값 받고 팔아서 인간다운 삶을 누리고 싶은 것입니다. 그리고 농민들은 묻습니다. 농축산물의 수입개방으로 수백만 명의 농민들을 거리에 내몰며 얻은 경제적 이익은 누구를 위한 것인지요? 만일 수입개방이 진정 거스를 수 없는 것이라면 마음을 열고 농민들을 자주 만나, 바늘구멍 같은 작은 길이라도 열어 두는 게 '사람에 대한 예의'가 아닌지요? 지금 당장 돈벌이가 안 되면 농촌이고 농민이고 다 죽어도 좋단 말인지요? 그래서 농촌이 무너지고 농민이 다 죽고 나면 우리 후손들은 무얼 먹고 살아갈 수 있을까요?

11월 23일, 쌀 협상 비준안이 국회 본회의를 통과했으니, 이에 따라 우리나라는 쌀 관세화를 2014년까지 유예받는 대신, 이 기간에 현재 연간

20만 5,000톤인 의무 수입 물량을 40만 8,000톤으로 늘려야 합니다. 2006년 3월께 수입쌀이 드디어 우리 밥상에 오르게 될 것입니다.

이제 누가 무너져가는 우리 농업과 농촌을 살릴 수 있겠습니까? 대통령이나 장관들입니까? 아니면 국회의원들입니까? 아니면 똑똑한 판검사들입니까? 정권이 바뀌고 장관과 국회의원이 몇 번씩 바뀌었는데 무엇이 나아졌습니까? 그렇다면 우리는 어디에서, 누구와 희망을 만들어 가야 합니까? 바로 우리 자신입니다. 농업과 농촌이 사라지면 우리 겨레의 얼이 사라지고, 어머니인 고향(논밭)이 사라지고, 아이들의 미래가 사라지고, 어느 누구도 건강한 삶을 누릴 수 없습니다. 그래서 우리 힘으로, 우리 정성과 슬기를 모아, 우리 농업과 농촌을 살려내야 합니다.

틈틈이 농사지으면서 농사 일꾼(농민회 사무국장)으로 일한 지 벌써 10년이란 세월이 흘렀습니다. 도시에 휩쓸려 그저 세상 흘러가는 대로 큰 고민이나 생각도 없이 살아오던 어리석고 못난 나를 여기까지 이끌어준 분은 대통령도 아니고 장관이나 국회의원도 아닙니다. 의사도 아니고 약사도 아니고 교수도 아니고 과학자도 아닙니다. 성직자나 수도자도 아닙니다. 유명한 시인도 아니고 소설가도 아닙니다. 바로 요즘 학생들이 말하는 '불쌍한 사람'인 농부들입니다.

농부들은 더러운 '돈냄새'만 나던 제게 '사람냄새'가 무엇인지 깨닫게 했습니다. 흙이 무엇인지, 땀이 무엇인지, 생명이 무엇인지 알게 했습니다. 그래서 죽었다 천 번 만 번을 다시 태어나도 참스승은 농부들입니다. 흙을 버리지 못하고 가난과 불편함을 무릅쓰고 한평생 농촌 들녘에서 땅을 일구며 살아오신 농부들이 참스승입니다.

서울중앙지법 민사합의30부(재판장 최진수)는 2008년 11월 18일 2005년 서울 여의도 농민시위 도중 경찰의 과잉진압으로 숨진 농민 전용철(당시 43세) 씨의 유족들이 국가를 상대로 낸 손해배상 청구소송에서 국가가 1억 3,000만원을 배상하라고 판결했다.(《한겨레》, 2008년 11월 19일자)

생명의 땅, 쿠바를 다녀와서

한국가톨릭농민회 전국본부 정기환 총장한테서 전화가 왔습니다.

"형님, 쿠바 한번 다녀오셔야겠습니다. 쿠바 유기농업을 보고 배워서 우리도 농약 없는 농촌을 만들어야 하지 않겠습니까?"

"꼭 쿠바까지 가서 배워야 합니까? 그리고 젊은 실무자를 보내서 앞으로 많은 일을 할 수 있도록 하는 게 바람직하지 않습니까?"

"젊은 실무자들이야 다음 기회에 가면 되지요. 형님이 실무자들 가운데 나이가 가장 많으니 먼저 다녀오세요. 친환경농업단체연합회에서 11박12일 동안 '쿠바 유기농업 연수'를 가기로 결정이 났습니다. 꼭 다녀오세요. 우리나라도 대안을 마련해야지요."

"밀사리 문화한마당 행사도 준비해야 하고, 경남생태귀농학교도 열어야 하는데…."

쿠바, 마음 설레는 곳

그래, 배우는 것도 때가 있는 법이지. 주저하다 많은 기회를 잃는다고 하지 않던가. 맘먹고 가자. 가서 겸손한 마음으로 보고 듣고 배우자. 이 세상에서 농약과 화학비료 없이 농사를 짓는 나라는 쿠바밖에 없다고 하지 않던가. 더구나 우리나라는 수백 가지 농약과 화학비료 때문에 온 들판이 몸살을 앓다가 지금은 숨이 막 넘어갈 지경까지 왔지 않은가. 아이들이 아름답고 깨끗한 자연 속에서 건강한 먹을거리를 먹으며 마음 놓고 뛰어놀고, 행복하게 살 수 있는 세상을 꿈꾸며 살아왔지 않은가.

이런저런 생각 끝에 결국 가기로 마음먹고 나니 괜스레 마음이 들떴습니다. 태어나서 가장 멀리 여행을 떠난다는 설렘도 있지만, 아무나 갈 수 없는 나라인 쿠바에 간다는 것이 믿기지가 않았습니다.

나는 7년 남짓 생명공동체운동을 하면서 우리 겨레의 목숨을 이어주는 농촌을 살릴 수 있는 대안을 제대로 마련하지 못했습니다. 늘 대답도 없는 질문을 스스로 던지면서 세월이 흘렀지요. 혹시 그 대답을 쿠바에서 듣게 될지도 모른다는 생각이 들었고, 듣지 못한다 해도 작은 희망이라도 안고 돌아온다면 그것 또한 대안의 밑거름이 되리라 생각했습니다. 그래서 모든 일을 제쳐두고 맘먹고 가기로 했습니다.

전화를 끊고, 《21세기의 모델 쿠바의 유기농업》이란 책을 다시 보았습니다. 지난해 '경남생태귀농학교'를 열면서 읽은 책이지요. 124쪽에 있는 시가 눈에 쏙 들어왔습니다.

나는 야자나무 우거진
그 땅에서 온 성실한 사람
마지막 숨을 거두기 전
나 노래하리 가슴 아픈 이 시를
그 땅의 가난한 이들과
내 운명을 함께 하리라
대양이 아무리 넓어도
내 고향 골짜기 시냇물이
나는 더 기쁘고 더 즐겁다

‘쿠바의 사도’라고 불리는 호세 마르티가 쓴 이 시는, 세대를 넘어 쿠바 사람들이 가장 좋아하는 노래로 불리고 있습니다. 일찍이 혁명군을 이끌다 42세에 죽은 마르티는 “아침에 펜을 잡으면 오후에는 밭을 갈라”고 했습니다. 쿠바 사람들은 쿠바의 풍요로운 대지를 ‘마르티의 대지’라 부를 만큼 마르티의 정신을 사랑합니다. 그이는 죽었지만 그이가 쓴 시는 쿠바 사람들의 마음에 영원히 남아 있지요. 아름답기만 한 것이 아니라 메마르고 비뚤어진 사람의 마음을 뒤흔들어 놓으면서, 사람의 영혼을 뜻대로 이끌어 나가는 시야말로 참 좋은 시라는 생각이 듭니다. 쿠바는 호세 마르티의 말대로 농사를 가장 으뜸으로 여기는 나라가 되었습니다. 농사를 가장 으뜸으로 여기고 모든 정책과 대안을 마련하여 모든 나라가 부러워할 만큼 눈부신 성과를 이루어냈습니다. 참 놀라운 일입니다.

우리나라에서는 아침에 펜을 잡으면 오후에는 밭을 갈지 않습니다. 한 번 펜을 잡으면 평생 밭을 갈지 않습니다. 밭을 가는 일은 가난하고 못 배운 농부들이나 하는 것이라 여기며 살아왔기 때문입니다. 아직까지도 우리나라 사람들은 죽을 때까지 손톱 밑에 흙을 넣지 않고 사는 것을 집안의 자랑이고, 희망이라 여깁니다.

쿠바로 가는 길

내가 쿠바까지 갈 수 있다는 것, 그 자체가 놀라운 기적입니다. 그러나 그 기적은 그냥 일어난 것이 아닙니다. 모두들 경제논리에 빠져 오직 돈벌이밖에 모르고 살던 이 땅에서, 유기농업을 실현하기 위해 애쓴 농부들의 피땀이 있었기에 가능한 일입니다. 몇 해 전부터 쿠바에 가기 위해 우리나라 친환경농업단체연합회에서 계획을 세웠는데 뜻을 이루지 못하다가, 여러 단체가 힘을 모아 결국 올해 그 뜻을 이루게 되었습니다.

누가 외국에 무엇을 배우러 간다고 할 때마다 나는 속으로 “우리나라에도 배울 게 얼마나 많은데 비싼 돈 들여 외국까지 가나” 하면서 빈정거렸습니다. 그런데 내가 농사일을 배우려고 쿠바로 가게 되었으니 할 말이 없습니다. 시대에 따라 정말 배워야 할 것이 있다면 외국에 가서라도 배워야 하지 않겠느냐는 변명밖에 달리 할 말이 없습니다.

북한과 함께 마지막 사회주의 국가인 쿠바로 가는 길은 멀고도 험했습니다. 인천 → 일본 도쿄 → 미국 샌프란시스코 → 멕시코시티 → 쿠바 아바나 공항까지 네 번이나 비행기를 갈아타고 닿았습니다.

사람들은 '집 나서면 고생'이라고 하지만, '젊어서 고생은 사서도 해야 한다'고 생각합니다. 사람은 시련과 고통 속에서 세상을 바라보는 눈이 깊어지고 넓어지니까요. 사람들은 '길'을 나서는 것을 여행이라 합니다. 나라 안 여행이나 나라 밖 여행이나 여행은 많은 것을 느끼게 합니다. 일상에 빠져 허우적거리는 자신을 뒤돌아보고, 모든 사람은 서로 다르다는 것을 실감하게 되고, 그래서 서로 존중하게 되고. 사람들을 만나면서 새로운 진리를 배우고 그리고 쓸데없는 욕심을 비우는 데는 여행만큼 좋은 게 없습니다.

쿠바를 아십니까

쿠바는 카리브해에 떠 있는 섬입니다. 국토 면적은 일본의 1/3 크기며, 아열대성 해양기후로 연간 평균기온이 25.5℃나 되는 더운 나라입니다. 인구 1,100만 명밖에 안 되는 아주 작은 나라입니다.

쿠바 침략의 역사는 1492년 콜럼버스의 제1차 항해 중에 시작됩니다. 이때 콜럼버스는 쿠바 동북부에 상륙하여, "새하얀 모래벌판과 울창한 삼림으로 둘러싸인, 이제까지 보았던 곳 가운데서 가장 아름다운 섬"이라고 말했답니다.

쿠바는 수백 년 동안 스페인과 미국의 지배 아래 고통을 받다가 1959년 카스트로가 '쿠바혁명'을 승리로 이끌어 독립하게 되었습니다. 그러나 그 다음 해부터 미국의 경제봉쇄로 혹독한 시련을 겪었습니다. 미국 대륙에서 200㎞ 남짓 떨어져 있는 가까운 거리인데도 아스피린 하나 들여오지 못했다고 합니다. 1980년대 후반부터 동구 사회주의권의 붕괴와 소련의 정치·경제·사회 혼란이 고스란히 쿠바에 영향을 미쳤고, 1991년 소련 붕괴로 다시 큰 어려움을 겪었습니다. 수입에 의존했던 연간 100만 톤의 화학비료, 200만 톤의 사료작물, 2만 톤의 농약, 농기계와 기계부품들의 공급이 한꺼번에 끊어져버린 것이지요. 온 백성들이 이제 굶어 죽을 수밖에 없는 처지에서 쿠바는 '특별시기'를 선포하고 식량 자급을 첫 번째 과제로 삼았습니다.

혁명 투사인 카스트로는 문학 책을 좋아했지만 '특별시기' 동안 농업 문제를 해결하기 위해 100권이 넘는 농업 관련 책을 읽고, 유기농업을 선언했다고 합니다. 그리고 지금까지 유기농업을 세계에서 가장 앞질러 발전시켜 왔습니다. 우리나라는 지금 농업이 망하고 농촌이 다 무너지고 있는데도 대통령이나 장관들이 농업에 관련된 책을 읽었다는 말을 들어보지 못했습니다. 진정한 혁명은 내부로부터 온다고 합니다. 그런데 서로 잘난 척하고 자기의 세를 불리느라 바쁜 한국 정치 지도자들의 귀에 이런 말이 들리겠습니까? 출세하는 데 아무런 도움이 안 되는 이런 말 따위는, 들어도 못 들은 척하지 않겠습니까?

쿠바에서는 농촌에서만 농사를 짓는 것이 아닙니다. 도시 건물(학교, 병원, 관공서, 주택 들)과 건물 사이, 빈 터마다 자급자족할 수 있는 '도시 농장'을 운영하고 있습니다. 그곳에는 유기농법으로 기른 갖가지 채소와 과일들이 자라고 있습니다.

그리고 쿠바에서는 어떤 학교에나 농장이 있습니다. 어디까지나 선택제지만 중학생은 1년에 45일 남짓 농사일을 한답니다. 고등학생도 농사일과 실습 따위를 90% 남짓 스스로 선택하여 참가한다고 합니다. "지식만으로는 사람이 될 수 없고, 공부하며 땀 흘려 일을 해야 균형 잡힌 가치관을 지닌 사람이 될 수 있다"는 호세 마르티의 사상이 학교 교육 속에 뿌리를 내린 것이지요.

쿠바의 오늘이 있기까지는 여러 가지 어려움이 많았습니다. 그러나 쿠바에는 분명한 철학이 있었습니다. "길을 고치는 것보다 생명을 고치는 일이 더 소중하다"는 걸 깨닫고 한정된 국가예산을 바르게 썼지요. 그래서 숱한 어려움을 딛고 일어선 것입니다. 지금도 쿠바에는 1960년대 미국 중고차들이 거리마다 달리고 있습니다. 혁명 전에 미국에서 가져왔던 자동차들을 버리지 않고 타고 다닙니다. 털털거려도 굴러만 가면 된다는 듯이 말입니다.

쿠바의 인구는 1,100만 명으로 라틴아메리카 전체의 겨우 2%를 차지하지만 과학자의 비율은 10%가 넘습니다. 그것도 60%가 여성이고 평균 나이도 28세입니다. 이 또한 거저 이루어진 게 아닙니다. 자본주의 국가에서는 연구소가 서로 경쟁을 하지만 쿠바에서는 모든 연구소가 협력을 합니다. 선진국에서 연구하는 우주공학, 항공공학, 석유공학 따위는 연구하지 않습니다. 그러나 석유 소비를 줄이는 연구, 수입하지 않으면 안 되는 자원을 대체하기 위한 연구, 건강을 지키고 식량을 늘리기 위한 연구를 부지런히 합니다.

미국이 경제봉쇄를 했을 때에도 쿠바 사람들은 좌절하지 않고 100만 대의 자전거를 중국에서 수입하고, 200곳이 넘는 수력발전소와 5,700개의 풍력발전소를 신설하였습니다.

쿠바는 나라 전체가 유기농업을 한다는 이유만으로도 온 세계의 주목을 받고 있습니다. 날이 갈수록 생태계가 파괴되어 모든 사람들의 삶이 불안하기 때문입니다. 우리나라 아이들도 아토피 피부염, 알레르기, 비만, 백혈병, 암과 같은 여러 가지 무서운 질병들을 안고 살아간다 합니다. 아름다운 자연 속에서 사람이 건강하게 살 수 있는 길은 유기농업밖에 없습니다. 파괴된 생태계를 살리고 안전한 먹을거리를 생산하는 유기농업이 아니면 희망이 없다고 생각하기에 선진국에서도 떼를 지어 쿠바를 찾는 것입니다.

쿠바도 우리나라처럼 힘센 나라들 틈 속에서 수백 년 동안 고통을 받으면서 살아남기 위해 애써 왔습니다. 그래서 선택한 것이 바로 유기농업입니다. 사람과 자연을 한꺼번에 죽이는 독한 농약을 쓰지 않으려고 향기나는 식물들을 밭 주변에 심어 벌레를 쫓아내고, 땅을 못쓰게 만드는 화학비료를 쓰지 않으려고 지렁이를 길러서 거름을 만드는 쿠바 농부들이 제 눈에는 누구보다 당당하게 보였습니다.

'지렁이 기술'은 1987년에 유럽에서 도입하였는데, 이 지렁이 기술로 동물의 똥오줌부터 도시의 음식찌꺼기까지 모두 거름으로 만듭니다. 세계에는 약 6,000종류의 지렁이가 있다고 하는데, 쿠바에서는 '에우레니아 도스 엘 훼르나스'와 '이세니아 훼데카'라는 지렁이를 활용한다고 합니다. 지렁이의 유기물 분해 능력과, 땅 위로 오르는 성질을 잘 이용하는 것이지요. 예를 들면 10㎝ 높이로 소똥을 깔고 거기에 이 두 종류의 지렁이를 1㎡당 2,000~2,500마리를 넣으면 10일만 지나면 소똥을 다 분해해버린다고 합니다.

나라에서 여러 가지 연구소를 차려 농부들이 유기농업을 잘할 수 있도록 돕고, 유기농업 자재를 아주 값싸게 공급해 주고, 유기농업연구소들이 곳곳에 있어 누구든지 유기농업 교육을 받을 수 있게 합니다. 비바람, 폭풍이 불어서 농사를 다 망쳐도 국가에서 모두 보상해 주는 나라, 모든 학생들이 농업교육을 받고 들녘에서 일을 하는 나라, 대학교수보다 농부 월급이 몇 배나 더 많은 나라(농민의 한 달 평균수입은 1,500페소인데 대학교수는 300~400페소쯤 된답니다), 농업과 농민을 최고로 받드는 나라, 젊은 농민들이 여유롭게 콧노래를 부르며 농사를 짓는 나라, 가난한 사람이든 부유한 사람이든 누구나 어디에서든지 안심하고 먹을거리를 사 먹을 수 있는 나라인 쿠바에서, 나는 많은 것을 보고 듣고 느끼고 배웠습니다.

사람이 아무리 지식이 많고 머리가 뛰어나다 하더라도 제 손으로 먹을 것을 해결하지 못하면 한순간도 자유로울 수 없다는 것을 알았고, 나라와 종교와 시민사회단체는 농업과 농민의 어려움을 해결하는 데에 근본을 두어야 한다는 것도 알았습니다. 그리고 굽실거리며 다른 나라의 도움을 받지 않고 당당하게 살아가는 쿠바처럼, 우리나라도 농업과 농촌을 살려서 우리가 먹을 양식을 우리 손으로 지어 먹어야 한다는 것을 알았습니다. 그래야만 나라가 튼튼해지고, 모든 사람들이 건강하고 행복한 삶을 누릴 수 있겠지요.

우리 일행은 쿠바 사람들을 만날 때마다 묻고 싶은 게 많았습니다. 물을 왜 돈 주고 사 먹어야 하느냐, 농사짓고 나면 몇 퍼센트를 국가에 주느냐, 돈으로 주느냐, 농사지은 작물로 바치느냐, 씨앗과 거름은 국가에서 주느냐, 농사짓는 데 들어가는 경비는 누가 부담하느냐, 돈을 모을 수 있느냐, 돈을 모아서 어디에 쓰느냐, 사람 사는 집들이 왜 이렇게 낡았느냐, 40~50년이나 된 자동차를 불안해서 어떻게 타고 다니느냐, 왜 찻길에 중앙선이 보이지 않느냐….

우리 일행 가운데는 이런 못사는 나라에서는 불편해서 하루도 살 수 없다는 사람도 있는가 하면, 쿠바 사람들은 욕심이 없어 그런지 눈빛이 맑아 천사 같다며 쿠바에서 살고 싶다는 사람도 있었습니다. 사람마다 살아온 길이 다르니 다르게 생각할 수밖에 없겠지만, 누가 뭐래도 내 눈에 보이는 쿠바는 아름다웠습니다. 사람이 욕심 없이 산다는 것만큼 아름다운 게 어디 있겠습니까? 쿠바 아바나를 돌아다니며 쓴 시입니다.

우리도 쿠바의 새들처럼

쿠바에서는
새들도 사람을 무서워하지 않더라.
쿠바에서는
개들도 자유롭게 돌아다니더라.
해치지 않는 줄 알기 때문이다.

길가에 서 있는 옥수수도
골목마다 핀 노란 해바라기도
잔디밭에 누워서
까닭 없이 하늘을 쳐다보는 어린 학생들도
멀건 대낮, 길거리에서
아무렇지도 않게 애인을 안고 있는 젊은 경찰도
모두 자유롭고 행복하게 보이더라.

'저렇게 살갗이 검을 수 있을까' 싶은 아가씨와
'저렇게 살갗이 하얄 수 있을까' 싶은 사내가
팔짱을 끼고 걸어가더라.
아무렇지도 않게, 정말 아무렇지도 않게.

그런데, 그런데도 사람들은
그들이 사는 허름한 집을 보고
그들이 입고 다니는 낡은 옷을 보고
가난하다고 한다. 못산다고 한다.

이 세상에는
모든 조건을 다 갖추고도
불행한 사람이 있고
아무런 조건도 갖추지 않았는데도
행복한 사람이 있더라.

쿠바의 농부들

1992년에 미국의 스탠포드 대학을 중심으로 한 과학조사단이 쿠바를
방문해서 그곳의 유기농업을 보고 '인류 역사상 최대의 실험'이라고 했
답니다. 백성들의 지혜와 단결로 막다른 길에서 유기농업으로 희망을 찾
았으니, 쿠바는 자신뿐만 아니라 인류의 미래에도 희망을 준 것이지요.
대학교수나 의사 월급보다 농부 월급이 몇 배나 많은 쿠바는, 월급의

많고 적음을 떠나서 백성들의 목숨을 이어주는 농부들을 가장 귀하게 여기는 나라입니다. 나라에서 농부를 귀하게 여기니까 젊은 농부들도 기쁜 마음으로 일하고 있습니다.

땡볕에서 웃통을 벗고 삽질을 하는 쿠바의 젊은 농부한테 "앞으로 꿈이 무엇입니까?" 하고 물었더니 "이렇게 농사지으며 한평생 사는 것입니다"라고 당당하게 말했습니다. 욕심 없이 맑고 건강한 젊은 농부의 목소리가 내내 나를 따라다녔습니다. 내가 희망을 버리지 않는 한 언제까지나 나를 따라다닐 것입니다.

쿠바의 농부들은 새로운 기술에만 눈을 빼앗기지 않고 옛날 지혜를 살리려고 애씁니다. 예를 들어 트랙터로 밭을 가는 것보다 소로 밭을 가는 게 좋다고 합니다. 소로 밭을 얕게 갈면 흙이 굳어지지 않고, 석유 에너지를 쓰지 않아도 되고, 석유가 없어도 농사지을 수 있고, 석유는 환경을 오염시키지만 소똥은 최고의 거름으로 쓸 수 있으니 지속가능한 농사를 할 수 있기 때문입니다. 농기계는 망가지면 다시 고쳐 쓸 수 있지만, 토지는 망가지면 고쳐 쓸 수 없습니다. 망가진 자연을 다시 살리는 일은 10년, 아니 20년이 걸려도 쉽지 않다는 걸 쿠바의 농부들은 잘 알고 있습니다. 그래서 잘 길들여진 소들이 밭을 가는 모습을 아무 곳에서나 쉽게 볼 수 있습니다.

하루는 우리 일행 가운데 두세 사람이 밭 가까이에서 담배를 피우고 있었더니, 젊은 농부 한 사람이 다가와서 정중하게 말했습니다.

"밭 가까이에서 담배를 피우면 안 됩니다. 담배 연기 때문에 벌과 나비가 날아가 버립니다. 벌과 나비가 날아가 버리면 농사를 망칩니다. 작물도 담배 연기를 싫어해서 병이 듭니다. 그러니 제발 밭 가까이에서 담배를 피우지 말아주시기 바랍니다."

일행은 미안하다고 사과하고 얼른 담뱃불을 껐습니다. 나는 그 젊은이한테 다가가 채소밭가에 옥수수를 왜 이렇게 많이 심었느냐고 물었습니다. 젊은이는 씩 웃으면서 말했습니다.

"첫 번째는 옥수수 키가 크므로 다른 작물들의 바람막이가 되고요. 두 번째는 작물들을 못살게 구는 벌레들이 옥수수를 좋아해요. 그래서 옥수수에만 붙어서 살라고 심었어요. 옥수수는 상품을 만들어 팔려고 심은 게 아니고 벌레를 유인하려고 심었지요. 세 번째는 내가 옥수수를 무척 좋아하기 때문이에요."

나는 세 번째 이유가 가장 마음에 와 닿았습니다. 자기가 '무척 좋아하기 때문'에 심었다는 말이 어린아이처럼 맑게 들렸으니까요.

아무리 옥수수를 심어 벌레를 유인한다고 하지만 그래도 채소밭에 벌레들이 몇 마리라도 보여야 할 텐데, 한 마리도 보이지 않아 다시 물었습니다.

"채소밭에 농약을 뿌리지도 않았는데, 어찌 벌레가 한 마리도 보이지 않습니까?"

"날마다 잘 살펴보고, 벌레가 보이는 대로 부지런히 손으로 잡아버립니다. 그러니까 벌레가 알을 깔 수가 없지요."

농부들한테나 연구소 직원들한테나 무엇이든지 물어보면, 하던 일을 멈추고 친절하게 설명을 해주면서 농담까지 하는 여유를 보여주었습니다. 땡볕 아래에서, 농기계 하나 없이, 괭이와 삽으로 비지땀을 흘리며 논밭을 갈면서도 어찌 이런 마음의 여유가 나올 수 있을까요? 욕심을 놓아버렸기 때문이겠지요.

쿠바의 농부들은 노동자들처럼 여섯 달에 한 번씩 15일 남짓 휴가를 간답니다. 아침 일곱 시에 출근하여 열두 시까지(새참 시간도 있음) 일하고, 더운 낮에는 쉬며 낮잠도 즐기다가 오후 다섯 시쯤 퇴근합니다. 참 놀라운 일은 1만 평밖에 안 되는 작은 농장에서 47명이 함께 농사지어서 부족한 것 없이 살아가는 것입니다. 우리나라에선 그 정도 땅이면 한두 가족 먹고살기도 팍팍할 텐데 말입니다. 나라에서 농자재를 지원하는 탓도 있지만, 그보다는 쓸데없는 소비를 하지 않으니 얼마든지 행복하게 살 수 있는 게 아닌가 싶었습니다.

우리나라에는 언제쯤 이런 날이 올까요? 지금 우리나라에선 삼대가 굶어 죽을 각오가 아니면 농업을 선택하지 않는다고 합니다. 그러니 누가 농사를 짓겠습니까? 우리나라에서도 농민들을 위해 이런저런 지원을 하지만, 소농들에게는 아무런 혜택이 없을 때가 많습니다. 애써 농사지어 풍년이 들어도, 농민들한테 한마디 물어보지도 않고 마구 수입을 하여 농산물 값을 팍팍 떨어뜨려 놓는 짓은 시키지도 않았는데 어찌나 잘하는지요.

우리나라도 앞으로 농약과 화학비료 따위를 지원할 돈으로 유기농 자재를 지원해야 합니다. 그리고 쿠바처럼 소농을 중심으로 정책과 대안을 마련해야 합니다. 소농을 없애는 방향의 정책은 위험하다는 걸 머지않아 뼈저리게 느끼게 될 것입니다.

함께 간 사람들

"여든네 살에 제주도에서 새로운 생명공동체를 꿈꾸는 정농회 초대 회장인 오재길 선생님을 위해서 박수를 쳐드립시다. 인생은 육십부터 시작이니 오재길 선생님 나이는 이제 스무네 살입니다. 젊은이들도 쿠바까지 오려면 피곤할 텐데, 얼마나 농촌을 사랑하시기에 나이도 잊고 오셨겠습니까?"

김성훈 전 농림부장관은 참가자 한 사람 한 사람에게 따뜻한 눈길을 보내주셨습니다. 옆집 아저씨처럼 편했습니다. 장관이라고 하면 쓸데없이 어깨 힘이 들어가고 목이 뻣뻣해질 텐데, 어느 한군데 그런 모습은 찾아볼 수 없었습니다.

나는 쿠바 연수 기간 내내 틈만 나면 선배님들을 찾아가서 살아온 이야기와 앞으로의 계획을 들었습니다. 다음 글은 모든 일행이 '선생님'으로 모시고, 김성훈 전 농림부장관이 칭찬을 아끼지 않는 오재길 선생님과 나눈 이야기 가운데 한 부분입니다.

"선생님, 아무도 알아주지 않을 때부터 이 험한 유기농업의 길을 걸어오시느라 얼마나 고생이 많았습니까?"

"하늘나라 가는 데 방해가 된다고 농민운동 같은 거 하지 말라는 교회 사람들 속에서도 꿋꿋하게 버티고 살아왔어요. 사람은 누구나 잘못할 수도 있지요. 그러나 잘못을 인정하기는 쉽지가 않아요. 인정해야만 잘못을 고쳐가면서 앞으로 나아갈 텐데 말입니다. 자연과 사람을 괴롭히면서 번 돈을 교회에 갖다바치면 하느님이 좋아하겠습니까?"

"고집스럽게 농부의 길을 걸어오셨는데, 요즘 사람들한테 꼭 하고 싶은 말씀이 있으십니까? 선생님의 뜻을 알리는 데 작으나마 힘을 보태고 싶습니다."

"어릴 때부터 현미를 먹어야 해요. 태어나서 일곱 살까지 제대로 먹어야 평생 건강을 지킬 수 있어요. 무슨 정책, 무슨 계획보다 지금 당장 해야 할 일은 온 백성들에게 현미를 먹여야 해요. 그래야 나라가 힘이 솟습니다. 나라에서 방앗간에 명령을 내려서라도 백미를 만들지 못하도록 해야 합니다.

현미는 서른 번 이상 꼭꼭 씹어서 천천히 먹어야 합니다. 또 여러 가지 잡곡을 섞어 먹어야 몸에 좋아요. 현미를 먹으면 살갗이 고와지고, 턱과 잇몸이 튼튼해지고, 머리가 맑아지고, 마음에서 일어나는 나쁜 기운을 다스릴 수도 있어요. 그러니 늘 기쁜 마음으로 살 수 있지요. 백미를 먹으면 선과 악을 구별하지 못한다고 합니다. 사람의 정신이 망가지고 나서 돈이 아무리 많으면 무얼 하겠습니까?

현미를 먹으면 별 반찬이 필요 없습니다. 씹을수록 구수하니까요. 현미를 먹으면 병이 없어지고, 병원이 하나 둘 문을 닫게 될 것입니다. 참, 현미를 먹으면 쌀값이 적게 들어요. 조금만 먹어도 배가 부르다는 느낌이 드니까요. 내 나이 여든넷인데도 젊은이들과 함께 쿠바까지 올 수 있는 힘은 모두 현미 덕입니다. 그리고 미역을 이틀에 한번쯤 먹는 게 좋습니다. 나가사키에 원자탄이 폭발할 때, 빛을 본 사람들은 거의 병에 걸려 고

생을 했다는데, 미역을 자주 먹은 사람은 그 병에 걸리지 않았다는 사례가 있답니다. 미역은 뜨거운 물에 오래 끓이면 영양이 거의 다 없어지니, 오래 끓이지 말아야 해요."

"현미가 몸에 좋은 줄 알지만 씹기가 귀찮아서 백미를 먹는 사람이 많아요. 선생님 말씀 듣고 보니 우리 집부터 현미로 밥을 지어야겠습니다. 선생님, 요즘은 백화점에서도 유기농산물을 진열해 놓고 파는데, 어떻게 생각하십니까?"

"백화점에서 유기농산물을 사는 사람은 구름 위를 떠도는 족속이라 생각하면 됩니다. 유기농산물은 유기농업의 참뜻을 세워 생산한 농부와 그 참뜻을 알아주는 소비자가 만나 마음을 나누고, 서로 도우며 삶을 이해하는 바탕 속에서 맺은 귀한 열매지요. 그러니까 돈으로 주고받는 물건이 아니라 사람과 자연을 살리는 생명으로 봐야 해요."

"사람들이 선생님 말씀처럼, 마음을 가졌으면 좋겠습니다. 요즘은 채식이 유행처럼 번지고 있습니다. 육식이 왜 사람 몸에 안 좋은가요?"

"육식을 하면 성격이 날카로워져서 폭력적으로 변해요. 육식을 하면 피가 흐려지고, 피가 흐리면 정신상태가 흐려지고, 그러니 자살도 많이 하고 이혼율도 높아지는 것이지요."

오재길 선생은 친아버지처럼 한 번도 귀찮은 표정을 짓지 않으시고, 젊은이 못지않은 열정으로 말씀해 주셨습니다. 긴 여행 동안 한 번도 다른 이들한테 피해를 끼치지 않으시고, 오히려 젊은이들이 담배를 너무 많이 피운다고 걱정을 하시던 모습이 지금도 생생합니다.

오재길 선생은 "세상에서 가장 귀한 일은 농사짓는 것이다"라는 함석헌 선생의 말씀을 듣고 농부가 되기로 결심하셨습니다. 그리고 일본 애농회를 창시한 고다니 주니치 선생의 강의에서 "비료와 농약을 많이 쓰는 바람에 사람 몸에 농약이 쌓여 암 환자와 기형아가 늘어나니 한국에서는 일본과 같은 화학농업을 지금 당장 유기농업으로 바꾸라"는 귀한 말씀을 들고 1976년 1월 정농회(正農會)를 결성했습니다. 그리고 "농부가 농약과 화학비료가 사람과 자연한테 얼마나 해로운지 모르고 뿌렸다 하더라도 국민에 대해, 이웃에 대해, 후손에 대해 죄를 저지른 큰 책임이 있다"는 고다니 주니치 선생의 말씀을 지금도 기억하며 산다고 합니다.

오재길 선생의 농사법 가운데 하나는 '밭에서 신발을 벗는 것'입니다. 1975년 처음으로 일본을 방문했을 때 애농학교의 시키야먀 신타로 선생이 씨앗을 뿌리기 전에 기도하는 모습을 보고 감명을 받고부터, 밭에서 신발을 벗었다고 합니다. 생명을 가꾸는 농부는 대지와 자연의 섭리에 순응해야 한다는 것이지요.

그밖에도 함께 간 분들의 이야기는 글로 쓰면 책을 한 권 낼 수 있을 만큼 많습니다. 물 한 방울도 오염시켜서는 안 된다고 치약 대신 볶은 소금을 챙겨 오신 분, 재활용비누와 재생휴지를 가져오신 분, 옷을 빨 때에나 몸을 씻을 때에도 비누를 쓰지 않는 분, 가는 곳마다 맨 앞자리에 앉거나 서서 한마디라도 더 듣고 배우려고 애쓰는 분, 만나는 사람마다 깊은 인사를 나누시는 분…. 나는 이분들과 11박12일을 보내면서 쿠바에서 배운 것보다 더 많은 것을 배우고 깨달았습니다. 쿠바에서 배운 것을, 쿠바에 함께 간 사람들한테서 배운 것을, 하나씩 하나씩 실천하며 살고 싶습니다.

체 게바라는 "모든 인간은 다른 사람의 뺨이 자신의 뺨에 닿는 것을 느낄 줄 알아야 한다"라고 했습니다. 여태 그렇게 살지 못했음을 고백합니다. 남아 있는 나날 동안 사람을 조금 더 깊이 사랑하고 치열하게 살아야겠다는 다짐을 하면서 체 게바라가 쓴 시 한 편을 여기에 옮깁니다.

나의 삶

내 나이 열다섯 살 때,

나는
무엇을 위해 죽어야 하는가를 놓고 깊이 고민했다
그리고 그 죽음조차도 기꺼이 받아들일 수 있는
하나의 이상을 찾게 된다면,
나는 비로소 기꺼이 목숨을 바칠 것을 결심했다

먼저 나는
가장 품위 있게 죽을 수 있는 방법부터 생각했다
그렇지 않으면,
내 모든 것을 잃어버릴 것 같았기 때문이다
문득,
잭 런던이 쓴 옛날이야기가 떠올랐다
죽음에 임박한 주인공이
마음속으로
차가운 알래스카의 황야 같은 곳에서
혼자 나무에 기댄 채
외로이 죽어가기로 결심한다는 이야기였다
그것이 내가 생각한 유일한 죽음의 모습이었다

이 글은 지난 2003년 5월 21일부터 6월 1일 사이 '쿠바 유기농업 연수'를 준비하면서, 그리고
쿠바에 머물면서 보고 듣고 느낀 것을 무너진 우리 농업과 농촌을 살리는 데 작은 불씨가 되기
를 바라며 마음가는 대로 적은 것입니다.

생태귀농을 꿈꾸는 벗들에게

1996년 생명공동체운동에 발을 들여놓고부터 보고 듣고 느끼고 겪은 일이 많습니다. 가톨릭농민회, 우리밀살리기운동 경남부산지역본부, 우리농촌살리기운동본부, 경남생태귀농학교, 농촌총각장가보내기대책위원회 들에서 일을 하며 10년을 살았으니까요. 그 사이사이에 생활협동조합운동을 배우느라 일본에 다녀왔고, 시대의 희망을 찾고자 쿠바에도 다녀왔습니다.

그리고 1999년부터 2000년 사이에는 덕유산 자락에서 젊은이들과 함께 집을 짓고, 함께 밥을 먹고 농사일을 하면서 배운 게 참 많습니다. 용기 하나만으로 세상을 살기에는 부닥치는 벽이 너무 두껍다는 것을 그때 처음으로 깨달았고, 정홍이란 인간이 얼마나 속이 좁은 놈인지도 그때 알았습니다. 함께 살아가는 사람들한테 알게 모르게 많은 상처를 주고 실수와 잘못을 저질렀으니까요. 내 모습을 내가 자세히 들여다보니 참으로 보잘것없고 비겁하기만 했습니다. 그래도 나를 들여다볼 수 있었으니 불행 가운데 다행이지요. 수십 년 배우고 깨달아야 할 것을 그때 다 배우고 깨달았다는 생각이 들 만큼 아픔과 외로움도 많았습니다.

2005년부터 도시에서 맺은 이런저런 '인연의 끈'을 하나 둘 정리하고,

거의 빈손으로 여기 황매산 기슭 산골 마을로 들어오기까지 참 말 못할 어려운 사연도 많았습니다. 도시에서 아내와 하루라도 일하지 않으면 큰 죄라도 짓는 것처럼 부지런히 살아왔습니다. 그런데 20년 넘도록 맞벌이 하여 모은 돈이 고작 2,000만 원 남짓 되었습니다. 돈벌이 안 되는 일만 골라서 하며 살아온 탓도 있지만, 돈을 만지는 것이 싫었으니 어찌 돈이 가까이 붙을 수 있겠습니까. 그 돈으로 빈집을 사서 작은 흙집 한 채 지어 정착하기까지 얼마나 많은 분들이 정성을 쏟아주셨는지, 천 번 만 번 다시 태어나도 갚을 길이 없습니다. 가난을 이불 삼아 덮고 산다는 게 말처럼 쉬운 일이 아니었지요.

1999년에 전국귀농운동본부의 도움으로 경남생태귀농학교를 만들어 운영하면서 많은 분들과 만나고 헤어졌습니다. 10년 동안 600명 남짓 졸업을 하여, 용기 있게 농촌으로 들어가 농사짓고 사는 사람도 있지만, 아직까지 귀농 계획만 세우고 있는 분도 많습니다. 2009년 올해는 70명이나 등록하여 공부를 하고 있습니다. 졸업여행으로 우리 마을에 온다고 하니 벌써부터 마음이 설렙니다. 이분들이 농촌에 잘 정착하여 무너진 농촌에 '희망'이 될 수 있다면 얼마나 좋을까요. 그분들이 길을 가다 지쳐 쓰러질 때, 아무런 조건 없이 따뜻한 손이라도 내밀 수 있도록 늘 마음을 비워 두고 싶습니다.

오늘은 새벽 다섯 시에 일어나 감자 캐고, 마늘 뽑고, 고추밭에서 풀 매고, 가지와 방울토마토를 바람에 넘어지지 않도록 묶어주고 나니 저녁 일곱 시가 넘었습니다. 마지막으로 아내와 다랑논에 손모(손으로 심는 모)를 심었습니다. 반쯤 심다가 아내에게 말했습니다.

"여보, 우리 그만 하고 돌아갑시다, 해도 졌는데."

"하던 일 끝내고 가야지요. 조금만 더 심으면 되는데."

이럴 때는 고집 피우지 않는 게 좋습니다. 살아오면서 아내 말을 듣지 않아 문제가 많았지, 말을 잘 들어 문제가 된 때는 거의 없기 때문입니다.

손모를 다 심고 나니 해는 벌써 서산에 지고 앞이 잘 보이지 않을 만큼 어둑해졌습니다. 아내와 달빛을 받으며 조심스럽게 논둑을 걸으면서 문 득 며칠 전에 논둑에서 미끄러져 팔과 다리를 다쳐 병원에 입원한 선배가 떠올랐습니다. 일이란 오늘 못하면 내일 하면 되는 것인데, 사람 욕심이 라는 게 참 끝이 없구나 싶었습니다.

내일 죽을 사람처럼 너무 부지런히 일하는 사람들을 보면 가끔 부럽기 도 하지만, '저게 아니야'라는 생각이 듭니다. 너무 부지런히 일하다 보면 내가 지금 어디로 가는지 생각할 겨를도 없을뿐더러 가까운 이웃에게조 차 관심 가질 여유도 잃고 말겠지요. 마음을 비워 둔다는 게 말보다 쉽지 않은 까닭은 늘 마음보다 욕심이 앞서기 때문입니다.

오래전부터 '생태귀농'을 꿈꾸는 모든 벗들과 마음을 나누고 싶었습니 다. 어떤 마음으로 어떤 준비를 해야 하는지, 서툴고 모자란 생각이지만 다시 배우는 마음으로 살아온 이야기를 나누다 보면 작은 보탬이 되리라 믿었기 때문입니다. 그렇다고 제 경험이나 생각이 '모범답안'이 될 수는 없습니다. 왜냐하면 귀농하려는 사람이 1,000명이면 1,000명이 모두 다르 기 때문입니다. 타고난 성품과 살아온 바탕이 다르고, 가진 재산과 꿈이 다르고, 하고 싶은 일이 모두 다를 테니까요. 지금부터 제가 쓰는 글은 어 떻게 하면 농촌에 정착하여 돈을 많이 벌 것인가보다는, 어떻게 하면 이 웃들과 더불어 자유롭고 행복한 삶을 누릴 것인가에 중심을 두게 될 것입 니다. 사람이 흙에서 태어나 흙에서 난 것을 먹고살다가 다시 흙으로 돌 아갈 때까지, 무엇을 이룰 것이냐보다는 어떻게 살 것이냐가 더 중요하니 까요. 부디 생태귀농을 꿈꾸는 벗들이 큰 실패나 상처 없이 정착할 수 있 게 되기를 바랍니다.

귀농하기 전에

■ 먼저 큰 책방에 가시기 바랍니다.

요즘은 귀농에 도움이 되는 책들이 많습니다. 보리, 우리교육, 들녘, 소나무, 사계절, 현암사, 돌베개, 녹색평론사, 시골생활, 도솔과 같은 출판사에서 도움이 될만한 책을 꾸준히 내고 있으니까요. 교육, 철학, 환경, 종자, 도감, 밥상, 집 짓기 들과 같이 농사지으며 살아가는 데 정말 알아야 할 내용을 담은 좋은 책들이 수두룩합니다. 집 안에 앉아서 인터넷으로도 얼마든지 찾아 볼 수 있고 살 수 있는 편리한 세상이니, 다양한 책을 사서 읽어 보시는 게 가장 큰 힘이 됩니다.

제가 잘 알고 지내는 분은 《아름다운 삶, 사랑 그리고 마무리》라는 책 한 권 읽고, '사는 게 이게 아니다!' 마음먹고 도시를 떠나 지금까지 농사지으며 자유롭게 살고 있습니다. 틀림없이 좋은 책은 좋은 삶으로 여러분을 안내할 것입니다.

■ 귀농학교에 입학하여 '사람'을 만나야 합니다.

귀농학교는 지역이나 단체에 따라 운영 방법은 조금 다르지만 내용은 거의 비슷합니다. 보통 귀농학교는 두 달 남짓 동안 열대여섯 강좌를 한 주일에 두 번씩 엽니다. 현장체험도 한두 번 있지요. 서울, 부산, 광주, 창원 등에 있으며, 실상사 귀농학교는 두 달 동안 함께 먹고 자면서 배우는 곳입니다. 만일 가까운 곳에 귀농학교가 없거나 이런저런 까닭으로 짬을 낼 수 없는 사람은 귀농운동본부에서 여름에 4박5일 동안 여는 '가족귀농학교'에 신청을 하면 됩니다.

날이 갈수록 불안하고 메마른 세상 속에서 같은 생각을 가진 사람들을 만나면 오랜 벗을 만난 듯이 기분이 좋고 살맛이 납니다. 좋은 뜻을 지닌 사람을 만나다 보면 좋은 뜻을 품고 살 수 있으니까요. 한 사람을 만난다는 것은 한 사람을 배운다는 것이고, 한 시대를 배운다는 것이고, 한 세상을 배우는 것입니다. 그러니 사람은 누굴 만나고 헤어지느냐에 따라 삶이 달라질 수밖에 없습니다.

그리고 나이를 떠나서 배운다는 것은 자신을 낮추는 것이며, 함께 희망을 만들어 가는 것입니다. 그러니 하루하루 배우는 마음으로 용기를 내어 귀농학교에 입학해야 합니다. '시작이 반'이라는 옛말이 있듯이 무슨 일을 하려면 먼저 용기를 내어야 합니다. 용기가 있어야 꿈을 이룰 수 있습니다. 학교란 선배도 생기고 후배도 저절로 생기는 곳이니, 서로 배우고 깨달을 게 많아 살아가는 데 큰 보탬이 되리라 믿습니다.

귀농학교 졸업생 가운데 귀농하여 살다가 다시 도시로 나갔다는 사람은 거의 없습니다. 만일 몇 사람이 있다 하더라도, 그 사람들은 귀농에 실패한 게 아니라 특별한 까닭이 있는 분일 것입니다. 그러니 억지로라도 짬을 내어 귀농학교의 문을 두드려 주시기 바랍니다. 될 수 있으면 부부가 함께 그리고 자녀들도 함께 공부하는 마음으로 가시기 바랍니다.

귀농학교를 졸업하면 귀농하기 전까지는 졸업생 모임에 참석하여 '귀농'의 마음이 흔들리지 않도록 해야 합니다. 아무리 뜻이 깊은 사람이라 하더라도 혼자 있으면 그 뜻이 허물어지기 쉽습니다. 사람의 마음은 서로 기대지 않고는 살 수 없을 만큼 자주 흔들리니까요.

■ 귀농한 선배를 자주 찾아가야 합니다.

흔한 이야기지만 실패란 낱말을 모으다 보면 성공이란 낱말이 나온다 더군요. 그러나 될 수 있으면 실패를 줄이는 게 바람직합니다. 실패하지 않으려면 선배의 도움을 받는 게 좋습니다. 좋은 선배만큼 도움이 되는 사람은 없습니다. 땅을 구하는 일, 집 짓는 일, 농사짓는 일, 사람 사귀는 일, 몸과 마음을 지키는 일과 같이 하나부터 열까지 도움이 될 것입니다. 식구들이 함께 찾아가서 함께 일을 하고, 함께 밥을 먹으며 정을 쌓다 보면 틀림없이 길이 열릴 것입니다.

세 사람이 길을 가면 반드시 스승이 될만한 사람이 있다고 합니다. "경서(經書)를 가르치는 스승은 만나기 쉽고, 사람을 인도하는 스승은 만나기 어렵다"(사마광, 《자치통감》)고 하지만, 흙을 가슴에 품고 살아가는 좋은 선배는 좋은 스승이 되리라 믿습니다.

선배를 찾아갈 때는 제발 누가, 어떻게 생산했는지도 모르는 과일이나 수입 밀가루로 만든 과자와 빵 그리고 농약과 방부제 범벅인 수입 사료를 먹고 자란 짐승의 고기 따위는 들고 가지 마시기 바랍니다. 그냥 찾아뵙기 어려우시면 생협 직매장이나 친환경농산물 판매장에 가서 우리밀로 만든 밀가루나 국수 들을 조금 사 가지고 가시기 바랍니다. 우리 밀밭도 살리고, 환경도 살리고, 아이들의 미래도 살리고, 마을 사람들과 나누어 먹을 수 있으니 누구나 좋아할 것입니다.

■ **생활협동조합(생협)에 가입해야 합니다.**

얼마 전, 생활협동조합운동(생협)을 배우기 위해 일주일 남짓 일본에 다녀왔습니다. 일본 고베에 있는 '공해추방과 안전한 먹을거리를 생각하는 모임' 회원들을 만나서 이야기를 나누었는데, 아직까지 그 감동을 잊을 수가 없습니다. 약 50년 전에 만들어진 이 단체의 회원들은 농촌 생산 공동체와 계약한 농산물이 아니면 절대 밥상에 올리지 않는다고 했습니다. 마음만 먹으면 백화점과 슈퍼마켓에서 무엇이든지 살 수 있을 텐데, 식구들의 건강을 스스로 지키고, 자기 나라 농업을 살리기 위해서, 누가 어떻게 생산했는지 모르는 농산물은 사지도 않고 먹지도 않는다고 했습니다.

그리고 도시 생협 회원들은 달마다 기금을 모으고 있었습니다. 농자재가 필요하거나 이런저런 이유로 지원이 필요한 농부들에게 조건 없이 주는 돈이랍니다. 왜냐하면 자기 식구들이 건강하게 살아갈 수 있도록 안전한 농산물을 공급해 주었기 때문입니다. 그래서 친형제보다 더 가깝게 지내면서, 농사철에는 함께 일을 하고 밥을 나누어 먹으면서 믿음을 쌓는다고 합니다.

나는 일본을 다녀와서 도시 사람과 농촌 사람이 뜻을 모아 서로의 삶을 보장해 주는 '생협운동'이야말로 이 시대를 새롭게 이끌어갈 훌륭한 대안이라고 생각했습니다. 우리나라도 지역마다 생협운동만 뿌리를 내리면 수입농산물이 밀물처럼 들어와도 걱정할 필요가 없다는 생각이 들었습니다.

참 놀라운 것은 생협 직매장에 진열해 놓은 물품을 사러 오는 회원들은 모두 진열해 놓은 대로 차례차례 사 가지고 간다는 사실이었습니다. 시든 배추든, 벌레 먹은 사과든 가리지 않고 사 갔습니다. 그리고 유효기간이 가장 짧은 물품부터 사 갔습니다. 음식을 버리면 죄짓는 일이라면서 직매장에 진열해 놓은 모든 물품을 마치 자기 것처럼 소중하게 여겼습니다. 우리나라 사람들은 유효기간이 긴 것을 사 가기 위해 애써 진열해 놓은 물품을 흩어 놓으면서도 미안해할 줄 모르던데.

일본은 지역마다 생협운동이 나름대로 자리를 잡고 있었습니다. 그러나 일본에서도 우리나라처럼 날이 갈수록 편리함에 젖어 돈만 있으면 무엇이든지 원하는 것을 사 먹을 수 있다고 생각하는 사람이 늘어난다고 합니다. 이런 상황에서도 50년이 가깝도록 마음 흔들리지 않고 생협운동을 하고 있는 회원들을 만나고 나니 힘이 저절로 솟아났습니다.

잘못된 세상을 비판만 하고 원망만 한다면 아무것도 바꿀 수 없습니다. 그래서 우선 '내'가 바뀌어야 합니다. 조금 불편하더라도 아이들 손을 잡고 지역에 있는 생협에 가보지 않으시렵니까? 내가 여태 먹고 살아온 음식들이 얼마나 오염된 것인지 알 수 있을 것입니다. 내가 얼마나 내 몸을 살려준 음식을 아무 생각도 없이 먹고 마셨는지 온몸으로 느낄 수 있을 것입니다.

■ 작물을 심고 가꾸어야 합니다.

농민들이 애써 농사지은 먹을거리를 생협에서 고마운 마음으로 사서 먹는 것도 좋지만, 손수 작물을 심고 가꾸어 보면 몇 배 더 고마운 마음이 들 것입니다. 바쁘더라도 손수 거름을 넣고 씨를 뿌려 남새(채소) 서너 가지라도 기르다 보면 저절로 다른 생명과 가까워지고, 저절로 마음이 착해질 것입니다. 버려진 고무통이나 스티로폼 상자도 좋고, 아니면 가까운 곳에서 얻을 수 있는 텃밭이 있으면 더욱 좋습니다. 생태귀농을 꿈꾸면서 자기의 삶이 달라지지 않으면 무슨 힘으로 세상을 아름답게 가꾸겠습니까. 지금 바로 실천해야 합니다. 내일이면 이미 늦습니다. 아무리 귀찮고 힘든 일이라 할지라도 옳은 일이라면 실천해야 하지 않겠습니까? 백 번 천 번 듣는 것보다 한 번 실천하는 것이 큰 용기이며 희망입니다.

■ 스스로 가난하고 불편하게 살아야 합니다.

여러 가지 까닭으로 도시를 버리지 못하고 있어도, 가난한 농부처럼 살아야 합니다. 스스로 가난하고 불편하게 살아야 모든 사람과 자연과 더불어 살 수 있습니다. 어떤 인디언들은 백인의 문명을 실패로 규정하고, 큰 부를 얻은 사람을 죄악시하며, 한 인간의 위대함을 그 사람이 얼마나 남을 위해 봉사했는가로 측정한다고 합니다. 그리고 부족 가운데 가난한 사람이 있는데 어떤 사람이 엄청난 부를 소유하는 것은 부끄러운 일이고 천하에 불명예스러운 죄라고 여긴답니다.

한 달에 한 번 하던 외식도 두 달에 한 번으로, 두세 달에 한 번 가던 영화관도 서너 달에 한 번으로, 어디 다닐 때는 승용차보다는 버스나 지하철을, 출장이나 여행을 떠날 때는 주먹밥을, 텔레비전 연속극은 멀리하고 좋은 책은 가까이, 육고기와 커피 따위는 멀리, 채소와 국산 차는 가까이, 밥은 현미잡곡밥에 반찬은 단순하게, 손님 접대는 식당보다는 집에서…. 살아온 삶을 뒤돌아보면서 하나하나 바꾸어 나가야 합니다. 그렇다고 꼭 돈을 써야 할 곳에 구두쇠처럼 쓰지 말라는 이야기는 아닙니다. 다만 사람과 자연을 괴롭히는 데에 함부로 돈과 시간을 낭비하지 말라는 뜻입니다.

■ 밥상은 소박하고 단순하게 차려야 합니다.

학교나 단체에서 살아가는 이야기를 나누어 달라고 불러주면, 밥상에 반찬을 세 가지 넘게 차리지 말라는 부탁을 합니다. 손님이 오는 날은 한두 가지 더 차릴 수도 있겠지요. 세 가지 반찬이란 음식을 버리지 않도록 소박하게 밥상을 차려 달라는 얘기지요. 그런데 사람들은 숫자를 따지느라 정신이 없습니다. 김치와 국도 세 가지에 들어가느냐며.

반찬 가짓수가 적으면 음식 귀한 줄 알게 되고, 반찬투정 안 할 것이고, 배탈 날 확률도 적고, 수도요금과 가스요금 적게 나오고, 시간도 절약하고, 생활비도 적게 들겠지요. 생활비 아껴서 가난한 이웃들과 나눌 수 있고, 우리 아이들에게 검소하게 사는 모습을 보여주니 참교육이 되고, 버리지 않으니 환경을 살릴 수 있고, 깨끗하고 아름다운 세상을 아이들에게 물려줄 수 있으니 얼마나 좋은 일입니까.

음식을 여러 가지 차린다고 해서 건강에 도움이 되는 것이 아니에요. 여러 가지 음식을 소화시키느라 몸이 피곤해지니까요. 그리고 아무리 정성들여 차려 놓아도 식구들이 다 먹지도 않을 것이고, 이래저래 먹지도 않고 밥상에 몇 번 올라왔다 내려갔다 하다 보면 쓰레기통으로 들어갈 테니 음식에게 미안한 일이지요. 음식을 쓰레기통에 버리는 짓은 하느님, 부처님을 쓰레기통에 버리는 짓이니, 더도 말고 덜도 말고 먹을 만큼만 밥상에 올렸으면 좋겠습니다.

■ 몸과 마음을 건강하게 지켜야 합니다.

농촌에서 농사지으며 70~80년을 살아온 어르신들은 겉으로는 몸이 약해 보이지만, 20~30대 젊은이보다 힘이 좋습니다. 몸무게가 50㎏밖에 안 되는 어르신이 40㎏ 나락 가마니를 하루 종일 경운기에 싣고 내려도 몸이 지치지 않는 까닭은, 요령도 있지만 모든 근육이 발달되어 있기 때문입니다. 처음 귀농하여 마음도 여물지 못했는데 몸까지 아프면 무얼 믿고 살겠습니까.

농촌에서 살면, 더구나 저처럼 산골 마을에 살면 치과에 한번 가기도 쉽지 않습니다. 우리 면에는 병원이나 약국조차 없습니다. 버스도 하루에 세 번밖에 없으니 자동차가 없으면 어디 다니기가 쉽지 않습니다. 자동차가 있다 해도 거리가 멀어 기름 값도 걱정이지만 시간 낭비가 더 큰 걱정입니다. 치과 한번 가는 데도 하루를 거의 다 써야 하니까요.

저는 귀농하려는 사람들한테 현대의학으로 치료할 수 있는 병은 도시에서 미리 치료를 받고 오라 합니다. 보기를 들면 40~50대가 되면 충치나 풍치가 생기기 시작합니다. 그래서 미리 치과에 가서 치료를 다 하고 귀농을 하면 좋다고 일러줍니다. "호미로 막을 것을 가래로 막는다"는 옛말이 있듯이 적은 돈과 시간으로 될 일을 기회를 놓쳐 큰일을 만들지 말아야지요.

간디는 "병이란 단순히 우리의 행동에서 생기는 것이 아니라 우리가 가진 생각의 결과"라고 했습니다. 우리의 몸과 마음은 둘이 아니라 하나라는 말이지요. 흐트러짐 없는 채식주의자로 잘 알려진 간디는 "건강을 유지하려면 무엇을 먹든 양과 횟수를 줄여야 한다"고 했습니다. "절제하라, 넘치는 것보다 모자라는 것이 낫다"고 지금도 우리 곁에서 말씀해 주고 계십니다.

몸과 마음을 다스리는 간디의 '건강 철학'을 다시 한번 가슴 깊이 새겨 보시렵니까?

"될 수 있는 대로 순수한 생각을 하고 게으르고 나쁜 생각을 떨쳐 버려라. 밤낮으로 깨끗한 공기를 마셔라. 육체노동과 정신노동 사이의 균형을 지켜라. 바르게 서고 바르게 앉고 정결하고 단정한 행동 하나하나에 마음과 정신이 드러나게 하라. 이웃에게 봉사하는 삶을 살기 위해서 음식을 먹어라. 먹는 물과 음식과 공기는 반드시 깨끗해야 한다. 나아가 주변 환경을 자신을 위한 것보다 세 배 더 깨끗하게 하라."

■ 배우고 싶은 게 있으면 도시에서 배우고 와야 합니다.

알다시피 농촌에는 요가 학원도 없고 글쓰기 학원도 없습니다. 도시에 사람들이 몰려 살고 있으니 병원과 약국도, 학교와 학원도 모두 도시에 있습니다. 귀농하기 전에 자기와 이웃의 몸과 마음을 보살피고 서로 도움이 되는 게 있으면 배우고 와야 합니다. 요가, 뼈 교정, 지압, 안마, 뜸쑥, 침, 부항, 자연의학, 글쓰기, 사진 찍기, 농기구 수리, 컴퓨터, 전기, 보일러, 집 짓기 들은 배운 만큼 귀하게 쓰일 것입니다.

■ 남의 말만 듣고 계획도 없이 귀농해서는 안 됩니다.

귀농은 누가 시켜서 하는 게 아니며, 누가 시킨다고 해서도 안 됩니다. 스스로 계획을 잘 세워야 합니다. 철저하게 계획을 세우고도 실패하거나 낭패를 당하는 사람도 가끔 있습니다. 이런 일을 결코 남의 일이라 여기면 안 됩니다. 그렇다고 계획만 잔뜩 세우고, 실천은 하지 않고 말만 앞세우는 것은 실패를 하는 것보다 더욱 좋지 않습니다.

자연으로 돌아가는 것이 이 시대에 희망을 만들어가는 것이라 생각하면 자기 처지에 맞는 기간과 방법을 정해 귀농 계획을 꼼꼼하게 세워야 합니다. 그리고 1년 뒤 아니면 10년 뒤의 자기 모습을 그려 보시기 바랍니다. 자기가 그린 '인생의 그림'이 올바른 것이라면 하늘이 도울 것입니다. 아스팔트와 시멘트뿐인 이 메마른 도시를 '고향'이라고 후손들한테 물려주시렵니까? 아니면 새소리, 물소리, 들꽃 향기 넘치는 아름다운 고향을 물려주시렵니까? 선택은 여러분의 몫입니다.

■ 어떤 농사일을 하며 살 것인지 먼저 결정해야 합니다.

논농사를 하고 싶으면 논이 많은 곳으로 가야 하고, 밭농사를 하고 싶으면 밭이 많은 곳으로 가야 합니다. 보기를 들어 고구마 농사를 짓고 싶은 사람이 멧돼지가 많이 내려오는 곳으로 가서는 고구마 농사를 지을 수 없습니다. 멧돼지가 가장 좋아하는 것이 고구마이기 때문입니다. 닭이나 염소를 키우고 싶으면 마을 사람들에게 피해를 주지 않도록 깊은 산골로 들어가는 것이 좋고, 마실 차나 효소를 만들고 싶으면 물과 공기가 깨끗한 곳으로 가야 합니다. 가끔 길을 걷다 보면 하루 종일 자동차가 다니는 길 가까이에 녹차와 복분자 따위를 재배하는 곳을 보게 됩니다. 그 모습을 보면 이런 생각이 듭니다. '자동차 매연을 먹고 자라겠구나.' 그러니 어디에서, 어떤 농사일을 하며 살아갈 것인지 결정하는 것이 중요합니다.

태어날 때부터 몸이 약한 사람이나 나이가 지긋이 든 사람들은 약초, 채소, 차, 효소, 식초, 된장, 간장, 곶감 들을 만들면 좋겠습니다. 몸이 약한 사람이 경운기를 운전한다고 생각해 보십시오. 경운기를 운전하는 것이 아니라 경운기에 질질 끌려 다니다 사고가 날 게 뻔합니다. 아무리 농기계지만 힘이 있어야 몰 수 있는 것입니다.

20~30대의 젊고 건강한 사람들은 벼, 밀, 보리, 콩, 감자, 고구마와 같은, 가난한 사람이 먹지 않으면 살 수 없는 주곡 중심의 농사를 지으면 좋겠습니다. 모두 '돈 되는' 작물만 심으면 누가 가난한 사람들의 밥상을 차려줄 수 있겠습니까.

■ 함부로 땅을 사서는 안 됩니다.

사람도 인연이 닿아야 만날 수 있듯이 땅도 마찬가지입니다. 아무리 돈이 많아도 인연이 닿지 않으면 그 땅이나 집을 살 수 없습니다. 그리고 판다고 내놓은 땅은 잘 살펴보아야 합니다. 기름지고 물 좋고 햇볕 잘 드는 땅은 잘 내놓지 않습니다. 너무 비싼 땅도 문제가 있지만 너무 싼 땅도 문제가 있다고 생각해야 합니다.

어떤 농사를 지을 것이며, 어떻게 살 것인가를 먼저 결정한 다음 땅을 사고 집을 지어야 합니다. 만일 집에서 한우라도 두세 마리 키워 거름을 손수 만들어 쓰고 싶다면 소 집을 지을 땅도 있어야 하는 것입니다.

집터나 논밭을 사고 싶을 때는 귀농하고 한두 해 남짓 살고 나서 사는 게 바람직합니다. 그래야만 후회 없이 살 수 있습니다. 어떤 논은 물이 많아 밭으로 절대 쓸 수 없는 논도 있고, 어떤 밭은 흙이나 위치가 좋지 않아 어떤 작물을 심어도 잘 안 되는 곳이 있습니다. 그러나 믿을 수 있는 분이 소개하는 땅이라면 미리 사두는 것도 좋습니다. 농사는 짓지 않으면서 투기 목적으로 논밭을 사고파는 못된 사람들이 많아 조금 괜찮은 땅은 값이 자꾸 오르기 때문입니다.

■ 빈집을 빌려 고쳐 살 때에는 주인과 계약을 하는 게 좋습니다.

땅을 사고 집을 지을 때까지 마을에 있는 빈집을 빌려서 사는 사람이 많습니다. 저도 빈집을 빌려 살면서 흙집을 지었으니까요. 빈집은 거의 몇 년, 아니면 몇십 년 동안 사람이 살지 않아 적어도 돈을 몇백만 원은 들여 고쳐야만 살 수 있습니다. 만약 고쳐서 살고 싶을 때는 집주인과 말로 하지 말고 서류로 남겨 두는 게 좋습니다. 몇 년 동안 살 수 있게 해 달라든지, 아니면 그 안에 비켜 달라고 할 때에는 수리비를 주기로 한다든지 서로 약속을 하는 것이지요. 그래야 주인이 마음대로 팔거나 비켜 달라고 하지 않습니다.

낡은 집을 깨끗하게 고쳐 살고 있는데 도시에 사는 주인이나 주인 아들 딸들이 나타나 '별장'으로 쓰겠다며 억지로 비켜 달라는 때가 많습니다. 300~400만 원을 들여 고쳐 살고 있는데 한 해도 살기 전에 쫓겨나간 귀농인들이 한둘이 아닙니다. 수리비 한 푼 받지 못하고 말입니다.

귀농한 다음에

■ 마을 공동체 일부터 가장 먼저 해야 합니다.

아무리 자기 일이 바쁘다 하더라도 잠시 미루고 마을 공동체 일부터 먼저 해야 합니다. 논물 흐르는 물길(수로) 청소 작업, 마을 상수도 공사, 명절맞이 마을 정리정돈, 눈 쓸어내기, 마을잔치 준비와 같은 일이 있으면 앞장서서 해야 합니다. 만일 눈이 내려 길에 쌓이면 제 집 앞부터 쓸 게 아니라, 마을 길부터 우선 쓸어야 하는 것입니다. 벌들은 협동하지 않으면 아무것도 얻지 못합니다. 사람도 마찬가지입니다. 그리고 아무리 사이가 멀어진 이웃이라 할지라도 마을 일을 함께 하다보면 가까워질 수도 있습니다. 혼자서는 살 수 없다는 걸 깨닫기 때문이지요.

■ 뜻있는 사람들의 모임을 만들어야 합니다.

보기를 들면 2006년 3월 귀농한 젊은이들이 모여 우리 집에서 첫 모임을 가졌습니다. 우리 마을 이름이 '나무실'이라 자연스럽게 '나무실 공동체'라 지었습니다. 첫 모임 때는 부현도 씨 부부, 정상평 씨 부부, 박상아 씨 그리고 우리 부부를 합쳐서 모두 일곱 사람이 모임을 가졌습니다. 그 뒤, 귀농한 젊은이들이 자꾸 늘어남에 따라 2008년 1월 14일 '열매지기 공동체'로 이름을 바꾸었습니다.

모임의 목적은 생명농업을 실천하며, 무너져 가는 우리 농업과 농촌을 살리기 위해 애쓰고, 귀농하려는 사람들을 위해 선배로서 튼튼한 버팀목이 될 수 있도록 하자는 것입니다. 바쁜 농사철에는 한 형제처럼 서로 돕고, 늘 공부하는 마음으로 농사지으며, 몸과 마음을 자연에 맡기고 소박하게 살아가는 법을 함께 배우자는 것이지요. 그리고 주어진 여건 속에서 자라나는 아이들을 위해 무엇을 할 것인가를 생각하며 실천하자고 약속했습니다.

그런 뜻을 세우고 두 달에 한 번, 첫 번째 수요일, 오후 일곱 시에 모임을 가졌습니다. 몸 공부, 마음공부, 농사 체험과 삶 나누기, 따라 살고 싶은 사람 찾아가기, 좋은 책 읽기, 삶을 가꾸는 글쓰기, 아이들을 위해 만든 '강아지똥학교' 운영하기, 지역 환경 살리기 들을 의논하고 실천합니다.

■ 다치거나 아픈 사람이 있으면 하루빨리 찾아뵈어야 합니다.

인도 명언에 "다른 사람을 위로할 때는 어느 누구의 머리도 아프지 않다"고 합니다. 아무리 큰 잘못을 저지른 사람일지라도 아파 누워 있으면 불쌍하게 보이는 게 사람의 마음입니다. 그러니 이웃이 다쳤거나 아픈데 얼른 찾아뵙지 않는 것은 사람의 도리가 아닙니다. 아픈 사람한테 꼭 필요한 게 무엇인지 생각해 보고 찾아뵙는 것이 더 좋겠지요.

■ 손님(마을 사람들)이 찾아오면 '손님맞이'를 잘해야 합니다.

손님맞이라는 말은 큰상을 차리라는 뜻이 아닙니다. 농촌 마을은 늘 열려 있는 공간이라 거의 대문도 없고 방문도 잠그지 않습니다. 그래서 손님이 언제 갑자기 찾아올지 모릅니다. 그때를 위해서 언제나 마실 것을 준비해 두어야 합니다. 똑같은 손님이 하루에 두세 번 오더라도 그냥 돌려보내서는 안 됩니다. 시원한 물이라도 한 잔 정성껏 드려야 합니다. 그게 농촌 인심입니다.

어제 오랜만에 늦잠 자고 일어났더니 마루에 누가 갖다 두었는지 양파와 감자가 한 상자씩 놓여 있었습니다. 마을 어르신이 찾아오셨다가 그냥 두고 가셨겠지요. 지은 죄도 없이 미안한 마음이 들었습니다.

■ 관행농업을 하는 사람들을 존중하시기 바랍니다.

농약 치고 화학비료를 뿌리며 농사짓는 마을 사람들한테 친환경농업 하자고 섣불리 말해서는 안 됩니다. 우선 몇 년 동안 자기 스스로 친환경 농업을 실천하면서 한두 가구씩 함께 하자고 말하는 게 좋습니다. 그리고 관행농업을 하는 사람들을 무시하는 말이나 행동은 절대 해서는 안 됩니다. 그분들이 농촌을 버리지 않고 여태 나라에서 시키는 대로 농사지으며 살아왔기 때문에 이 나라 경제가 이나마 일어설 수 있었던 것입니다. 선택은 그분들이 스스로 할 수 있도록 해야 합니다. 어쩔 수 없이 농사만 짓고 살아왔다 하더라도 한평생 자연 속에서 흙과 함께 살아온 그분들을 존중해야 합니다.

■ 잘 모르면서 아는 척해서는 안 됩니다.

이웃집에 가서 일을 할 때는 주인이 하자는 대로 하는 게 좋습니다. 괜히 아는 척하고 고집 부려서는 안 됩니다. 이웃집 논에 모를 심으면서 겪은 일입니다. 저는 한 곳에 모를 대여섯 포기만 심으면 되는 줄 알았는데, 그 주인은 열 포기쯤 심으라고 했습니다. 그냥 하라는 대로 했으면 아무 일도 없었을 텐데, 주워들은 귀가 있어 아는 체하다가 조금 다투었습니다. 그때 그 주인은 "시키면 시키는 대로 하지 무슨 말이 그리 많으냐"며 화를 냈습니다.

참 소중한 경험이었습니다. 농부는 자기 나름대로 농사법이 있습니다. 토질이나 물 빠짐, 수확량 들도 그 땅에서 농사짓는 농부가 가장 잘 압니다. 그러니 잘 모르면서 아는 척해서는 안 됩니다. 얼마든지 즐거운 마음으로 일할 수 있는데, 아는 척하는 바람에 마음에 상처를 주었으니 부끄러울 뿐이었지요. 그날은 못난 제 자신이 부끄러워 밥도 먹지 않았습니다.

■ 농사일지를 꼭 적어야 합니다.

한 해에 똑같은 농사일은 거의 없습니다. 감자를 심거나 캐는 일도, 모를 심거나 벼를 베는 일도, 모든 농사일이 한 해에 한 번밖에 경험할 수 없습니다. 그러니 아무리 보잘것없는 일이라 하더라도 적어두는 버릇을 들여야 두 번 물어보지 않고 스스로 일어설 수 있습니다. 그리고 어느 때 무엇을 심고 거두는지를 알아야 서두르지 않고 편안한 마음으로 농사지을 수 있겠지요.

■ 자기 몸은 자기가 보살펴야 합니다.

아침에 일어나면 우선 몸부터 풀어야 합니다. 낫도 제대로 갈아 써야 능률이 오릅니다. 낫이 무디면 손목에 힘이 몇 배나 더 많이 들어가기 때문에 빨리 지치고 능률도 오르지 않습니다. 사람 몸도 마찬가지입니다. 아무리 바쁜 일이 있더라도 맨손체조라도 하고 일을 해야 합니다. 그리고 일을 마쳤을 때도 마찬가지입니다. 농사일이란 헬스장에서 운동하듯이 자세가 바르지 못하므로 일을 마치고 몸을 제대로 풀지 않으면 골병이 듭니다. 요가든 맨손체조든 몸을 완전히 풀고 집 안으로 들어가야 합니다. 연장도 하루 내내 쓰고 나면 묻은 흙도 털고 제자리에 잘 걸어두어야 하듯이 말입니다.

농촌에서는 손가락이나 발가락 한 개 다쳐도 일하기가 쉽지 않습니다. 자기 몸이 가장 큰 밑천이지요. 도시에서도 마찬가지지만 자기 몸이 아프면 다른 사람에게 짐이 될 뿐입니다. 종교에서는 고통이 신비라고도 말하지만, 농부에게는 신비라고 말하기가 결코 쉽지 않습니다.

풀을 맬 때는 왼손과 오른손을 번갈아 쓰고, 삽질을 할 때도 왼발과 오른발을 골고루 쓰는 버릇을 들여야 합니다. 그래야만 골병이 들지 않습니다. 당연히 일하는 틈틈이 몸을 풀어야지요.

농촌에서 가장 많이 쓰는 경운기, 예초기, 엔진톱 사고로 뼈가 부러지고 으스러져 몇 년 동안 병원 신세를 지는 사람도 많습니다. 그리고 한 동작을 너무 오래 하는 바람에 생기는 신경통, 관절염, 디스크 따위도 많습니다. 풀을 오래 매다가 손가락이 붓고 손목 인대가 늘어나 한 해 내내 아무 일도 못하는 사람도 흔히 볼 수 있습니다. 일 욕심을 줄여야 '첫 마음'을 되찾을 수 있습니다.

농기계를 쓸 때는 경험이 많은 이웃들에게 올바른 사용법과 주의해야 할 점을 자세히 물어보고 쓰는 게 좋습니다. 물어보면 누구든지 친절하게 가르쳐 줍니다. 더구나 예초기를 쓸 때는 무릎 보호대를 차고 보안경을 꼭 써야 합니다. 빠르게 돌아가는 예초기 칼날에 돌이 튀어 한쪽 눈을 잃어버린 사람도 있습니다. 편리한 만큼 무서운 것이 기계입니다.

■ 사람 관계를 잘 풀어 나가야 합니다.

농사일이야 스스로 조절하여 몸을 보살피면 되지만, 보이지 않는 마음은 스스로 조절하기가 여간 어려운 게 아닙니다. 우리 모두 신이 아니고 사람이기 때문입니다. 마음을 스스로 다스리지 못하면 몸이 상합니다. 몸과 마음이 상하면 농촌이고 도시고 아무데서도 자유로울 수 없습니다.

귀농하여 마을을 위해 좋은 일을 백 번 천 번 했다 하더라도 한두 번 잘못하면 이런 말이 오래도록 따라다니는 게 농촌입니다. "저런, 그러면 그렇지. 객지서 온 놈들은 어쩔 수 없어", "버릇없는 놈들, 도시에서는 저렇게 가르치나." 그 소문은 이웃 마을뿐만 아니라, 그 다음날이면 면사무소까지 퍼져 나갑니다.

이웃들이 생산한 물품을 팔아주거나, 농사일을 거들어줄 때도 조심스럽게 해야 합니다. 누군 도와주고 누군 도와주지 않으면 결코 좋은 소리를 듣지 못합니다. 그리고 이웃이 찾아와서 다른 이웃을 험담할 때는 절대 맞장구를 쳐서는 안 됩니다. 맞장구를 치면 몇 시간 뒤에 바로 그 사람 귀에 들어갑니다. 슬쩍 마음을 떠보거나 농담 삼아 남의 욕을 하는 척했을 뿐인데, 그걸 진짜로 알고 맞장구를 치면 설 자리가 없습니다. 그럴 때는 가만히 듣고만 있는 게 가장 슬기로운 방법입니다. 농촌 마을은 한 집 건너 친척들이니, 아무리 작은 일이라도 남의 말을 함부로 해서는 안 됩니다. 남한테 욕을 해서 돌아오는 것은 욕밖에 없습니다.

사람들은 '다르다'는 말과 '틀리다'는 말을 생각 없이 쉽게 씁니다. '다르다'는 말은 '같지 않다'는 뜻이고 '틀리다'는 말은 '맞지 않다', '정답이 아니다', '옳지 않다'는 뜻입니다. 사람들은 다르다고 말해야 하는데도 틀리다고 말합니다.

사람들은 모두 다릅니다. 천성도 다르고 핏줄도 다릅니다. 성장 과정도 다르고 주위 환경도 다릅니다. 부모도 다릅니다. 똑같은 어미 뱃속에서 나온 자식들도 다릅니다. 수십 년을 함께 살아온 부부도 다릅니다. 같을 수가 없는 것입니다.

'다르다'는 말은 서로 이해하고 존중해야 한다는 말입니다. 그리고 다르다는 말은 서로 도와가면서 살아야 한다는 말입니다. 우리 집 작은아들 녀석은 몸을 움직이는 일에 관심이 많고, 큰아들 녀석은 철학과 문학에 관심이 많습니다. 그렇게 서로 다른 녀석들이 만나기만 하면 밤새 웃고 떠들며 이야기꽃을 피우는 걸 보면 신비스럽습니다. 아, 다르다는 것이 이렇게 좋은 것이구나 싶습니다.

아내와 나도 25년을 한 방에서 살았는데도 다릅니다. 우리는 만나기 전부터 달랐고 지금도 다릅니다. 나는 돈벌이에 관심이 없습니다. 그래서 죽었다 몇 번을 다시 태어나도 이렇게 자연 속에서 농사지으며 사는 게 꿈입니다. 아내는 가난을 무척이나 싫어하고 아직까지 농사짓는 즐거움이 반밖에 안 됩니다. 그러나 우리는 다르다는 까닭으로 서로 미워하거나 방해하거나 괴롭히지 않습니다.

　서로 좋아서 만난 사람들이 왜 두 번 다시는 안 볼 사람처럼 헤어져야 하고, 왜 자식까지 버리며 원수처럼 등을 돌려야 하는지요. 오랜 세월 정을 쌓은 동무끼리 또는 이웃끼리 왜 작은 실수와 잘못을 서로 끌어안지 못하고 서로 원망하며 돌아서야 하는지요. 다른 이들의 실수와 잘못을 가만히 들여다보면 자기의 잘못과 실수가 훤히 보이는 것을 어찌 보지 못한단 말인지요. 가슴에 손을 얹고 곰곰이 생각해 보면 결국 '다르다'는 것을 '틀리다'고 여기기 때문은 아닌지요.

　다르다는 것은 정말 아름다운 것입니다. 우리가 모두 똑같이 말하고 똑같이 생겼으면 무슨 재미로 살겠습니까. 나무도 꽃도 풀도 돌도 이 세상에는 똑같은 것이 하나도 없습니다. 한평생 살다보면 온갖 일이 다 일어납니다. 아무런 문제가 일어나지 않는 날은 하루도 없습니다. 문제가 없었다면 아무 일도 하지 않았다는 것입니다. 일자리를 잃고 밥을 굶기도 하고, 병이 들어 자리에 눕기도 하고, 보증을 잘못 서서 빚더미에 앉기도 하고, 별것도 아닌 일로 마음이 안 맞아 다투기도 하면서 세월은 가는 것입니다.

　우리는 서로 이해하고 존중하고 도와가며 살아야 합니다. 저마다 조금은 다른 뜻을 품고 농촌에 들어온 사람들끼리 서로 질투하고 '피해의식'에 젖어 등을 돌리고 사는 모습을 가끔 봅니다. 마을 사람들과 하나가 되지 못하고 겉도는 사람들을 보면 안타까운 마음이 듭니다. 사람이 사람과 사이좋게 지내지 못하고서야 무슨 일을 할 수 있겠습니까.

　다르다는 것 때문에 사람과 사람 사이가 갈라져서도 안 되고, 가정이 무너져서도 안 됩니다. 우리는 다르기 때문에 저마다 행복한 삶을 누려야 합니다. 다르다는 것, 그것만으로도 우리는 이 세상 무엇보다 아름답습니다.

■ 스스로 마음을 다스려야 합니다.

　마을 사람들이나 귀농한 선후배라도 너무 가깝게 지내는 것은 너무 멀리 지내는 것보다 못합니다. 사람과 사람은 조금 거리를 두고 지내는 게 오래갈 수 있습니다. 사람한테 사랑을 베풀 때는 아무 조건이 없어야 참 사랑이라 할 수 있습니다. '내가 이 정도 했으면 저 사람은 이 정도쯤은 해주겠지', 이런 생각은 자기에게 스스로 상처를 남기는 것입니다. 사랑 은 '그냥' 베풀면 되는 것입니다. 베푼 게 되돌아오면 기쁜 마음으로 그 저 받으면 되는 것이지요. 그게 참사랑의 마음입니다.

가끔 간이고 쓸개고 다 떼어 줄 것 같은 사람을 만나게 됩니다. 그런 사 람들은 자기 마음에 조금만 들지 않으면 쉽게 실망하고 찾아오지도 않습 니다. 참 복잡한 게 사람 마음이고 사람 관계입니다. 그러나 사람 마음이 가끔 흔들리기 때문에 더 아름답게 여겨질 때가 많습니다. 흔들리는 그 사이로 깊은 정이 든다는 걸 농사짓고 살다 보면 쉽게 느낄 수 있습니다. 꽃이 아름다운 만큼 사람도 아름답습니다. 아름답게 바라보는 눈만 있으 면 꽃보다 더 아름답습니다.

그리고 아무리 세상 사람이 모두 '인정'하는 못된 사람이라 하더라도 적을 만들어서는 안 됩니다. 미꾸라지 한 마리가 우물을 온통 흐려 놓을 수도 있으니까요. 마을마다 약속이나 한 것처럼 남의 욕 잘하고, 자기 것 만 아는 사람이 꼭 한두 사람은 있습니다. 우리를 시험하기 위함이라 여 기고 고맙게 받아들여야 합니다. 마음을 잘 다스리면 모든 것이 마음먹은 대로 이루어질 것입니다.

화가 나고 짜증이 날 때는, 낱말 한 가지를 생각해 두었다가 마음이 가 라앉을 때까지 그 낱말을 마음속으로 되풀이하여 외워 보시기 바랍니다. 저는 그럴 때마다 '평화'라는 낱말을 되풀이하여 외웁니다. 그래도 가라 앉지 않으면 맨발로 산길을 걸으며 마음을 가라앉히기도 합니다.

도시나 농촌이나 사람 사는 세상에서는 사람 관계 때문에 골치 아플 때 가 많습니다. 스스로 마음 다스리기가 쉽지 않을 때는 좋은 말씀들을 방 문에 붙여 두고 틈틈이 읽어 보는 것도 큰 도움이 됩니다.

남의 착한 일은 드러내 주고 허물은 숨겨 주라. 남의 부끄러운 점을 감추어 주고 중요한 이야기는 발설하지 말라. 작은 은혜라도 반드시 갚을 것을 생각하고, 자기를 원망하더라도 항상 착한 마음을 가지라. 자기를 원망하는 자와 사이가 가까운 자가 똑같이 괴로워하거든 먼저 원망하는 자를 구원하라. 욕하는 자와 때리는 자를 보거든 불쌍히 여기는 마음을 낼 것이며, 모든 중생을 부모처럼 생각하라.

— 우바새계경

용서하는 것은 좋다. 그러나 잊는 것은 더욱 좋다.

— R. 브라우닝

남을 용서하기에 인색하지 말자. 무슨 일에든 남을 용서할 마음의 여유를 간직해야 한다. 남을 용서할 줄 모르는 사람은 늘 미움에 차 있고 평화를 누리기 어렵다.

— 중국 명언

서로 용서하라. 이 세상에서 서로 화평하게 지낼 수 있는 방법은 하나밖에 없다. 그것은 용서하는 것이다.

— L. N. 톨스토이

당신이 다른 사람을 용서하지 않으면서 하느님께 용서해 주기를 기대하는 것은 뻔뻔스러울 뿐만 아니라 헛된 일이다.

— 벤자민 호들리

■ 농기구 관리를 잘 해야 합니다.

농촌에는 집집마다 농기구가 있습니다. 그런데 비싼 농기구가 비를 맞고 있는 모습을 흔히 볼 수 있습니다. 낫이나 호미도 녹이 슬어 엉망입니다. 연장을 하나 찾으려면 어디 두었는지 몰라 한참을 찾다가 없으면, 자동차를 타고 장에 나갑니다. 그렇게 되면 하루 계획했던 일을 할 수 없어

짜증만 납니다. 농기구를 아무 데나 두어서 아이들이 밟거나 넘어져 크게 다칠 때도 있습니다. 농기구는 쓰고 나면 늘 제자리에 두어야 하고, 다음에 쓰기 위해 깨끗이 잘 보관해야 합니다. 제 목숨 같은 농기구를 함부로 여기면 농사꾼이 아닙니다.

■ 연장을 살 때는 대장간에서 사는 게 좋습니다.

일반 철물점에서 낫이나 괭이를 사면 싸게 살 수 있습니다만, 얼마 쓰지 않아서 못쓰게 되는 경우가 많습니다. 늘 쓰는 연장은 장날에 나가 대장간에서 사는 것이 좋습니다. 두세 배 남짓 값이 비싸다 하더라도 튼튼하고 쓸만한 연장을 사야만 능률도 오르고 오래 쓸 수 있습니다.

■ 주위를 깨끗하고 아름답게 만들어야 합니다.

농기구뿐만 아니라 집 안 구석구석 정리정돈을 잘해야 합니다. 어느때, 누가 와서 보더라도 농촌은 참 살만한 곳이라는 생각이 들어야 합니다. 농촌, 생각만 하면 농약냄새와 지독한 똥냄새, 파리와 모기, 어지러운 마당, 지저분한 방과 부엌 ― 이래서 되겠습니까? 농촌, 생각만 하면 맑은 물, 깨끗한 공기, 푸른 숲, 깔끔한 방과 부엌, 사철 아름다운 꽃이 피어 있는 마당, 안심하고 먹을 수 있는 과일, 작지만 밥상 차리기에 모자람이 없는 텃밭, 정돈된 농기구 ― 생각만 해도 얼마나 기분이 좋습니까. 그래야 그 모습을 보고 많은 이들이 농사지으며 살려고 하지 않겠습니까. 이런 작지만 아름다운 손길이 큰 희망을 만들어 가는 것입니다.

■ 돈을 무리하게 빌려서는 안 됩니다.

아무리 싼 이자라 하더라도 무리하게 돈을 빌려 쓰면 낭패를 당합니다. 차라리 한 끼 굶고 살더라도 마음 편하게 사는 게 낫습니다. 농사는 사람이 하는 일보다 하늘이 하는 일이 더 많은 것인데, 사람이 욕심이 앞서서 일을 크게 벌이다 보면 자기 스스로 감당하기 어렵습니다.

흉년이 들거나 실패를 하여 빚을 갚을 길이 없어지면 자살을 하거나, 밤에 아무도 몰래 도망을 가기도 합니다. 때론 술에 빠져 살거나, 다시 도시로 나가는 사람들도 있습니다. 대부분 빚을 갚지 못한 사람들이지요. 아무리 돈이 많다 하더라도 넉넉한 경험과 기술이 없으면 실패하기 쉬운 게 농사입니다. 생명을 다루는 일이니 많은 경험과 정성이 필요하지 않겠습니까. 아기도 자주 안아 본 사람이 잘 안을 수 있듯이 말입니다.

꿈은 늘 소박하게 꾸어야 합니다. 하늘을 믿고 겸손하게 농사지으며 한 3년 살다 보면 자급자족은 할 수 있겠지요. 이런 마음으로 살다 보면 하늘도 감동하여 길을 열어주리라 믿습니다.

■ 농사는 때를 놓쳐서는 안 됩니다.

농촌에 와서 도시에서처럼 밤늦도록 텔레비전을 본다거나 술을 마시려고 하면 배추 몇 포기도 가꿀 수 없습니다. 어떤 작물이든 심을 때가 있으면, 풀을 매고 벌레를 잡아야 할 때가 있고, 거둘 때가 있으니까요. 그때를 놓치면 아무것도 할 수가 없는 게 농사입니다. 참깨나 콩 따위는 해가 뜨기 전에 수확을 해야 열매가 터지지 않는다는 것을 살다보면 저절로 깨닫게 됩니다. 풀을 맬 때도 비 오고 난 다음날 매야 잘 뽑히는데, 그때를 놓치면 일이 힘들고 시간도 배로 걸립니다.

무더운 여름에는 다섯 시쯤 일어나 일을 해야 합니다. 그때 한 시간 하는 일이 한낮에 서너 시간 하는 것보다 낫기 때문입니다. 그래서 그날그날 무슨 일부터 할 것인지 미리 정해 두는 게 좋겠지요. 감자를 캘 것인지, 콩을 심을 것인지 미리 정해 두어야만 허둥대지 않고 제대로 일을 할 수 있으니까요. 감자 줄기가 노랗게 되어 캘 때가 되었는데, 내일부터 며칠 동안 비가 온다고 하면 감자부터 캐야 하지 않겠습니까.

■ 농사 시간을 스스로 정해야 합니다.

일중독은 마약중독보다 무서운 것입니다. 그러니 일하는 시간을 스스로 정해 두어야 합니다. 일을 하다 보면 자기도 모르게 밥 먹을 때를 놓칠 수도 있고, 밭에 쪼그려 앉아 같은 동작으로 너무 오래 일을 하다 보면 몸을 다치기 쉽습니다. 마음이 여유롭고 자유롭게 그리고 행복하고 건강하게 살려고 농촌으로 들어왔지, 죽어라 일만 하려고 들어온 것은 아닙니다. 생각보다 농사일은 만만하지 않습니다. 같은 동작을 되풀이하는 단순노동이 많기 때문이지요. 그러니 꼭 작업 시간을 자기 몸에 알맞게 정해야 합니다. 더구나 귀농 첫해는 절대 무리하게 일을 해서는 안 됩니다. 처음부터 일에 치여 버리면 '내가 이렇게 살려고 농촌에 들어왔나' 하고 스스로 지치게 되니까요.

사람도 태어나 서너 살은 되어야 비틀거리지 않고 걸을 수 있습니다. 귀농하고 한두 해는, 한두 살이라 생각하고 몸과 마음을 다스리는 해입니다. 계획도 없이 농사일을 많이 늘리면 정착하기도 전에 일이 무서워집니다. 잠시라도 일을 하지 않으면 무슨 큰일이 일어날 것처럼 서두는 것이 바로 '일중독'입니다.

농촌 마을에는 손바닥에 물집이 생기도록 일하는 사람, 무릎이 망가지도록 쪼그리고 앉아 풀을 매는 사람, 어깨가 아프도록 괭이질을 하는 사람, 비를 쭈룩쭈룩 맞고 일하다가 감기에 걸려 고생하는 사람, 그래서 마침내 깊은 병이 들어 농사일을 하지 못하고 다른 사람의 보호를 받는 사람이 많습니다. 안타까운 일이지요.

세상을 이끌어 가는 바른 생각은 한가할 때 찾아오는 것입니다. 누가 농사일을 많이 하나? 누가 수확을 많이 하나? 누가 돈을 많이 모으나? 이따위는 살아가는 데 정신만 어지럽힐 뿐입니다. 우리는 다만 얼마나 건강한 몸으로, 얼마나 기쁜 마음으로 일을 하느냐를 더 소중하게 생각해야 합니다.

우리가 먼 산을 바라보고 있는 사이에도 꽃은 피고 나무는 자랍니다. 내가 아니면 세상 만물이 다 죽을 것처럼 부지런히 일하는 사람은, 꽃이 피고 나무가 자라는 모습을 보지 못합니다. 다만 일하기 위해 삽니다. 편안하게 쉬기 위해서 일한다는 걸 알지 못합니다.

■ 농사 규모를 함부로 늘려서는 안 됩니다.

저는 논밭을 모두 빌려서 농사를 짓습니다. 제가 우리 마을에서 가장 젊기 때문에 나이든 이웃 농민들이 공짜로 지어먹으라고 내놓는 논밭이 날이 갈수록 많습니다. 무턱대고 그 땅을 받았다가 제대로 관리하지 못하면, 귀한 땅을 빌려 주었더니 농사도 제대로 짓지 못한다는 핀잔을 들어야 합니다. 공짜, 좋아하면 큰일 납니다. 공짜로 지어먹으라고 주는 논밭을 깊은 생각도 없이 덜컥 받았다가 골병든 사람이 한두 사람이 아닙니다. 다른 사람 부리지 않고 기분 좋게 농사지을 수 있는 규모가 딱 알맞은 규모입니다.

■ 품앗이가 있어 좋습니다.

하루는 이웃 할머니가 찾아와서 물었습니다. "아이고오, 이 집에 정구지(부추)가 아주 잘 자랐네. 조금 베어가도 되겠나?" 저는 얼씨구 좋다 싶어 "할머니, 우리 먹고도 남고, 찾아오는 손님들 나눠 주고도 남았는데 얼마든지 베어가세요"라고 말했습니다. 한두 시간이 지나 정구지 밭에 나가보니, 그 많고 많던 풀들이 다 어디로 갔는지 한 포기도 없었습니다. 할머니가 정구지 뜯어 가는 대가로 밭을 다 매고 가신 것이지요. 그런데 저는 지난주에 이웃 할머니가 쑥갓을 뜯어 가라 하기에 그냥 뜯어 왔습니다. 풀 하나 매지 않고 그냥 뜯어 왔습니다. 못된 놈이지요.

어떤 날은 이런 일도 있었습니다. 이웃 할머니가 보기 딱하게 혼자서 무거운 배추를 나르고 있었습니다. 그래서 제가 지게에 지고 두어 시간 동안 날라 주었습니다. 며칠 뒤에 제가 무를 뽑고 있는데 그 할머니가 오셔서 무를 뽑아 주셨습니다. 그 할머니는 그냥 무를 뽑아 주신 게 아니라 내가 배추를 날라주었기 때문에 품앗이 하러 오신 것입니다. 처음엔 이런 일을 조금 딱딱하게 느꼈습니다.

그러나 가만히 생각해 보니 이런 품앗이가 우리 농촌 사회를 수천 년 동안 지켜온 '아름다운 질서'였구나 싶었습니다. 그러니 누가 일을 도와주었거나 손수 기른 농산물을 주었을 때는, 아무리 적은 것이라 할지라도 잘 기억해 두었다가 돈으로 갚지 말고 정성과 땀으로 갚는 버릇을 들여야 합니다. 사람이 혼자서 살 수 없으니 서로 도와 가며 사는 곳이 농촌이고 사람 사는 세상이라는 것을 농사지으며 온몸으로 깨달은 것이지요. 세상에 공짜는 없습니다.

또 하루는 이런 일이 있었습니다. 마을 할머니가 이른 봄날 언덕에 먹음직스럽게 돋아난 두릅을 보고, 주인도 없으니 따 먹으라고 했습니다. 그래서 마음 놓고 두릅을 한 소쿠리나 땄습니다. 그런데 그 다음날, 옆집 할머니가 언덕의 두릅을 누가 다 따 갔다고 야단이었습니다. 언덕 주인은 도시에 살아도 그 언덕을 관리하는 사람은 마을에 있는 것입니다. 그것도 모르고 할머니가 지나가는 말로 한 것을 믿고 따 먹었으니….

논두렁 밭두렁에 난 풀도 주인한테 허락을 맡고 베야 합니다. 주인은 그 풀로 거름을 하거나 소나 사슴의 먹이로 쓸 수 있기 때문입니다.

■ 인사를 잘해야 합니다.

마을 사람들을 아침저녁 만날 때마다 공손하게 인사를 해야 합니다. 인사해서 나쁜 일 없으니까요. 사람이 귀하기 때문에 하루에 몇 번이고 인사해야 합니다. 공손하게 인사 잘해서 손해를 입은 사람은 한 사람도 없습니다. 머리 숙여 인사만 잘해도 정착하는 데 70~80%는 성공한 것입니다.

■ 땅값을 올려 놓아서는 안 됩니다.

귀농하려는 후배들을 위해서 절대 땅값을 올려 놓아서는 안 됩니다. 돈이 많다고 이 땅 저 땅 비싼 값으로 막 사고 나면, 그 마을에 아무도 들어올 수 없습니다. 마을에 팔 땅이 나오면 조심스럽게 다가가야 합니다. 무엇 때문에 내놓았는지, 정말 팔려는 마음이 있는지도 알아봐야 합니다.

팔 생각도 없으면서 '내 땅'이 요즘 값이 얼마나 하나 알아보느라 내놓는 사람도 있습니다.

■ 집을 지을 때는 한번 더 생각해야 합니다.

집을 지을 때는 자연환경에 어울리게 그리고 자기 처지에 맞게 지어야 합니다. 그래서 다른 사람들이 지어 놓은 집을 많이 둘러보고 결정하는 게 좋을 듯합니다. 가장 중요한 것은 한번 집 설계를 하고 나면 중간에 바꾸어서는 안 됩니다. 보기도 싫을 뿐 아니라 경비도 많이 들어가기 때문입니다.

집은 알맞은 크기로 지어야 합니다. 보통 열다섯 평에서 스무 평이면 좋을 듯싶습니다. 작게 지을수록 에너지가 적게 듭니다. 에너지를 적게 써야 하나뿐인 지구를 살릴 수 있으니까요. 황토집, 흙부대집, 통나무집, 옛날 흙집 들과 같이 많은 종류의 집이 있습니다. 그 선택은 가진 재산이나 쓰임새에 따라 아주 신중하게 결정해야 합니다. 다만 집 짓는 데 너무 많은 돈을 쏟지 말았으면 좋겠습니다.

잠시 머물다 갈 인생이지요. 철새들을 보면 인간이 얼마나 쓸데없는 욕심이 많은지 알 수 있습니다. 철새들도 봄에 애써 지은 집을 가을이면 아무 미련 없이 버리고 떠날 줄 압니다. 해마다 버리고 떠나는 연습을 한 탓이지요. 그런데 사람은 언제 어느 때 죽을지도 모르면서 버리고 떠나는 연습을 어이 하지 못하는지….

집을 지을 때는 행복한 마음으로 지어야 한다고 특별히 당부하고 싶습니다. 집 짓는 사람이 불만이 있거나 화난 마음으로 일을 하면 그 집에 사는 사람한테 나쁜 영향이 미칠 게 뻔하니까요. 부부싸움을 하거나 이웃과 다툰 사람은 집 짓는 근처에 와서도 안 됩니다. 마음에 평화를 되찾은 다음에 와야 합니다.

■ 농사일을 할 때는 기쁜 마음으로 해야 합니다.

아침에 일어나 논밭으로 갈 때 어떤 분은 신을 만나는 마음으로 간다고 합니다. 저는 그리운 동무를 만나러 논밭으로 갑니다. 때론 하느님을, 때론 부처님을 만나러 논밭으로 갑니다. 자연 속에서 땀 흘려 일을 하다 보면 그 속에 제가 꿈꾸던 모든 자유와 평화가 다 있습니다. 밭을 갈고 씨를 뿌리면서 가끔 '내가 이렇게 행복해도 되는 것인가'라는 생각이 듭니다. 이 세상에는 하루하루 몸 고생 마음고생 해가며 힘들게 살아가는 사람들이 많은데 말입니다. 그저 죄인처럼 낮은 마음으로 살아야겠지요.

■ 늘 공부하는 마음으로 살아야 합니다.

이 나이에 무슨 공부냐고 할 게 아니라, 끊임없이 공부해야 합니다. 친환경농업이든, 흙집 짓는 일이든, 글쓰기든, 아이들 교육이든, 나한테 꼭 도움이 되지 않더라도 자라나는 아이들한테 티끌만한 도움이 될 수만 있다면 일부러 찾아가서라도 듣고 보고 배워야 합니다.

■ 농산물 판매는 직거래를 하는 게 좋습니다.

제가 농사지은 농산물 값은 제가 정합니다. 어느 정도 생협 판매가를 참고는 하지만 그다지 마음에 두지 않습니다. 판매도 제 스스로 합니다. 생협에 농산물을 계약하여 낼 때도 가끔 있지만, 양이 많지 않아 80~90%는 인연을 맺은 사람들과 직거래를 합니다. 어쨌든 저를 잘 아는 사람들이 제가 농사지은 농산물로 밥상을 차리기를 바랍니다.

직거래는 여러 가지 방법이 있습니다. 대부분, 소농은 저처럼 아는 사람들(가족, 친척, 동무, 선후배 들)을 중심으로, 중농은 생협(천주교 우리농, 한살림, 아이쿱, 여러 공동체와 판매장 들)을 중심으로, 대농은 큰 판매장(농협과 백화점 들)을 중심으로 물품을 냅니다.

그 밖에도 소농, 중농, 대농과 상관없이 여러 가지 직거래 방법이 있습니다. 도시 아파트 몇 동과 생산 계약을 맺어 유정란과 푸성귀를 공급하는 농부도 있고, 시민사회단체 · 종교단체 · 학교와 생산 계약을 맺는 농부도 있습니다. 아는 분들에게 편지를 보내어 미리 농사지을 품목을 알려 주고, 한 해 먹을 식량 값을 선불로 받은 다음, 수확하면 보내주는 농부도 있습니다. 농사 규모와 여러 가지 처지에 따라 직거래 방법도 달라질 수밖에 없는 것이지요.

한번 맺은 인연은 오래오래 이어집니다. 때론 친형제보다 가깝게 지내며 온갖 세상 고민을 서로 나누게 되기도 하지요. 그런 사람이 몇 사람만 있어도 농사지어 놓고 팔지를 못해서 걱정하지는 않을 것입니다.

어쨌든 정성껏 농사짓는 것도 중요하지만, 생산한 농부와 도시 생활인들이 서로 마음을 나누는 것도 중요합니다. 그래서 마음을 담은 안내장을 직거래 물품마다 넣어두는 게 좋습니다. 돈 들이지 말고 집에서 컴퓨터로 작성하면 됩니다. 다음은 제가 쓴 농산물 안내장들입니다. 열매지기 공동체 이야기는 물품 안내장마다 맨 위에 적습니다. 그 아래는 생산방법과 보관방법 따위를 적지요. 흙(농촌)에 뿌리를 내리는 데 작은 도움이라도 되었으면 좋겠습니다.

'열매지기 공동체' 이야기

저희는 합천 황매산 자락, 작은 산골 마을에서 농사지으며 살고 있습니다. 일곱 가구 모두 마음이 젊은 농부들입니다. 우리는 하늘과 땅과 물과 모든 자연을 오염시키는 독한 농약을 쓰지 않고, 건강한 농산물을 생산하기 위해 늘 공부하는 마음으로 살고 있습니다. 언제까지 우리가 벌레도 싫어하는, 농약과 방부제 범벅인 수입농산물을 먹고 살 수는 없지 않겠습니까? 농업과 농촌을 살리는 것이 사람과 자연을 살리고, 자라나는 아이들에게 건강하고 아름다운 세상을 물려주는 지름길이라 생각합니다. 저희 열매지기 공동체를 방문하고 싶은 분은 언제든지 알려주시기 바랍니다. 그럼 하루하루 기쁨이 넘치는 삶을 누리시길 바랍니다.

송화차 이야기

송화차는 아름다운 황매산에서 자라는 솔싹(70%)과 송화(30%)를 따서 숨 쉬는 항아리에서 정성껏 숙성시킨 발효차입니다.

- 보관방법 : 직사광선을 피하고 서늘한 곳에 보관하시기 바랍니다.
- 드시는 방법 : 입맛에 따라 찬물 또는 따뜻한 물을 대여섯 배쯤 섞어 틈틈이 드시면 됩니다. 뜨거운 물은 영양을 파괴할 수 있고, 찬물은 배를 차게 할 수 있습니다. 배가 차면 만병이 온다고 하니, 될 수 있는 대로 여름에도 따뜻한 물에 섞어 드시면 좋습니다.

  ○ 소주 작은 병에 송화차 원액을 한 잔(소주잔)쯤 섞어 드시면 그윽한 송화주가 됩니다. 술은 때에 따라 알맞게 드시면 '백약의 으뜸' 이라 합니다.

  ○ 빵이나 떡을 찍어 드실 때, 고기를 재우면서 잡내를 잡을 때, 겉절이나 초고추장을 만들 때, 다른 여러 음식에 요리양념으로 알맞게 넣어 드시면 좋습니다.

  ○ 병 안에 떠 있거나 가라앉은 노란 가루나 덩어리는 송홧가루입니다. 아무 걱정 말고 드시면 됩니다.

- 생산자 : 경남 합천군 가회면 중촌리 692-1번지
    나무실마을 서정홍 · 한경옥
- 종류 : 한 병이 든 상자와 두 병이 든 상자가 있습니다.
- 제조일자 : 2008년 5월(송화차는 살아 있는 발효차이므로 오래될수록 맛이 그윽합니다)
- 전자우편 : junghong58@hanmail.net
- 전화번호 :
- 송금 계좌번호 :
- 송화차는 혈액순환이 잘 안 되어 손발이 찬 사람, 동맥경화, 위장병, 관절염, 천식, 기침, 숙취 따위를 예방하거나 낫게 하는 데 도움을 준다고 합니다. 《동의보감》, 《본초강목》)

무농약 우렁이 쌀 이야기

제 자랑 하나 할까요? 저는 아름다운 황매산에서 흐르는 맑은 물과 공기를 먹고 마시며 자랐기 때문에 얼굴도 예쁘고, 법이 없어도 살 만큼 마음도 예쁘답니다. 이런 제 마음을 아시고 천천히 씹어서 맛있게 드세요.

올해는 유난히 가뭄과 홍수가 이어지고, 때 아닌 우박과 서리까지 내려 하루하루 살아가느라 참 힘들었어요. 더구나 온갖 병균과 벌레와 풀들과 싸우느라 지칠 때는 농약을 안 치는 주인님을 원망하기도 했어요. 그나마 우렁이가 논바닥을 기어 다니며 잡풀들을 먹어치우고 온갖 곤충들이 찾아와 동무가 되어 주어 알찬 열매를 맺게 되었지요.

제 몸속에는 사람한테 이로운 물질이 헤아릴 수 없을 만큼 많이 들어 있으며, 하늘과 땅과 살아 있는 모든 생명이 다 제 몸속에 살고 있어요. 자랑이 너무 심했나요? 귀엽게 보아주세요. 우리 주인님은 자연을 사랑하는 마음만큼 사람을 사랑한답니다. 그러니 혹시 우리 주인님을 찾아오시려면 미리 알려주시기 바랍니다. 그럼 늘 행복한 마음으로 소박하고 단순한 삶을 이어가시기 바랍니다.

지금까지 제가 나름대로 보고 듣고 느끼고 겪은 이야기를 늘어놓았습니다. 티끌 만한 도움이라도 되셨는지요. 이 글을 읽은 사람들은 귀농이 쉬운 게 아니구나 하는 생각이 들지 모릅니다. 그렇습니다. 하지만 힘들고 어려운 만큼 해야 할 가치가 있으며, 그만큼 기쁨도 찾아오리라 믿습니다.

농촌에 제대로 정착하기 위해 지켜야 할 일과 조심해야 할 일을 적다 보니 글이 딱딱해졌습니다. 그러나 농사지으며 자연 속에 살다 보면 자연이 사람한테 '거저' 주는 게 하도 많아 가슴이 벅찰 때가 많습니다. 제가 못다 한 이야기는 좋은 책을 읽거나 좋은 사람을 찾아가서 들어 보시기 바랍니다. 귀한 나무를 잘라 만드는 책에 이런 자잘한 이야기를 늘어놓았

으니 부끄러울 뿐입니다. 생태귀농을 꿈꾸는 사람들에게 따뜻하게 손이
라도 잡아주려는 마음으로 쓴 글이라 여겨주시기 바랍니다.

끝으로 북미 원주민의 시 가운데 〈인디언의 지혜〉를 여러분들과 나누
고 싶습니다. 우리가 하나가 될 수 있도록 말입니다.

　　내 뒤에서 걷지 말라.
　　난 그대를 이끌고 싶지 않다.
　　내 앞에서 걷지 말라.
　　난 그대를 따르고 싶지 않다.
　　다만 내 옆에서 걸으라.
　　우리가 하나가 될 수 있도록.

저자

서정홍

1958년 경남 마산 출생. 1990년 '마창노련문학상', 1992년 '전태일문학상' 수상. 1996년 '생명공동체운동'에 첫발을 내디딘 이후 우리밀살리기운동과 우리 농촌살리기운동을 펼쳤고, 경남생태귀농학교를 운영하였다. 2005년부터는 경남 합천의 황매산 기슭 산골 마을에서 농사를 지으면서 '열매지기공동체'와 '강아지똥학교'를 운영하고 있다.

저서

시집《58년 개띠》(보리, 2003),《아내에게 미안하다》(실천문학사, 2005),《내가 가장 착해질 때》(나라말, 2008), 동시집《윗몸 일으키기》(현암사, 2007),《우리 집 밥상》(창비, 2003),《닳지 않는 손》(우리교육, 2008), 자녀 교육 이야기《아무리 바빠도 아버지 노릇은 해야지요》(보리, 2004)

농부시인의 행복론

초판 제1쇄 발행 2010년 6월 22일
제2쇄 발행 2011년 1월 3일

저자 서정홍
발행처 녹색평론사

주소 서울시 종로구 필운동 146-1번지 201호
전화 02-738-0663, 0666
팩스 02-737-6168
웹사이트 www.greenreview.co.kr
이메일 editor@greenreview.co.kr
출판등록 1991년 9월 17일 제6-36호

ISBN 978-89-90274-55-7 03810
값 11,000원